DRESSLER

GERNOT GRICKSCH

GHETTO BITCH

Roman

Dressler Verlag · Hamburg

Von Gernot Gricksch im Dressler Verlag erschienen:
Im Tal der Buchstabennudeln
Nicht drücken!
Die Paulis außer Rand und Band
Die Paulis in Tatukaland

MIX
Papier aus verantwortungsvollen Quellen
FSC® C014496
www.fsc.org

Originalausgabe
1. Auflage

Umschlaggestaltung: Hauptmann & Kompanie Werbeagentur AG, Zürich
Satz: Dörlemann Satz, Lemförde
Druck und Bindung: GGP Media GmbH, Pößneck
Printed 2016
ISBN 978-3-7915-0006-5

www.dressler-verlag.de

Für Emily

»Sich mit wenigem zu begnügen, ist schwer,
sich mit vielem zu begnügen unmöglich.«

Marie von Ebner-Eschenbach

1

Siebte Reihe! Sie waren ganz dicht dran! Nele würde das Gesicht der Bitch ganz genau erkennen können. Nicht so wie die Leute ganz da oben, auf dem zweiten Rang der Arena. Die würden sie nur auf der Videoleinwand sehen, die über der Bühne prangte und auf der momentan der Name *Lisa T.* in einer Endlosschleife, in immer wechselnden Farben, in immer anderem Design, flimmerte.

Auf der Bühne tat sich noch nichts, dort standen nur die Instrumente, Boxen, Mikrofonständer – das Versprechen einer Show. Nele schaute auf die Uhr. Es war bereits halb neun. Um acht hätte sie eigentlich schon anfangen sollen, doch um so etwas musste sich jemand wie *Lisa T.* natürlich nicht kümmern. Sie war zu cool dafür. Die Bitch kam, wenn sie es wollte, nicht, wenn man es ihr sagte. Eigentlich war es auch egal, wann genau die beste Rapperin Deutschlands die Bühne betrat, denn Nele saß direkt neben Daniel. Das allein war schon Event genug.

Auf Neles anderer Seite saß Svantje. Ihre beste Freundin. Und neben Svantje saß Max. Die beiden waren jetzt seit vier Monaten zusammen, aber Nele hatte nicht den Eindruck, dass es für die Ewigkeit war. Svantje hatte eine Menge an Max auszusetzen: Er redete zu leise, aber dafür zu viel, er war zu vernünftig, er war ein mittelmäßiger Küsser. Svantje würde Max sofort fallen lassen, wenn Daniel noch auf dem Markt wäre, da hatte Nele keinen Zweifel. Denn alle wollten Daniel. Aber sie hatte ihn gekriegt! Sie war es, der Daniel nun seinen Arm um die Schultern legte – einfach so, ohne dass sie strategisch an ihn heranrücken musste. Sie war es, die er angrinste. Sie war es, die er küsste. Und Daniel küsste alles andere als mittelmäßig! In diesem Moment stand für Nele endgültig fest, dass dies der beste Abend ihres Lebens war.

Es wurde unruhig im Publikum, denn jemand hatte die Bühne betreten. Doch es war nicht *Lisa T.*, es war nicht einmal einer der Musiker. Es war nur irgendein Typ mit langen, fettigen Haaren und einer Hängearsch-Jeans, der zwischen Schlagzeug und Keyboard herumwuselte, irgendwelche Kabel einstöpselte und nacheinander auf alle Mikrofone klopfte, um zu schauen, ob sie eingeschaltet waren. »Macht man so etwas nicht eigentlich beim Soundcheck, wenn noch niemand im Saal ist?«, fragte Nele Daniel.

»Wahrscheinlich ist das alles völlig unnötig, was der da abzieht«, antwortete Daniel. »Vielleicht will der Typ einfach nur gern mal vor zehntausend Menschen auf einer Bühne stehen.«

Nele lachte. Als hätten die Leute im Saal Daniels Spruch gehört, applaudierten nun einige von ihnen dem Hängearsch-Mann scherzhaft, und der machte tatsächlich grinsend eine alberne Verbeugung, bevor er von der Bühne schlurfte.

Dann erlosch das Licht. Für eine Sekunde war alles tiefschwarz, bis Dutzende von Scheinwerfern die Bühne mit gleißender Helligkeit beschossen.

»Who's the Queen?!«, rief eine Stimme durch die Arena.

Alle sprangen jubelnd auf, es gab kein Halten mehr. Zehntausend Menschen erhoben sich gleichzeitig, als hätten sie es vorher abgesprochen, von ihren Plätzen. Wie ein einziger großer Körper, der sich unter einem Stromschlag aufbäumt.

»Who's the Queen?!«, ertönte die Stimme erneut.

»Ghetto Bitch!«, schrien Tausende von Menschen zurück.

»Ich kann euch nicht hören!«, schrie *Lisa T.* »Who's the Queen?!«

»Ghetto Bitch!!!!«, brüllten nun die Fans so laut, dass es sich anfühlte, als würde die ganze Halle vibrieren. Als würden die Schallwellen von zehntausend jubelnden Menschen über Neles Arme und ihr Gesicht flitzen wie elektromagnetische Wellen. Sie bekam eine Gänsehaut. Nele drehte sich zu Daniel um. Sie blickte direkt in sein Gesicht. Er hatte sie die ganze Zeit angeschaut. Nicht zur Bühne hatte er geguckt, sondern zu ihr! Nele strahlte ihn an.

»Geht es euch gut?!« schrie *Lisa T.*

»Fucking perfect!«, schrien zehntausend Menschen.

Fucking perfect. Das war einer der größten Hits von *Lisa T.* Und genau das war auch dieser Abend, dachte Nele: Fucking perfect!

Ein gleißender Blitz zuckte quer durch die Arena und die Musik begann. Ohrenbetäubend laut. Die Band legte los wie ein Gewitter. Und *Lisa T.* betrat die Bühne.

»Gebt mir eure Liebe, Leute!«, rief sie und Tausende von Handys flackerten auf. Auch Nele hatte ihr iPhone gezückt und fing an, die Show zu filmen.

»Gebt mir eure Liebe!«

Erneuter Jubel. Die Band hämmerte auf ihre Instrumente

ein. Jeder Schlag der Bassdrums brachte Neles Körper zum Schwingen. Ein Wahnsinnsgefühl! Svantje holte ihre Ohropax aus der Umhängetasche und stopfte sie sich in die Ohrmuscheln. Das hatte sie ihrer Mutter versprechen müssen, sonst hätte sie nicht mitkommen dürfen. Svantje spielte Klarinette im Jugendkammerorchester, und der Plan war, dass sie später am Musikkonservatorium studieren und danach Mitglied eines berühmten Symphonieorchesters werden sollte. Da wäre ein Tinnitus natürlich tödlich.

Auf der Bühne ging es nun richtig zur Sache. *Lisa T.* begann zu rappen. Sie spuckte die Wörter aus wie Säuregeschosse. So viel Wut! So viel Power! Nele sang den Refrain begeistert mit.

Sie ist die Queen der Hood
Was sie macht, macht sie good
Sie ist tough, sie ist Street
Sie lebt nach ihrem eigenen Beat.

Siebzig Minuten und zwei Zugaben später war Schluss. Das Licht im Saal ging an und verwandelte die funkelnde Party in eine neonhelle Völkerwanderung. Tausende von Menschen schoben sich auf die Ausgänge zu.

Doch Nele wollte noch nicht, dass der Spaß zu Ende war. Sie und Svantje grölten den Refrain ihres Lieblingssongs wieder und wieder, während sie sich in dem Pulk aus Menschen mühsam vorwärtsbewegten:

Sie ist die Queen der Hood
Was sie macht, macht sie good …

Daniel und Max gingen neben ihnen und verglichen ihre Handyaufnahmen. Daniels Video war schärfer. Max hatte noch das alte S3-Modell, das hatte nur halb so viel Megapixel wie Daniels Smartphone.

Sie ist die Bitch im Ghetto
Sie hat alle Tricks in petto
She's nobody's fool
The bitch is fucking cool!

Die letzte Zeile schrien Nele und ihre Freundin genau so, wie *Lisa T.* sie auf der Bühne geschrien hatte. Mit sich fast überschlagender Stimme, mit all der Wut der Straße drin. Sie ballten die Hände zu Fäusten – *The bitch is fucking cool!* – und rissen dabei die Arme in die Höhe.

»Hey!«, protestierte ein Mädchen. »Pass doch auf!«

Nele drehte sich um und sah, dass Svantje dem Mädchen versehentlich das Handy aus der Hand geschlagen hatte.

»Oh. Entschuldigung. Das war keine Absicht«, sagte Svantje.

Das Mädchen bückte sich und hob ihr Handy auf. Ein Junge – ihr Freund offenbar – schob die Leute, die von hinten weiterdrängelten, grob zur Seite. Das Mädchen untersuchte ihr Telefon. Das Display war zersplittert.

»Oh nein!«, rief sie entsetzt.

»Fuck«, sagte der Junge, der eigentlich kein Junge mehr war, sondern schon ein Mann. Neunzehn, zwanzig Jahre alt vielleicht. Sein Schädel war bis auf ein paar kurze Stoppeln kahl rasiert und er trug ein Tattoo am Hals. Wer auch immer dieses Tattoo gestochen hatte, war kein Meister seines Fachs. Es sollte wohl eine Schlange sein, doch für Nele sah es eher aus wie die Abbildung des Zwölffingerdarms in ihrem Biologiebuch. Das war das Thema ihrer letzten Bioarbeit gewesen: Aufbau und Funktion des menschlichen Verdauungstraktes.

»Das bezahlt ihr, ihr Fotzen«, sagte der Mann.

»Hey!«, protestierte Daniel.

»Das war ein Versehen!«, beteuerte Svantje noch einmal.

»Ihr bezahlt das!«, wiederholte der Typ mit dem Verdauungsorgan am Hals. Er drückte sich näher an Svantje heran, während der Pulk von Leuten die Gruppe nun wieder in Richtung Ausgang schob. Der Typ wirkte bedrohlich. Svantje zitterte.

Nele schaute zu Max. Er war Svantjes Freund. Es war seine Aufgabe, sie jetzt zu beschützen, doch Max schaute nur nervös zu, ohne etwas zu unternehmen. Der Zwölffingerdarm-Typ war locker einen Kopf größer als Max und würde ihn mühelos plattmachen können, aber das dürfte Max nicht daran hindern, sich einzumischen. Es gab Regeln. Jungs durften nicht einfach nur zuschauen, wenn ihre Freundin bedroht wurde. Auch Svantje sah Max nun Hilfe suchend an.

»Deine Eltern haben doch bestimmt eine Haftpflichtversicherung«, sagte Max leise zu ihr und wandte sich dann dem kahl geschorenen Zwölffingerdarm zu: »Lass uns das draußen regeln.«

Der Darm lachte ungläubig: »Du willst das draußen regeln?! Du?! Digga, du bist tot!«

Max erschrak, als er das Missverständnis begriff. »Oh Gott, nein! Ich meine nicht: ›Lass uns das draußen regeln‹, als ob wir uns da schlagen wollen, draußen. Natürlich nicht. Also, so was … das ist ja gar nicht mein … Stil, äh …«

Max war knallrot, und dass ihm nun der Schweiß die Stirn herunterlief, hatte nichts mit der Hitze im Saal zu tun.

»Ich meine, wir können das draußen in Ruhe klären. Vernünftig. Zivilisiert«, beeilte er sich zu versichern.

Der tätowierte Mann schien sich nicht entscheiden zu können, ob er sich über Max amüsieren oder ihm die Nase brechen sollte. Max hob entschuldigend beide Hände. »Wir wollen doch alle keinen Ärger. Lass uns das draußen ganz in Ruhe besprechen. Es war ein unglücklicher Unfall, dafür gibt es doch Versicherungen, das kann man alles regeln.«

Svantje sah enttäuscht aus. Was Max sagte, machte Sinn. Es war vernünftig. Sehr männlich war es aber nicht.

Das Mädchen musterte verzweifelt das zersplitterte Handy in ihrer Hand. »Mein Alter schlägt mich grün und blau, wenn er das sieht«, wimmerte sie und schaute ihren Freund an.

»Muss der gar nicht mitkriegen. Du kriegst ein neues. Die Fotzen zahlen das, verlass dich drauf«, versicherte er ihr.

»He«, protestierte Nele. »Es gibt keinen Grund, uns die ganze Zeit zu beleidigen. Wir haben doch gesagt, dass es uns leidtut. Und dass es ein Versehen war. Meine Mutter wartet draußen auf dem Parkplatz. Da können wir das alles regeln, mit der Versicherung und so.«

»Da können wir das alles regeln, mit der Versicherung und so«, quakte der Darm in einem albernen Singsang, um sich über Nele lustig zu machen.

»Ist doch keine große Sache«, fand Svantje. »Das ist doch nur so ein Billighandy.«

Das Mädchen und der Darm funkelten sie wütend an. Svantje biss sich auf die Lippe.

»Kommt einfach mit«, sagte Daniel. Seine Stimme war kühl und tief und selbstbewusst. Er legte seinen Arm demonstrativ um Neles Schultern und würdigte den Darm und seine Freundin keines weiteren Blickes. Er ging vor, die beiden hatten ihm zu folgen. Nele lächelte. DAS war cool. DAS war männlich.

»Ey, wo latscht ihr denn hin?«, nölte der Stoppelkopf.

»Meine Mutter steht dahinten, auf D4«, erklärte Nele. Der Parkplatz vor der Arena war riesig.

»Ja, denn mal los. Wir haben nicht ewig Zeit«, knurrte der Mann.

Die Wut des Glatzkopfs war verraucht, inzwischen war es Business. Der Typ sagte kein Wort, seine Freundin ging stumm neben ihm. Max und Svantje schauten die ganze Zeit zu Boden und vermieden jeden Blickkontakt. Nele dagegen sah einmal kurz zu dem Darm und seiner Tussi hinüber. Sie erschrak ein wenig, als der Kerl ihr direkt in die Augen schaute. Und er grinste. Ein fieses Grinsen. Nele guckte schnell wieder weg.

Nele, Svantje, Max und Daniel gingen zu Neles Mutter, die vor ihrem SUV wartete und sich offenbar ziemlich wunderte, dass ihre Tochter nicht nur ihre Freunde dabeihatte, sondern auch noch zwei Gestalten, die aussahen, als wären sie aus einem Fernsehkrimi über Drogendealer und minderjährige Prostituierte entlaufen.

Neles Mutter hörte sich kurz an, was passiert war. Svantje hatte inzwischen Nachforschungen angestellt: »Hier steht's,

Henriette«, sagte sie zu Neles Mutter und hielt ihr Smartphone hoch, auf dem die Seite eines Online-Shops zu sehen war: »Neupreis dieses Modells: 179 Euro.«

Neles Mutter griff in ihre Handtasche, holte ihr Portemonnaie hervor, gab dem grimmig dreinblickenden Zwölffingerdarm drei 50 Euro-Scheine und sagte: »Es ist ja schließlich nicht mehr neu. Und für 30 Euro könnten Sie auch das Display reparieren lassen. Dann haben Sie noch ein richtig gutes Geschäft gemacht.«

Sie drehte sich um, ohne seine Reaktion abzuwarten, und öffnete die Fahrertür ihres SUV. Der Darm gab sich knurrend zufrieden und ging mit seiner Freundin davon. Henriette stieg ein. Nele und Daniel machten es sich auf dem Rücksitz bequem, während Svantje auf dem Beifahrersitz Platz nahm. Sie würdigte Max, der kurz zögerte und sich dann neben Daniel auf die Rückbank quetschte, keines Blickes.

»Vielen Dank, Henriette«, sagte Svantje, nachdem sie sich angeschnallt hatte. »Es tut mir echt leid. Meine Eltern geben dir das natürlich wieder.«

Henriette lächelte nur freundlich, um Svantje zu signalisieren, dass das keine große Sache sei.

»Wo hatten die Assis überhaupt das Geld für die Eintrittskarten her?«, wunderte sich Nele.

»Ja, genau. Die Karten in unserer Sitzplatzgruppe haben 90 Euro gekostet!«, erinnerte sich Svantje.

»Ganz schön teuer eigentlich für siebzig Minuten Ghetto«, sagte Daniel. Svantje und Nele kicherten.

»*Lisa T.* ist eben Luxusghetto«, sagte Nele. »Sie ist eine echte Platin-Bitch.«

Es hatte eine Weile gedauert, bis sie sich von dem überfüllten Parkplatz herunter in den Straßenverkehr einfädeln konnten, doch jetzt fuhren sie die Ringstraße entlang nach Hause.

Nele reichte ihren iPod nach vorn zu Svantje und sagte: »Das zweite Album, okay?«

Svantje schloss das Gerät an die Anlage an und Henriette wählte mit den Tasten am Lenkrad die richtigen Tracks aus. *Lisa T.* rockte den Wagen und Svantje und Nele sangen mit:

Ich scheiß auf eure Vorschriften,
ich will lieber abdriften, umshiften,
abhauen, zuhauen,
Hauptsache, nicht nur zuschauen,
ich will nicht bloß abnicken,
irgendwann abkacken,
vor der verdammten Glotze
jeden Abend absacken,
ich will ein Leben ohne Grenzen,
täglich dancen, die Scheiße dafür schwänzen,
living straight, getting laid,
getting out of the shade,
getting fucking paid
alles, was ich will, alles, was ich tu,
wird
Fucking perfect!

Daniel nahm Neles Hand.

Fucking perfect!

Nele küsste ihn. Henriette schaute in den Rückspiegel und lächelte ihre Tochter an. Nele zwinkerte ihr zu. Ihre Mutter war cool. Daniel war ein verdammt guter Küsser. Alles war, wie es sein sollte.

Fucking perfect!

2

Zuerst hatten sie Max zu Hause abgesetzt. Svantje hatte den Kopf weggedreht, als Max ihr beim Aussteigen einen Gutenachtkuss geben wollte. Svantje konnte echt tough sein. Max würde sich ganz schön abstrampeln müssen, um bei ihr wieder ein paar Punkte zu sammeln.

Zwei Minuten später waren sie an Svantjes Haus angekommen. Svantje hatte ihrer Mutter, eine Minute bevor sie eintrafen, eine WhatsApp-Nachricht geschickt, und so öffnete sich das Tor zu ihrer Auffahrt bereits wie von Geisterhand, als Henriettes SUV davor einbog.

Svantje umarmte Nele und flüsterte: »Lass uns nachher noch chatten.« Sie lächelte Daniel kurz zu, bedankte sich bei Henriette noch einmal für deren Hilfe und stieg aus dem Wagen. Henriette wartete noch, bis Svantje den Weg durch den fast parkähnlichen Garten bis zur Haustür ihrer Villa sicher zurückgelegt hatte, bevor sie wieder losfuhr.

Schließlich wurde Daniel abgesetzt. Er wohnte nur eine Straße von Nele entfernt. Daniel legte ganz sanft seine Hand auf Neles Wange und gab ihr einen letzten Kuss. Dann waren Henriette und Nele allein im Wagen.

»Toller Abend, hm?« Henriette lächelte.

»Ja.« Nele lächelte zurück.

»Und das Konzert war richtig gut?«

»Hammer.«

Nele tippte bereits eine Message an Daniel, während sie mit ihrer Mutter sprach: Träum von mir ;-)

Kurz darauf, als der SUV gerade im Carport zum Stehen kam, ploppte Daniels Antwort auf Neles iPhone auf: Na klar. Mach ich doch jede Nacht!

Nele strahlte.

»Gute Nachrichten?«, fragte Henriette.

Nele nickte nur. Sie hatte ein supergutes Verhältnis zu ihrer Mutter, sie waren fast wie Freundinnen, aber alles musste Henriette auch nicht wissen.

Als sie die Haustür aufschlossen, schlug ihnen ohrenbetäubend laute Musik entgegen. Nicht *Lisa T.*, sondern die grellen und brutalen Death-Metal-Klänge, auf die Neles Bruder Timo stand. Henriette seufzte, und Nele hielt sich die Ohren zu, als sie ins Wohnzimmer ging. Timo saß auf dem Sofa. Auf dem Großbildfernseher schrie sich gerade ein bizarr bemalter und tätowierter Typ die Seele aus dem Leib, fuchtelte mit den Armen herum, als hätte er einen schweren epileptischen Anfall, und schleuderte seine blonde Mähne durch die Luft. Es war die Live-Blu-ray vom »Wacken«-Festival, die Timo sich mindestens einmal die Woche ansah. Nele konnte den Schreihals auf dem Bildschirm nur verschwommen erkennen, denn der Konzertmitschnitt war in 3-D. Timo hatte die entsprechende Brille auf der Nase, eine große Literflasche Cola vor sich auf dem Tisch und eine Tüte Kartoffelchips auf dem Schoß. Nele nahm sich die Fernbedienung und schaltete auf

Stumm. Timo schaute erstaunt auf. Er hatte Nele erst jetzt bemerkt.

»Oh. Hi«, sagte er. »Schon zurück? War's gut?«

»Besser als die Scheiße da auf jeden Fall«, sagte Nele und zeigte auf den Bildschirm, auf dem der Sänger gerade einen Schwall Kunstblut auskotzte. Nele schaute Timo nur kopfschüttelnd an. Kaum zu glauben, dass sie mit ihm verwandt war. Timo war vierzehn, ein Jahr jünger als sie, und bis auf den Nachnamen hatten sie rein gar nichts gemeinsam. Timo war ein Außenseiter. Er war ein Nerd. Seine langen, oft fettigen Haare hingen ihm wie Spaghetti auf die teigigen Schultern. Er war ziemlich klein für sein Alter, hatte dafür aber locker zehn Kilo Übergewicht. Das war kein Wunder, wenn man die meiste Zeit auf dem Sofa rumsaß und mit der PlayStation spielte. Er war ein echter Loser. Nele hatte ihrem Bruder verboten, sie anzusprechen, wenn sie sich auf dem Schulhof über den Weg liefen.

Früher einmal hatten sie sich ziemlich gut verstanden. Da war Nele die fürsorgliche große Schwester gewesen und Timo ihr pummeliger, liebenswerter Anhang, den all ihre Freundinnen total süß fanden. Timo war knuffig gewesen, ein freundlicher, gutmütiger Baby-Teddybär. Doch dann war er immer dicker geworden, immer ungepflegter und hatte seine Leidenschaft für Metal entdeckt. Freunde hatte er schon damals wenige gehabt, aber inzwischen hatte er – soweit Nele es beurteilen konnte – überhaupt keine mehr. In den Schulpausen saß Timo meistens in der Bibliothek oder der Kantine und las Mangas.

Henriette kam ins Wohnzimmer und schaltete den Fernseher aus. Sie klatschte in die Hände: »So, ihr Süßen, Feierabend. Ab ins Bett! Zügig! Morgen ist Schule.«

»Papa hat vorhin angerufen«, sagte Timo. »Er hat dich auf dem Handy nicht erreicht. Er hat sich doch kein Hotelzimmer genommen, sondern kommt heute Nacht noch nach Hause. Er ist schon auf dem Weg.«

»Oh, gut«, sagte Henriette.

Neles und Timos Vater Ingo war Architekt. Er fuhr ständig durch ganz Deutschland, beaufsichtigte Bauarbeiten, schaute sich Grundstücke an, hatte unentwegt irgendwelche Meetings. Nele hatte keine Ahnung, in welcher Stadt ihr Vater gerade war. Sie redeten nicht mehr sehr viel miteinander in letzter Zeit.

»Also: Macht euch bettklar, Kinder«, forderte Henriette noch einmal und Timo und Nele gingen in ihre Badezimmer. Nele und ihre Mutter teilten sich das luxuriöse Bad im Obergeschoss, während Timo und sein Vater ein eigenes Badezimmer im Souterrain hatten, direkt neben dem Pool und der Sauna. Dieses Badezimmer war etwas kleiner und nicht ganz so edel, aber sie waren ja auch Jungs. Da war der kosmetische und hygienische Aufwand deutlich geringer als bei den Mädels – in Timos Fall, fand Nele, war der Hygienefaktor sogar an der Grenze zur Nichtexistenz.

Eine halbe Stunde später lag Nele im Bett und tauschte WhatsApp-Nachrichten mit Svantje aus.

SVANTJE: Ich fand's total peinlich, wie feige Max vorhin war.

NELE: Aber was hätte er denn tun sollen? Der andere Typ war voll der Schläger.

SVANTJE: Kennst du Bennett?

NELE: Aus der Oberstufe?

SVANTJE: Der ist süß, oder?

Es klopfte an der Tür, die Henriette öffnete, bevor Nele das Handy verstecken konnte. Henriette schaute ihre Tochter halb amüsiert, halb vorwurfsvoll an. Jetzt war der Moment gekommen, wo Nele wirklich Feierabend machen musste. Sonst gab es doch noch Ärger. Irgendwann reichte es auch der coolsten Mutter.

Nele tippte: Muss aufhören. Bis morgen, und legte das Handy auf den Tisch neben dem Bett. Henriette nickte ihrer Tochter noch einmal zu und schloss die Tür wieder.

Nele schaltete das Licht aus.

Es klingelte. Nele brauchte einen Moment, um sich zu orientieren. Sie richtete sich auf. Es war das Telefon unten im Flur, das hartnäckig weiterklingelte. Sie schaute auf den Digitalwecker neben ihrem Bett: 2:12 Uhr. Wer rief so spät noch an? Das Klingeln hatte aufgehört. Nele schaltete das Licht an und stieg aus dem Bett. Sie trat in den Flur, doch es war nichts zu hören. Nele ging ein paar Stufen die Treppe hinunter und sah, dass ihre Mutter in der Diele stand, das Telefon am Ohr, und ungläubig ins Leere starrte. Sie sagte nichts. Sie lauschte nur.

Und dann ließ Henriette das Telefon fallen. Es rutschte ihr einfach aus der Hand und plumpste auf den Parkettboden. Ihre Augen waren weit geöffnet, ihr Mund ebenfalls. So als wollte sie schreien, könnte es aber nicht.

»Mama?«, fragte Nele. Sie hatte Angst.

Henriette drehte ihren Kopf langsam in Neles Richtung, starrte sie aber nur stumm an.

»Mama?« Neles Stimme zitterte. Erst jetzt bemerkte sie, dass Timo neben ihr stand.

»Was ist los? Wer war das?«, fragte ihr Bruder.

»Papa«, flüsterte Henriette.

»Was wollte er?! Was ist denn?«, rief Nele.

»Papa ist tot«, sagte Henriette tonlos. »Er ist tot.«

3

Ingo Brüggemann
(1971–2015)
Die Spuren Deines Lebens
Deiner Hände Werk
und die Zeit mit Dir
wird stets in uns lebendig sein.

Den Text der Traueranzeige im *Hamburger Abendblatt* hatte Neles Mutter gemeinsam mit dem Mann vom Bestattungsinstitut ausgesucht. Nele fand das, was da schwarz umrahmt stand, irgendwie beliebig. Austauschbar. Eine Trauerfloskel aus einem Katalog. Sie konnte ihren Vater in diesem Satz nicht wiedererkennen.

Insgesamt waren drei Traueranzeigen erschienen. Die von der Familie, eine kleinere von den Angestellten im Architekturbüro ihres Vaters und eine richtig große von einem Architekturverband, in dem er zweiter Vorsitzender gewesen war. In der letzten hatte gestanden: *Ein tragischer Unfall riss einen großen Mann viel zu früh aus dem Leben.*

Wie genau es zu diesem Unfall gekommen war, wurde noch

untersucht. Neles Vater war auf einer nur wenig befahrenen Autobahn, auf einem total geraden Teilstück, von der Fahrbahn abgekommen und hatte frontal ein Straßenschild gerammt. Er war offenbar sofort tot gewesen. Genickbruch. Aufnahmen einer Überwachungskamera zeigten, dass er zwei Kilometer zuvor mit mehr als 190 Stundenkilometern über die linke Spur gebrettert war. Er hatte oft damit angegeben, dass sein BMW locker über 200 schaffte. Vielleicht war irgendein Tier auf die Fahrbahn gesprungen und hatte ihn erschreckt? Oder er war für einen verhängnisvollen Augenblick weggedöst? Das gab es doch, oder? Sekundenschlaf.

Nele hatte sich die ersten beiden Tage nach dem schrecklichen Anruf wie in Watte gehüllt gefühlt. Es war, als hätte jemand ihre Ohren verstopft und einen Schleier über ihre Augen gelegt. Die ganze Welt drang nur in einer dumpfen, unklaren Version zu ihr vor. Es war so unwirklich. Sie würde nie wieder ein Wort mit ihrem Papa sprechen! Nie wieder. Nele versuchte sich zu erinnern, was das Letzte war, was sie zu ihm gesagt hatte. Vermutlich: »Kannst du mir ein paar von diesen tollen Finelinern aus deinem Büro mitbringen?« und »Tschüss, Papa«. Es war so banal, dass es wehtat.

Eine halbe Stunde nach dem Anruf, als der erste Schock nachgelassen hatte, kamen die Tränen. Nele begriff nur langsam, was geschehen war, doch dann brach es aus ihr heraus. Sie hatte ihr Gesicht in einem Kissen vergraben, hatte gezittert und gebebt vor Schmerz. Ihr Vater war nicht mehr da!

Nele wünschte, sie hätte ihn noch einmal umarmen, ihm sagen können, wie lieb sie ihn hatte, auch wenn sie manchmal zickig gewesen war und er in letzter Zeit fast nur noch gearbeitet hatte.

Sie war natürlich tagelang zu Hause geblieben. An Schule war nicht zu denken gewesen. Sie wollte allein sein, doch die Welt hielt nicht still. Die Sache hatte sich sehr schnell herumgesprochen. Viele Freundinnen und Freunde riefen an und schickten Messages. Nachbarn brachten etwas zu essen, doch keiner der drei hatte Appetit. Selbst Timo nicht. Er hörte nur seine Musik. Die ganze Zeit. Düster, laut, brutal. Nach ein paar Tagen, das hatte Nele aus dem Fenster ihres Zimmers beobachtet, war ihr Bruder in den Garten gegangen, ganz nach hinten, zum Schuppen neben dem Pool, hatte dort die Axt herausgeholt und eine halbe Stunde lang stumm und mit enormer Kraft auf den Stamm der großen Eiche im Garten eingeschlagen. Wieder und wieder. Nele hatte sich den Baum am Tag danach angeschaut. Er hatte nun eine riesige Kerbe, dick wie ein Arm. Vielleicht starb der Baum jetzt auch.

Ihre Mutter hatte zwei Tage lang ununterbrochen geweint. Sie verkroch sich ins Bett und weinte. Weinte und weinte. Man hörte es durch die Tür, ein Wimmern, ein Winseln, manchmal auch unerträglich laut, dann klang es fast wie die Schreie eines verwundeten Tieres. Sofern Nele es beurteilen konnte, hatte sie ihr Zimmer in der ganzen Zeit nicht ein einziges Mal gelüftet. Henriette wollte niemanden sprechen und niemanden sehen. Einmal hatte sie sich für eine halbe Stunde ins Wohnzimmer geschleppt, um das Allerwichtigste mit dem Bestattungsunternehmer zu klären. Als sie danach die Tür hinter ihm geschlossen hatte, war sie kreidebleich gewesen und hatte gezittert. Sofort war sie wieder nach oben gegangen und hatte sich dort vergraben.

Am dritten Tag kam ihre Mutter plötzlich nach unten in die Küche, frisch geduscht, die Haare schön zurechtgemacht, sorgfältig geschminkt und gut angezogen. »Es tut mir leid, dass ich mich so habe gehen lassen. Ich hätte für euch da sein müssen«, sagte sie zu Nele und Timo. Dann nahm sie die beiden nacheinander in den Arm.

Als Nele nach zehn Tagen zum ersten Mal wieder in die Schule ging, war es schrecklich und schön zugleich. Schrecklich war, dass jeder es wusste. Jeder! Selbst die Kleinen aus der Unterstufe warfen ihr verstohlene Blicke zu. All ihre Freundinnen umarmten sie, küssten sie, wollten sie trösten und boten Hilfe aller Art an. In der Kantine trug Svantje sogar Neles Tablett, als hätte diese mit ihrem Vater auch alle Muskelkraft verloren. Als wäre sie plötzlich behindert. Zu schwach für die simpelsten Dinge. Es war lächerlich. Aber es war auch sehr rührend.

Manche ihrer Freunde waren verlegen, hatten offenkundig Angst, etwas Falsches zu sagen. Sie schauten sie die ganze Zeit nur voll Mitleid an. Nele bemerkte, dass viele Mitschüler sofort aufhörten, zu lachen oder Witze zu machen, sobald sie den Raum betrat. Als könnte die gute Laune der anderen ihr wehtun. Und tatsächlich war es auch ein wenig so. Es war anstrengend, wie ein rohes Ei behandelt zu werden – und gleichzeitig tat es gut: Sie war nicht allein.

In der großen Pause bemerkte Nele Timo, der am Rand der Wiese saß, sich an die kleine Mauer lehnte und einen *Game of Thrones*-Comic las. Alle gingen an ihm vorbei, ohne ihn zu beachten.

Er tat Nele ein wenig leid. Vielleicht sollte sie etwas netter zu ihm sein. Sie hatten nicht ein einziges Mal über das, was passiert war, gesprochen. Das konnte nicht richtig sein. Sie waren schließlich Geschwister. Während sie noch überlegte, ob sie zu Timo hinübergehen sollte, tauchte plötzlich Daniel neben ihr auf.

»Hey«, sagte er und nahm ihre Hand. Nele drückte seine dankbar.

»Willst du nachher rüberkommen?«, fragte er.

Sie nickte.

Er strich ihr eine Haarsträhne aus dem Gesicht. Das war eine Eigenart von Daniel: Er liebte es, Neles Gesicht zu berühren, strich oft über ihre Wangen und schien ihre Stirn ebenso gern zu küssen wie ihre Lippen und ihren Hals. Ein paarmal hatte er sogar mit der Spitze seines Zeigefingers an ihre Nase gestupst und ihr dabei zugezwinkert. Es war eine merkwürdige, aber auch zärtliche kleine Marotte, die er da hatte.

»Okay, du hast auch nach der Siebten Schluss, oder?«, fragte er.

»Ja. Ich texte meiner Mutter, dass ich danach direkt zu dir mitgehe«, sagte Nele.

Er lächelte sie an, aufmunternd, und ließ dann ihre Hand los.

»Wir treffen uns am Haupttor«, sagte er, bevor er verschwand.

Nele schaute zu dem Mäuerchen hinüber. Ihr Bruder war inzwischen verschwunden. Sie hatte nicht gesehen, wohin er gegangen war. Doch dann entdeckte sie ihn: Er stand an der Ecke der Pausenhalle mit drei anderen Jungen zusammen, einer legte ihm freundschaftlich die Hand auf die Schulter. War das Rafael? Rafael war eine Klasse über Nele, stellvertretender Schulsprecher und ein super Typ. Voll nett, dass der jemanden wie Timo tröstete.

4

Timo zuckte zusammen, als Rafael ihm die Hand auf die Schulter legte. Rafael war fast einen Kopf größer als er und durchtrainiert. Er hatte eine große Bandbreite an Methoden entwickelt, anderen wehzutun, ohne dass die Umstehenden es bemerkten. Der vermeintlich kumpelhafte Griff auf die Schulter war tatsächlich eine subtile Foltertechnik. Rafael presste Daumen und Finger so fest zusammen, dass es sich anfühlte, als würde er jeden Moment Timos Schlüsselbein zerquetschen. Dabei lächelte er aber freundlich und sah ganz entspannt aus. Rafael hatte Timo leicht zur Seite gedreht, sodass die Lehrer und Mitschüler auf dem Pausenhof dessen schmerzverzerrtes Gesicht nicht sehen konnten. Rafaels Freunde Maximilian und Jonas – wenn man diese Arschkriecher denn als Freunde bezeichnen wollte – bildeten einen zusätzlichen Sichtschutz.

»Was willst du?«, fragte Timo mit gepresster Stimme. Er gab sein Bestes, die nächsten Minuten so würdevoll durchzustehen, wie es eben ging. »Ich hab dir doch mein iPhone schon gegeben.«

Rafael lächelte Timo nur an. Er hatte ein Hammerlächeln, das Lächeln eines Filmstars. Alle Mädchen fanden Rafael toll. Manchmal stellte sich Timo vor, sich eine Pumpgun zu besorgen, in der großen Pause zu Rafael zu gehen, ihm die

Wumme direkt in die Fresse zu drücken und ihm das perfekte Lächeln aus dem Gesicht zu ballern. Es war eine schöne Fantasie, aber mehr auch nicht. Timo hatte keine Ahnung, wo er eine Pumpgun herbekommen sollte, und selbst wenn er eine auftreiben könnte, würde er sie nie benutzen. Er war kein gewalttätiger Mensch. Und das Ganze würde auch keinen Sinn machen. Erlegte man einen Rafael, waren hinterher immer noch Tausende andere Rafaels da. Die Armee der eiskalten Arschlöcher war riesig und sie rekrutierte täglich neue Mitglieder.

»Dein iPhone? Alter, das war noch das 3er, das hab ich gleich weggeschmissen«, kam es nun hinter Rafaels blendend weißen Zähnen hervor. »Nee, weißt du, was ich will: deine Freundschaft. Können wir nicht Freunde sein? Hm?« Rafael legte den Kopf schief wie ein Hundewelpe und klimperte mit den Augen.

Maximilian kicherte. Jonas zwang sich ebenfalls zu einem Grinsen, aber Timo sah ihm an, dass ihm nicht wohl dabei war. Tatsächlich widersprach er nun vorsichtig: »Ey, Rafi. Vielleicht sollten wir für 'ne Weile … Ich meine, sein Vater ist gerade gestorben.«

»Exakt.« Rafael lächelte, ohne Jonas anzuschauen. »Da braucht unser Timo uns doch mehr denn je. Er braucht gute Freunde, oder? Eine starke Schulter, an der er sich ausweinen kann.« Während er das sagte, presste Rafael noch fester, und Timo traten Tränen in die Augen.

»Siehst du!«, sagte Rafael fast triumphierend. »Er weint! Unser kleiner Satanist ist traurig. Bu-hu. Eine Runde Mitleid für unseren kleinen Timo …«

Die Klingel verkündete das Ende der Pause und Rafael lockerte seinen Griff.

»Lass uns nach der Schule noch etwas reden. Erzähl mir alles, was dich bedrückt. Wir essen ein Eis zusammen und gehen ein bisschen spazieren, ja?« Rafael lächelte und ließ Timo los. »Bis nachher«, säuselte er, bevor er mit seinen Minions zum Klassenraum ging.

Timo wischte sich die Tränen aus den Augen.

Rafael war sechzehn und zwei Klassen über Timo. Seit er den moppeligen Metal-Jungen aus der Achten vor ein paar Monaten zu seinem Opfer erklärt hatte, schwebte die Angst wie ein dunkler Schatten über Timo. Der vermeintliche Sonnyboy wollte ihn zerstören. Und Timo war machtlos, denn Rafael war unbesiegbar.

Rafaels Vater war eine große Nummer. Er war Anwalt und hatte in letzter Zeit ziemlich von sich reden gemacht, als er das Bürgerbegehren gegen die Asylbewerberunterkunft in Hamburg-Poppenbüttel initiiert hatte. Es ging überall durch die Presse. Man habe nichts gegen Flüchtlinge, hatte Rafaels Vater verkündet, aber so eine fragwürdige Unterkunft würde die Immobilienpreise drücken, und außerdem würden die Flüchtlinge sich hier im reichen Villenviertel doch gar nicht wohlfühlen, mit all den teuren Läden, die Dinge anboten, die sie sich nie würden leisten können. Die sollten doch lieber unter »ihresgleichen« untergebracht werden. Neuerdings hingen sogar überall im Stadtteil Plakate mit dem Gesicht von Rafaels Vater. Er kandidierte für das Hamburger Parlament.

Timos Vater hatte gesagt, Rafaels Eltern seien Kotzbrocken. Trotzdem hatten Timos und Rafaels Väter zusammen in mehreren Ausschüssen und Vereinsvorständen gesessen und einmal die Woche miteinander Tennis gespielt. »Das hat nichts mit Sympathie zu tun, Timo«, hatte sein Vater erklärt. »Das ist Business. Da gehört Netzwerken einfach dazu. Würde dir übrigens auch ganz guttun, weißt du: ein kleines Netzwerk aufbauen, sich Rückhalt bei anderen sichern …«

Rafaels Eltern hatten einen riesengroßen Kranz bestellt für Ingos Beerdigung. Timo war einen Tag nach der Beisetzung zum Grab gegangen und hatte den Kranz zertrampelt.

Timo verstand es nicht, was Rafael antrieb. Er verstand es einfach nicht. Wäre es tatsächlich darum gegangen, ihn abzuziehen, hätte Timo wenigstens gewusst, warum er sich mehrmals täglich umschauen musste, ob Rafael in der Nähe war, und ständig beträchtliche Umwege in Kauf nehmen musste, um ihm aus dem Weg zu gehen. Doch Rafael war stinkreich. Noch reicher als Timo und seine Familie. Rafael hatte alles, was er wollte. Ihm ging es vermutlich nur um den Spaß. Ja: Es machte ihm Spaß, Timo zu quälen.

Timo hasste Rafael. Es war ein großes Wort, aber es stimmte: Das war wirklich Hass, was er fühlte. Wenn Timo zu Hause seine Musik hörte – *Slipknot* und *My Dying Bride*, *Novembers Doom* und *Dying Fetus* –, dann stellte er sich tausendfache Tode für Rafael vor. Blutige, schmerzhafte, langwierige Folterorgien, an denen der gelackte Scheißer am Ende weinend und um Gnade bettelnd krepieren würde. Und Timo würde danebenstehen und lächeln.

Timo saß in der Klasse und hörte kaum zu. Seine Gedanken wanderten zu Rafael und seinen Arschkriechern. Zu Nele, mit der er nicht ein Mal über den Tod ihres Vaters gesprochen hatte, zu seiner Mutter, die die ganze Zeit auf tapfer und Das-Leben-geht-weiter machte, und zu seinem Vater, der ihm furchtbar fehlte.

Timo hatte keine Freunde. Er war allein. Und er war traurig deswegen. Natürlich wollte er Freunde, wer wollte das nicht? Aber er wollte sich auch nicht an irgendjemanden dranhängen, der bloß Mitleid mit ihm hatte oder mit dem er womöglich gar nichts anfangen konnte. Timo interessierte sich nicht für Lacrosse und Hiphop, für Shopping und Hockey, für Fitnessstudios und irgendwelchen Internettratsch über Hollywood-Tussis und HSV-Stars. Er war, wer er war, und wer ihn so nicht wollte, war kein Freund.

Damals, in der Grundschule, hatte er eine beste Freundin gehabt. Lilly und er waren unzertrennlich gewesen. Sie war laut und verrückt und so dünn, wie er pummelig war. Sie hatten zusammen gelacht und Unsinn gemacht, sich über alles unterhalten können, was sie beschäftigte, und waren verschworen gewesen gegen den Rest der Welt. In der vierten Klasse begann ihre Freundschaft zu bröckeln, plötzlich trennte ein unsichtbarer Graben die Jungen und die Mädchen. Es gab keinen klaren Schnitt, der das Ende markierte. Lilly und er trieben einfach auseinander. Sie gingen bis zur sechsten Klasse noch auf dieselbe Schule, aber nicht mehr in dieselbe Klasse. Sie sprachen kaum noch miteinander. Dann zog Lilly nach Hamburg-Eppendorf. Letztes Jahr hatte Timo sie noch einmal gesehen, zufällig, in der Stadt. Sie war mit zwei Freundinnen unterwegs gewesen. Lilly hatte sich die Haare lila gefärbt und war geschminkt wie ein Mangamädchen. Sie war sehr hübsch, fand Timo. Als sie ihn erkannte, zögerte sie kurz, aber dann kam sie auf ihn zu und umarmte ihn. Sie redeten für ein paar Minuten – *Was machst du so? Wie geht es dir?* –, dann drängten ihre Freundinnen zum Aufbruch. Lilly und er umarmten einander noch mal, doch diese Umarmung fühlte sich nicht nur wie ein Abschied an, sondern auch wie eine Entschuldigung.

Nachträglich war Timo froh, dass Lilly nicht nach seiner Handynummer gefragt hatte. Er hätte lange und vergeblich auf ihren Anruf gewartet.

»Timo?«

Er schaute auf. Offenbar hatte Frau Klagenthal ihn schon mehrmals angesprochen.

»Ist alles okay, Timo? Geht es dir nicht gut?«

Hatte er wieder leise vor sich hin gemurmelt? Das tat er manchmal.

»Äh …«, stammelte Timo. »Ich bin … Mir ist irgendwie übel. Ich möchte gern nach Hause.«

»Selbstverständlich!«, sagte Frau Klagenthal eilfertig. »Geh bitte ins Schulbüro, die Sekretärin soll deine Eltern …« Die Lehrerin biss sich auf die Lippen. »… deine Mutter anrufen, damit sie dich abholt, ja?«

Timo erhob sich und nahm seinen Rucksack.

»Wer kann Timo zum Schulbüro begleiten?«, fragte Frau Klagenthal.

Niemand meldete sich.

»Das geht schon. Ist nicht nötig«, murmelte Timo.

Frau Klagenthal nickte und ließ ihn ziehen.

Er ging nicht zum Schulbüro, sondern verließ direkt das Schulgelände.

Rafael würde später vergeblich nach ihm Ausschau halten.

5

Daniels Zimmer war groß. Richtig groß. Es war eine Art Mini-Penthouse unter dem Dach der Villa seiner Eltern. Die zwei Stockwerke zu seinem Reich hochzugehen, war wie ein Besuch in einem Museum, fand Nele. Überall standen und hingen exotische und erstaunliche Dinge. Afrikanische Fruchtbarkeitsstatuen, prächtige persische Wandteppiche, bunte, indische Gemälde irgendwelcher Götter. Daniels Eltern hatten den ganzen Globus bereist, viele Bücher darüber geschrieben und zwei Fernsehserien gemacht: »Die schöne Welt« und »Unterwegs mit einem Lächeln«. Sie beschrieben in ihren Dokumentationen nur das Positive, das sie auf ihren Reisen erlebt hatten, erzählten vom kleinen Glück, das man auch in totaler Armut noch erleben kann, und von der Seligkeit und dem inneren Frieden, die Menschen in aller Welt durch Religion und Spiritualität erfahren.

Nele fand Daniels Eltern total cool, sie waren echte Exoten in Poppenbüttel. Sie hatten sich auch fast als Einzige ganz klar für das Flüchtlingsheim ausgesprochen, das hier gebaut werden sollte. Daniels Eltern hatten Millionen mit ihren Büchern und Filmen, Vortragsreisen und Fernsehauftritten verdient. Das meiste Geld aber hatten sie mit einem Werbevertrag für eine Outdoor-Ladenkette gemacht. »Conquer the World with a Smile« war der Slogan, zu dem Daniels Eltern auf zahlreichen Plakaten, Internetbannern und in TV-Spots in die Kamera strahlten.

Heute waren sie nicht da, weil sie abends in Köln in irgendeiner Talkshow auftreten sollten. Nele fand es schade. Wenn es jemanden gab, der tatsächlich etwas Tröstliches zu sagen haben könnte, dann waren es Daniels Eltern. Die Begegnungen mit all den verschiedenen Kulturen hatten sie sehr einfühlsam gemacht, fand Nele.

Daniel dagegen war oft ein wenig genervt von seinen Eltern. »Das sind vergoldete Althippies«, hatte er einmal gesagt. »Wenn ich noch ein Mal hören muss, wie meine Mutter bei der Geburt eines Elefantenbabys assistiert hat, kriege ich einen Schreikrampf.«

Daniel hatte mehr von der Welt gesehen als Nele und all ihre Freunde zusammen. Er war als Kind mit seinen Eltern im Einbaum den Amazonas heruntergefahren, war auf Safaris gewesen und in einem Gorillareservat. In einem der Bücher seiner Eltern gab es ein Foto, auf dem der sechsjährige Daniel neben einem Gorillababy auf einer Wiese saß. Der kleine Gorilla presste seine Hand auf Daniels Gesicht und Daniel lachte aus vollem Hals. Vielleicht kam daher seine Gesichtsmarotte, hatte Nele überlegt.

Daniel begleitete seine Eltern schon seit drei Jahren nicht mehr auf ihren Reisen: »Ich hab keinen Bock drauf, dass jeder Furz, den ich mache, hinterher in irgendeinem Buch ein eigenes Kapitel bekommt.« Er hatte es satt, das Kind der Weltreisenden zu sein. In seinem Zimmer gab es daher auch nichts Exotisches. Dort lehnten zwei Pennyboards und ein

Longboard an der Wand, eine edle Stereoanlage mit Turntable stand daneben. Konzertplakate von *Lisa T.* und *Kollegah* hingen über seinem Bett, und neben der Tür war ein großes Regal, randvoll mit Büchern. Allen möglichen Büchern. Science-Fiction, Thrillern, Horror und sogar ein paar Klassikern.

Daniel hatte ihnen einen Tee gekocht. Seine Eltern hatten einen ganzen Schrank voll exotischer Tees. Nicht diese parfümierten Sorten, die man hierzulande kaufen konnte, sondern echte Chai- und Mate-Tees, die sie sich von ihren Freunden aus aller Welt schicken ließen. Nele mochte Tee nicht besonders, aber sie hatte sich daran gewöhnt, dass es den bei Daniel nun mal zu trinken gab.

Die beiden saßen sich auf zwei Fatboy-Sitzkissen gegenüber.

»Wie kommst du klar?«, fragte Daniel.

»Geht schon«, antwortete Nele.

»Gibt es irgendwas, was ich tun kann?«

Nele schüttelte den Kopf. »Sei einfach nur da«, sagte sie und Daniel nickte.

»Es muss echt hart sein …«, begann Daniel, doch Nele unterbrach ihn: »Können wir bitte über etwas anderes reden als …«

Sie beendete den Satz nicht, doch Daniel verstand sie auch so. Für einen kurzen Moment schien er etwas ratlos, dann sprang er plötzlich auf und holte sein iPad.

»Hey, hab ich ganz vergessen!«, rief er begeistert. »Die haben Fotos geschickt!«

Daniel hielt das Tablet so, dass sie beide draufschauen konnten. Er strich mit den Fingern über den Screen und mehrere

Bilder huschten vor Neles Augen vorbei, eines schöner als das andere: ein weißer Sandstrand, fast menschenleer, von Palmen umgeben. Ein Sonnenuntergang, so intensiv und tieforange, dass man kaum glauben mochte, dass kein Photoshop im Spiel war. Ein Haus aus Bambusrohren, kunstvoll in die Wipfel eines riesigen Baumes gebaut, ein kleines schwebendes Schloss in einem sattgrünen Königreich.

»Wahnsinn«, staunte Nele.

Sie hatte gewusst, dass es dort schön war. Dass der Ort, an dem sie ihren ersten Urlaub ohne Eltern verbringen würde, dermaßen atemberaubend war, hatte sie jedoch nicht erwartet.

»Ist das unser Baumhaus?«, fragte sie.

Daniel nickte strahlend.

Es waren Freunde von Daniels Eltern, denen dieses mehr als exklusive Resort auf Thailand gehörte. Ein Luxustraum mit Privatstrand. Viele Hollywoodstars hatten da schon Urlaub gemacht, angeblich war sogar Miley Cyrus schon mal dort gewesen.

Zuerst hatten Neles Eltern gemeint, Nele wäre mit fünfzehn noch zu jung, um allein mit ihrem Freund Ferien am anderen Ende der Welt zu machen, doch Daniels Eltern hatten sie beruhigt. Die »Kinder« wären dort in besten Händen, hatten sie versprochen. Ihre thailändischen Freunde würden sich wie eine Gastfamilie um Nele und Daniel kümmern. »Wer einem jungen Vogel die Flügel stutzt, der verdammt ihn zu einem Leben am Boden«, hatte Daniels Mutter ein altes Sprichwort aus Tibet oder sonst woher zitiert und Neles Eltern hatten geseufzt und schließlich zugestimmt. Wer wollte sein Kind schon am Fliegen hindern?

In vier Wochen würde es losgehen. Vielleicht war dieser Urlaub, diese Zeit im Paradies mit dem großartigsten Jungen der Welt genau das, was Nele brauchte, um den Schmerz für eine Weile zu vergessen. Wenn sie nur an den Urlaub dachte, fühlte sie sich gleich schon ein wenig besser.

Daniel schaute sie an und lächelte. Nele lächelte zurück. Er strich ihr über die Wange und küsste sie. Nele schloss die Augen. Daniel war ein großartiger Küsser. Doch dann berührte er ihre Brust und Nele spannte sich ein wenig an. Sie war nicht wirklich in der Stimmung, rumzumachen. Sie war mit den Gedanken woanders, die Traurigkeit lag immer noch wie ein Schleier über ihr und dämpfte und verwischte alles, was sie empfand. Es fühlte sich falsch an, jetzt mit Daniel herumzuknutschen. Aber gleichzeitig war es auch schön. Und es lenkte sie ab. Es tat gut, dass da jemand war, der sie liebte. Der sie hielt. Und für sie da war.

Es war kurz nach acht, als Nele nach Hause kam. Sie schloss die Tür auf. Aus dem oberen Geschoss hörte sie Timos Idiotengekreische. Ihr Bruder hatte seine Spackenmusik noch lauter aufgedreht als sonst, und obwohl seine Tür geschlossen war, erfüllte der Lärm das ganze Haus.

Nele ging in die Küche. Ihre Mutter saß am Tisch, vor sich ein Glas Weißwein. Sie schaute nicht auf, als Nele eintrat.

»Hallo, Mama«, begrüßte Nele sie und ging zu ihr. Sie wollte sie umarmen, doch Henriette drehte sich nicht zu ihr um. Ihre Mutter wirkte wie eine leere Hülle. Blass und mit starrem Blick, der nichts zu fixieren schien, saß sie reglos da. Nele erschrak.

Es war ihrer Mutter immer besser gegangen. Nach ihrem

dreitägigen Trauermarathon hatte sie sich erfolgreich selbst aus dem Sumpf der absoluten Verzweiflung gezogen, hatte die Ärmel hochgekrempelt und beschlossen, dass das Leben eben weitergeht. Natürlich hatte sie immer noch sehr traurig gewirkt.

Doch das, was Nele jetzt im Gesicht ihrer Mutter sah – das war nicht bloß Traurigkeit. Das war etwas anderes.

»Was ist los, Mama?«, fragte Nele ängstlich. »Ist etwas passiert?«

»Es ist vorbei«, sagte Henriette leise und erhob sich. »Es ist alles vorbei.«

Sie ging an Nele vorbei, öffnete den Kühlschrank und goss sich ein weiteres Glas Weißwein ein.

»Vorbei«, sagte sie noch einmal, hob das Glas und prostete ihrer Tochter dann absurderweise zu. Erst jetzt bemerkte Nele, dass ihre Mutter total betrunken war.

»Was ist vorbei?!«, fragte Nele.

»Alles!«, schrie Henriette sie plötzlich an. »Alles! Hab ich doch gesagt. Bist du taub?«

6

Am nächsten Morgen, als Nele und Timo zum Frühstück in die Küche kamen, verkündete ihre Mutter: »Ihr geht heute nicht zur Schule. Wir müssen reden.«

»Okay«, sagte Timo, wohl erfreut, einen Tag außer Reichweite von Rafael verbringen zu können. Er setzte sich und nahm sich eines der Aufback-Croissants aus dem Brotkorb.

Nele schaute Henriette besorgt an. Ihre Mutter war stark geschminkt, ihre Augen mit weit mehr Eyeliner umrandet als sonst. Anscheinend wollte sie die Spuren einer durchweinten Nacht verbergen. Nele bemerkte, dass Henriettes Hand zitterte, als sie sich einen Becher Kaffee einschenkte.

»Was ist los?«, fragte Nele.

»Setz dich bitte«, sagte ihre Mutter.

Nele nahm Platz. Sie warf Timo, der sich sein Croissant fingerdick mit Nutella beschmierte, einen vorwurfsvollen Blick zu. Wie konnte der jetzt einfach seelenruhig essen? Merkte er wirklich nicht, dass sich hier gerade etwas sehr Dramatisches anbahnte? Jungs!

»Ich war gestern bei Jürgen in der Kanzlei«, begann Henriette. Jürgen war ein Freund der Familie und ihr Anwalt.

»Er ist alle Unterlagen durchgegangen und hat sich um alles gekümmert. Die Bankkonten, die Versicherungen …«

Henriette stockte. Ihre Unterlippe zitterte.

»Euer Vater … Ingo … Er …« Henriette konnte nicht weitersprechen. Selbst Timo schaute sie nun ängstlich an.

»Was?!«, rief Nele ungeduldig. Es war offenkundig eine schlimme Nachricht, die ihre Mutter da für sie hatte, und es war unerträglich, diese so schleppend serviert zu bekommen.

»Wir sind pleite!«, platzte es nun aus Henriette heraus. »Papa hatte Schulden bis zum Anschlag, seine Firma ist seit zwei Jahren im Minus, er hat alles verschleiert, Geld hin und her geschoben, Steuern nicht beglichen …«

Nele und Timo waren fassungslos.

»Was meinst du mit pleite?!«, stammelte Timo. »Du meinst, wir haben kein Geld mehr? Gar keins?!«

»Wir haben weniger als gar nichts«, antwortete Henriette. »Papas Erbe ist ein Minusgeschäft. Es sind nichts als Schulden. Und ich bin aus steuerlichen Gründen als zweite Geschäftsführerin eingetragen. Also bin ich haftbar. Sie werden das Haus pfänden, alles, was wir haben. Weil Papa selbstständig war, bekommt ihr nicht einmal eine Waisenrente.«

Nele war fassungslos. Das konnte doch nicht sein?!

»Papa hatte eine Lebensversicherung, aber …« Henriettes Augen füllten sich mit Tränen. »… aber … die wollen nicht zahlen. Sie sagen, es war kein Unfall. Sie sagen, dass er … Selbstmord begangen hat. Wegen der ganzen Schulden. Er habe es wie einen Unfall aussehen lassen, damit wir versorgt sind, aber …«

»Das ist doch Bullshit!«, schrie Timo. Seine Stimme überschlug sich. »Das hätte Papa nie gemacht! Er hätte uns nie einfach so alleingelassen!«

»So einer war Papa nicht!«, protestierte auch Nele. »Wie können die einfach so etwas behaupten?! Dagegen muss Jürgen doch etwas machen können!«

»Jürgen wird natürlich Einspruch einlegen«, fuhr Henriette fort. »Vor Gericht gehen. Aber das kann dauern. Jahre womöglich. Und vielleicht bekommt die Versicherungsgesellschaft sogar recht …«

Henriette flüsterte nun nur noch.

»Und was heißt das jetzt?!«, rief Nele. »Was bedeutet das?!«

»Wir müssen umziehen«, seufzte ihre Mutter. »Da führt kein Weg dran vorbei.«

»Wohin?!«, rief Nele. »Ich will nicht umziehen! Ich will hierbleiben!«

»Es ist nicht so, dass wir eine Wahl hätten«, sagte Henriette. »Jürgen hilft uns, etwas zu suchen. Ich habe morgen auch einen Termin beim Wohnungsamt …«

»Wohnungsamt?!«, rief Nele. »Wie die Assis, oder wie?«

»Jürgen hat …« Henriette stammelte. »Er hat alles durchgerechnet. Wir werden einen Offenbarungseid ablegen müssen …«

»Einen was?«, fragte Timo.

»Eine Privatinsolvenz«, sagte Henriette. »Wir erklären uns für bankrott.«

»Und dann?«

Henriette schob stumm ein Formular über den Tisch. Ihr Blick war eine einzige Entschuldigung.

Nele nahm das Papier in die Hand und überflog es. »ALG II«, las sie. »Was heißt das? ALG II?«

»Arbeitslosengeld 2«, flüsterte Henriette. »Besser bekannt als Hartz IV.«

»Was?!« Jetzt überschlug sich Neles Stimme. »Das ist doch Bullshit! Leute wie wir kriegen doch kein Hartz IV!«

Henriette schaute sie nur hilflos an.

Nele sprang auf und rannte aus der Küche. Das konnte doch nicht wahr sein!

•

Die folgenden zwei Wochen waren die Hölle. Henriette, Nele und Timo hatten verabredet, niemandem von ihrer Situation zu erzählen, bis nicht vollständig klar war, was geschehen würde. Timo vergrub sich in seinem Zimmer und spielte stundenlang auf seiner E-Gitarre. Mit wem hätte er auch darüber reden sollen? Sein größter Trost war die Musik: Wenn er die harten Rhythmen und die gehetzten, aggressiven Sololäufe seiner Lieblingssongs spielte, verschwand die Wirklichkeit manchmal zumindest für einen Moment. Die Musik war Timos bester Freund. Sein einziger Freund, wie er sich eingestehen musste. Er sah einem Umzug recht gelassen entgegen. Es gab nicht viel in Poppenbüttel, was er vermissen würde. Seine Musikanlage würde er behalten dürfen und die E-Gitarre auch. Viel mehr brauchte er nicht.

Timo fetzte den Refrain von *Korns Spike in my Veins*. Während seine Finger über die Saiten zischten, rotierte es in seinem Kopf. Nicht immer gelang es ihm, seine Gedanken in Musik zu ertränken. Oft kam er auf die gleiche Frage zurück. Hatte sein Vater tatsächlich Selbstmord begangen? Timo konnte sich beim besten Willen nicht vorstellen, dass sein Papa so ein Feigling gewesen sein sollte.

Never gonna run away
Seeking out the path
But the pain always gets in the way,

brüllte der Sänger von *Korn* in Timos Kopfhörer, und Timo schlug die Akkorde dazu an, hart, manisch fast, wieder und wieder und wieder.

Während Timo alles daransetzte, so wenig wie möglich nachzudenken, versuchte Nele sich auszumalen, wie ihr Leben in Zukunft aussehen würde. Doch das alles schien so absurd, so unfassbar, dass ihr dafür die Fantasie fehlte. Es war furchtbar, mit niemandem darüber reden zu können. Sich niemandem anvertrauen zu können. Am schlimmsten war es, sich sogar Daniel gegenüber nichts anmerken lassen zu dürfen. Daniel, der nach wie vor rührend um sie besorgt war und alles für sie tat. Dass ihr gemeinsamer Urlaub gecancelt war, würde sie ihm aber bald mitteilen müssen. Er platzte bereits vor Vorfreude, hatte schon Reiseführer besorgt und im Internet Ausflüge rausgesucht, die er mit ihr in Thailand unternehmen wollte.

Nele starrte auf die große Pinnwand in ihrem Zimmer. Da hing eine Zukunft, die sie nicht mehr haben würde. Da hing das Versprechen auf ein Leben, ein Versprechen das von einem Tag auf den anderen gebrochen worden war. Neles Hände zitterten ein wenig, als sie nach und nach alles von der Pinnwand pflückte und in den Papierkorb warf: die Bestätigung der Austauschorganisation, dass sie eine Gastfamilie in Neuseeland für Nele gefunden hatten. Den Prospekt über St. Moritz, wohin sie dieses Jahr eine Skireise mit ihrem Hockeyverein hatte machen wollen. Die Visitenkarte des Innenarchitekten, den ihre Mutter neulich aufgetan hatte. Er hätte als Geburtstagsgeschenk für Nele deren Zimmer mit ihr zusammen komplett neu designen sollen …

Für Nele fühlte sich alles so unwirklich an, als treibe sie durch einen bizarren Albtraum, der einfach nicht enden wollte. Doch das Leben draußen ging weiter. Neles Freunde verhielten sich wieder normal, sie hatten das Dauermitleid mehr oder weniger eingestellt. Wenn es nach ihren Freunden ginge, sollte nun langsam alles wieder so sein wie zuvor.

Svantje hatte sich inzwischen von Max getrennt und hatte es tatsächlich geschafft, auf eine Oberstufenparty eingeladen zu werden, wo sie sich an den coolen Bennett herangeschmissen hatte. Obwohl Bennett dann wirklich mit ihr herumgeknutscht hatte – und noch ein bisschen mehr –, hatte er sie am nächsten Tag auf dem Schulhof keines Blickes gewürdigt. Als er auch all ihre Messages unbeantwortet ließ, hatte Svantje das ganz große Drama daraus gemacht. Sie hatte sich in Selbstmitleid gesuhlt, Sachen gesagt wie »Ich will nicht mehr leben!«, einen Tag später dann aber die drohende Depression gegen eine Stinkwut getauscht und angekündigt, dass sie Bennett fertigmachen würde. Drei Tage später hatte Bennett ihr dann im Vorbeigehen zugelächelt und Svantje war wieder im siebten

Himmel. Zwei Tage danach hatte er sie wieder ignoriert und die Welt ging erneut unter. Svantje redete über nichts anderes mehr und änderte ständig ihren Facebook-Status von *Single* zu *In einer Beziehung* und *Es ist kompliziert*.

Nele saß mit Svantje im Eiscafé und Svantje ereiferte sich zum x-ten Mal, was für ein mieses Schwein Bennett sei: »Erst schleimt er sich ein und macht voll auf netter Typ, damit ich ihm einen blase, und danach bin ich dann plötzlich nur noch Luft für ihn.«

»Dann blas ihm doch einfach keinen«, sagte Nele.

Svantje starrte sie an: »Was?!«

»Ich kann das echt nicht mehr hören!«, platzte Nele der Kragen. »Immer dasselbe Gejaule. Dieser Kleinscheiß. Dieser Schwachsinn. Bennett ist ein blöder Wichser. Das solltest du langsam mal kapiert haben! Wenn du trotzdem immer noch mit ihm rummachst, dann bist du doch selbst schuld!«

»Sag mal, geht's noch?!«, rief Svantje. »Ich dachte, du bist meine Freundin!«

»Ja. Bin ich auch«, sagte Nele. »Und als Freundin sag ich dir, dass mir dein ganzes Gejaule zum Hals raushängt! Deine Miniproblemchen! Du hast doch gar keine Ahnung, was richtige Probleme sind! Du hast doch keine Ahnung!!«

Nele stand auf und ging. Svantje starrte ihr fassungslos hinterher.

7

Es war ein Scherz, den niemand außer Timo lustig fand: Am Sonntagabend, als Henriette mit einem dicken Aktenordner das Wohnzimmer betrat und Nele ihr mit Grabesmiene folgte, drückte Timo die Play-Taste der sündhaft teuren Bang & Olufsen-Stereoanlage, die nur sein Papa hatte anrühren dürfen. Die finsteren Klänge von *The Doors* dröhnten durch den Raum:

This is the end, beautiful friend
This is the end, my only friend, the end
Of our elaborate plans, the end
Of everything that stands, the end
No safety or surprise, the end ...

Timo kannte den Song *The End* aus seinem Lieblingskriegsfilm *Apocalypse Now*. Er fand, solch eine Familienkonferenz sollte mit einer Portion schwarzem Humor eingeläutet werden, um die Sache etwas aufzulockern.

Mama hatte angekündigt, »unsere gesamte Situation durchsprechen« zu wollen, und das verhieß nichts Gutes.

Henriette schaltete die Musik wortlos aus und schaute ihren Sohn nur müde und frustriert an.

»Du Idiot«, zischte Nele.

Timo zuckte mit den Schultern und setzte sich an den Tisch. Als alle Platz genommen hatten, fragte er cool: »Also? Wie gefickt sind wir?«

Seine Mutter blickte ihn an, atmete tief aus und sagte dann ebenso cool: »Komplett!«

Es war, wie sich schnell herausstellte, wirklich *The End*. Das Haus würde verkauft werden müssen, Mamas BMW auch, die beiden Kunstwerke, die ihr Vater mal als Wertanlage gekauft hatte, ebenso wie ein Großteil von Mamas Schmuck. Und damit wären die Schulden immer noch nicht gedeckt. Nicht nur Neles Reisen und ihr Austauschjahr waren gestrichen worden, auch den Hockeyverein und das Fitnessstudio konnten sie sich nicht mehr leisten.

»Ich soll gar keinen Sport mehr machen, oder wie?«, protestierte Nele.

»Natürlich sollst du Sport machen«, seufzte ihre Mutter. »Nur billiger.«

»Kannst ja joggen gehen oder dich bei Mister-Fit anmelden«, schlug Timo vor.

»Ja, danke!«, zischte Nele sarkastisch. »Was verstehst du denn von Sport, du Fettsack?!«

»Nele!«, rief Henriette wütend. »Reiß dich zusammen, Fräulein! Du bist nicht die Einzige, die mit dieser Situation klarkommen muss! Wir müssen jetzt zusammenhalten!«

Nele senkte den Blick.

Die Liste der Sparmaßnahmen wurde länger und länger: Klamottenkaufsperre bis auf das Allerwichtigste, Leitungswasser statt Selters und die teuren Handyverträge würden so bald wie möglich gegen billigere ausgetauscht werden.

»Wie jetzt? Dann kann ich nicht mehr ins Internet, oder wie?«, beschwerte sich Nele.

»Doch. Mails lesen, WhatsApp. Aber nicht mehr stundenlang YouTube, wenn du unterwegs bist«, erklärte Henriette. »Und passt gut auf eure Handys auf. Wenn sie kaputtgehen oder ihr sie verliert, gibt es danach ein billiges. Und ich muss euch leider auch bitten, mir eure Kreditkarten zu geben.«

»Was?!«, rief Nele. »Das ist unser Geld!«

»Das ist mein Konto!«, beschwerte sich erstmals auch Timo. »Das ist das Geld von Oma und Opa! Das hab ich selbst gespart! Davon wollte ich mir einen neuen Gitarrenverstärker kaufen und eine Subwoofer-Box!«

»Auf dem Konto ist auch mein Konfirmationsgeld!«, rief Nele. »Davon wollte ich meinen Führerschein machen!«

»Es tut mir wirklich leid«, beteuerte Henriette. »Aber es geht nicht anders. Ich muss mit jedem Cent rechnen. Ich muss auf alles zurückgreifen, was wir haben. Als es uns gut ging, habt ihr von uns alles bekommen, was ihr wolltet. Jetzt müsst ihr leider auch euren Beitrag leisten. Ich versuche, so viel Bargeld wie möglich abzuheben und in Sicherheit zu bringen, bevor die Behörde es auf das Hartz IV anrechnen kann.«

»Und dafür nimmst du unser Geld?! Meins und Timos! Das ist nicht fair!«, rief Nele.

»Nein, das ist es nicht«, stimmte ihre Mutter seufzend zu.

Nele ließ den Kopf in die Hände sinken. Das war alles einfach zu viel!

»Aber es gibt auch gute Nachrichten«, fügte Henriette an. »Wir haben eine Wohnung bekommen. Das ging superschnell, Gott sei Dank. Wir haben großes Glück gehabt. Normalerweise kann das Monate dauern bei der momentanen Wohnungsnot. Und ihr bekommt sogar jeder ein eigenes Zimmer.«

»Na, alles andere wäre ja auch noch schöner!«, sagte Nele.

»Du, das ist keineswegs selbstverständlich. Wir haben eigentlich nur Anspruch auf zweieinhalb Zimmer, aber Jürgen kennt jemanden in der Behörde, der ein gutes Wort für uns eingelegt hat. Wir haben jetzt dreieinhalb Zimmer. Und fünfundsiebzig Quadratmeter. Das sind über zehn Quadratmeter mehr als normal.«

»Hurra!«, lachte Timo bitter.

»Fünfundsiebzig Quadratmeter?! Da ist ja Svantjes Pool schon größer!«, rief Nele.

»Die Wohnung würde mehr als vier Mal in unser Haus passen«, rechnete Timo aus.

»Das ist nicht mehr unser Haus«, sagte Henriette. »Gewöhn dich dran.«

»Was ist mit den Möbeln?«, wollte Timo wissen. »Die passen doch gar nicht alle in die neue Wohnung rein.«

»Wir verkaufen so viel davon, wie wir können«, erklärte Henriette. »Also zumindest das, was nicht gepfändet wird.«

»Und wo ist die Wohnung?«, wollte Nele wissen.

Henriette zögerte. »Steilshoop«, sagte sie dann.

Timo lachte laut auf und Nele schaute ihre Mutter entsetzt an.

»Das ist nicht dein Ernst?!«, rief sie. »In dem Hochhausghetto?! Bei den Hartz-IV-Assis?!«

»Hey, falls es dir entgangen sein sollte, Schwesterchen: Wir sind jetzt auch Hartz-IV-Assis«, sagte Timo.

»Das ist gar nicht so schlimm da, wie man denkt«, versuchte ihre Mutter, sie zu beruhigen. »Das war früher mal ein heißes Pflaster, das stimmt. Aber jetzt ist es ein ganz normales Wohnviertel. Ich hab's mir ja angeschaut.«

»Ein ganz normales Wohnviertel?!«, rief Nele und hielt ihr iPhone hoch. »Hier: Das findest du, wenn du ›Hamburg Steilshoop‹ googelst!«

Timo nahm ihr das Smartphone ab und schaute drauf.

»Kioskbesitzer von Jugendgang erstochen!«, rief Nele.

»Die Meldung ist fünf Jahre alt«, beschwichtigte sie Timo. »Die Täter sind inzwischen alle erwachsen und im Knast, und ihre Kinder noch zu jung, um dich abzustechen.«

»Ihr könnt weiterhin in Poppenbüttel zur Schule gehen. Es ist zwar eine knappe Stunde mit dem Bus …«, sagte Henriette, wurde aber von Timo unterbrochen: »Nein, danke. Ich gehe lieber in Steilshoop zur Schule.«

»Das ist nicht dein Ernst?!«, rief Nele. »Freiwillig? Bei den Assis?!«

»Mich kotzt unsere Schule sowieso an«, erwiderte Timo. »Und glaub ja nicht, dass sich bei dir nichts ändert. Jetzt bist DU der Assi! Was glaubst du, wie lange du deine Luxusfreunde behältst, wenn du kein Geld mehr hast, um mit zu *Starbucks* zu gehen, und du beim Shoppen nur noch die Tüten der anderen tragen darfst? Wenn du nicht mehr in den gleichen Vereinen bist und nicht mehr auf die Partys eingeladen wirst, weil du selbst nie welche gibst? Und glaubst du im Ernst, irgendeiner deiner Hochglanzwichser kommt dich mehr als einmal in Steilshoop besuchen? Die kommen alle genau ein Mal zum Gucken, Slumming – *Hier lebst du jetzt, ist ja krass?!* –, und dann nie wieder.«

Nele schaute ihn mit großen Augen an, aber sie widersprach ihm nicht.

»Du bist jetzt 'ne Ghetto Bitch, Nele«, verkündete Timo und imitierte mit einem grimmigen Grinsen die Hiphop-Gesten von *Lisa T.* »Aber keine coole. Du bist nur die abgebrannte Tochter von dem Loser, der sich umgebracht hat. Du bist die Assitusse mit den zwei Jahre alten Sneakers. Du bist die, über die alle hinter ihrem Rücken Witze machen: *Ich hab neulich Nele gesehen. Pfandflaschen sammeln am Hauptbahnhof. Haha!*«

»Du übertreibst!«, protestierte Henriette. »Warum bist du immer so zynisch, Timo?!«

»Weil er recht hat«, sagte Nele leise. »Timo hat recht. Wir gehören hier nicht mehr hin.«

Henriette sah sie erstaunt an.

»Ich weiß nicht, wie das mit deinen Freundinnen ist«, sagte Nele zu ihrer Mutter, »aber ich habe lieber einen Abgang in Würde, als dass ich hier langsam, aber sicher zum Außenseiter werde.«

Henriette schluckte.

»Überleg doch mal«, sagte Nele. »Wenn du dich mit deinen Freundinnen samstags zum Brunch triffst, da in diesem Restaurant an der Elbe, überleg mal, was das kostet. Glaubst du, die verlegen das dir zuliebe zum Bäcker an der Ecke? Und das ist ja nicht das Einzige, was du dir dann nicht mehr leisten kannst. Oder glaubst du, dass die nicht über dich lästern, wenn du nur noch zum Billigfriseur gehen kannst? Du bist dann nicht mehr die tolle Henriette, du bist ›die arme Henriette‹, die zwischen den Proleten leben muss.«

Henriette schüttelte den Kopf: »Ein paar werden vielleicht so denken, aber auf die kann ich auch verzichten. In solchen Situationen stellt sich eben heraus, wer deine wahren Freunde sind. Das dauert eine Weile, aber irgendwann weißt du dann, wer wirklich zu dir hält.«

»Aber die ganzen Sprüche und mitleidigen Blicke und fiesen Lästereien, die halte ich nicht aus!«, rief Nele. Ihre Stimme brach. Henriette musterte ihre Tochter besorgt. Als Nele zu zittern begann, nahm Henriette sie in den Arm. Und dann brach Nele in Tränen aus: »Ich kann das nicht! Ich will nicht das Mädchen sein, das man nur aus Mitleid mal ansimst und über das alle lästern!«

Henriette wiegte ihre Tochter sanft: »Es tut mir so leid, mein Schatz. Ich würde dir das alles so gern ersparen, aber es ist doch, wie es ist. Wir müssen jetzt eben ganz stark sein. Da müssen wir jetzt durch. Irgendwie.«

»Nein!«, schrie Nele. Ihre Augen waren knallrot und tränenverschmiert. »Ich schaff das nicht, Mama! Das ist alles zu viel! Ich halt das nicht aus, jeden Tag die Außenseiterin zu sein. Ich will nicht, dass irgendjemand von meinen Freunden weiß, wo ich bin. Da fang ich lieber ganz neu an! Ein ganz neues Leben! Mama, echt! Ich schaff das hier nicht!«

Henriette schaute Nele nachdenklich an: »Aber wie stellst du dir das vor? Wie soll denn das gehen?«

8

»New York?!« Daniel war fassungslos.

Nele nahm seine Hand. »Es ist doch nur vorübergehend«, sagte sie und versuchte sich nicht anmerken zu lassen, dass der schmerzhafte Kloß in ihrem Hals kurz davor war, ihr Tränen in die Augen zu pressen. »Ist doch nur für ein Jahr oder so.«

»Ein ganzes Jahr ohne dich?!«, protestierte Daniel.

»Ich wäre ja auch für ein Jahr nach Neuseeland gegangen«, sagte Nele. »Nun ist es eben früher. Ich werde dich auch furchtbar vermissen, ist doch klar, aber so lang ist das ja nun auch nicht und …«

Sie stockte.

»Meine Eltern haben Freunde in New York. Ich komme dich einfach ein paarmal besuchen! In den Ferien immer!«, sagte Daniel eifrig.

Nele zwang sich zu einem Lächeln: »Super!«

Verdammt! Natürlich hatten Daniels Eltern Freunde in New York! Warum hatte sie daran nicht gedacht?! Die hatten überall Freunde! Nele hätte behaupten können, sie würde nach Sibirien auswandern, und selbst da hätten Daniels weltreisende Eltern vermutlich noch einen wettergegerbten Trapper gekannt, der ihnen gern seine Blockhütte zur Verfügung stellte.

Nele und ihre Mutter hatten sich diese Geschichte ausgedacht, während Timo nur kopfschüttelnd danebengesessen hatte. Es war ein Plan voller Löcher und offener Fragen, aber Henriette und Nele, die sich beide absolut sicher waren, dass sie als Sozialhilfeempfängerinnen in ihrem Freundeskreis nicht lange überleben würden, waren entschlossen, sich einen gloriosen Abgang zu verschaffen. Sie wollten kein Mitleid, sondern Neid! Timo konnte nicht fassen, dass seine Mutter bei so etwas mitmachte! War es nicht ihre Aufgabe, die Vernünftige zu sein? Doch seine Mutter unterstützte diesen bescheuerten Plan tatsächlich. Vielleicht stand sie immer noch unter Schock. Oder sie sagte sich, dass die Dinge ja wohl kaum noch schlimmer kommen könnten, als sie es bereits waren.

In einer stundenlangen Sitzung hatten Nele und Henriette alles ausgetüftelt: Angeblich hatte Henriette Bekannte in New York, die ihr einen Job angeboten hatten. Sie hatte ja mal drei Semester Modedesign studiert und ihre New Yorker Fantasiefreunde besaßen eine Kette von Boutiquen, für die sie Kleidung entwerfen sollte. Sie würden in einem Luxusapartment in Upper Manhattan leben und Nele und Timo würden dort auf eine edle Privatschule gehen. Dass sie deshalb Haus und Auto verkauften, alle Zelte abbrachen, das war da doch logisch, oder?

Es war eine Monsterlüge, absurd nah an einer Seifenoper und völlig over the top. Timo hatte ungläubig gelacht, als die beiden ihm ihre Lügengeschichte vorgetragen hatten: »Das glaubt euch kein Mensch! Damit macht ihr euch total zum Affen! Die lachen euch aus!«

Doch Henriette hatte behauptet: »Du wirst dich wundern! Je größer die Lüge, desto weniger können die Leute sich vorstellen, dass man sich so etwas Unglaubliches auszudenken wagt.« Und sie hatte tatsächlich recht behalten. Alle hatten es geschluckt! Alle! Und die meisten von ihnen platzten vor Neid! Timo konnte es nicht glauben: Was für Idioten!

Nele zerriss es fast das Herz, dass sie Daniel so belügen musste. Sie hoffte nur, dass die Versicherung doch zahlen musste und sie bald zurückkonnten. Nele hatte ursprünglich vorgehabt, mit Daniel in Kontakt zu bleiben, über Skype, Facebook und WhatsApp, ihm ein Leben in den USA vorzugaukeln, doch als er jetzt ankündigte, dass er sie dort besuchen wollte, war ihr klar, dass das nicht klappen würde. Sie musste alle Zelte abbrechen. Komplette Funkstille. Sollte sie in ein paar Monaten, vielleicht in einem Jahr in ihr altes Leben zurückkehren können, würde sie sich etwas einfallen lassen müssen, wie sie Daniel ihr Schweigen erklärte.

»Bestimmt suchst du dir eine neue Freundin, wenn ich weg bin«, sagte Nele traurig.

Daniel schüttelte vehement den Kopf: »Niemals! Was denkst du denn von mir! Wir machen jeden Tag Facetime und schreiben uns, bis du wieder da bist! Du suchst dir in New York ja wohl auch nicht sofort einen Neuen, oder?«

Nele lachte: »Nein. Ganz sicher nicht.«

Würde sie wirklich nach New York ziehen, bestünde vielleicht eine ganz klitzekleine Gefahr – auch wenn sich Nele nicht vorstellen konnte, dass es irgendwo auf der Welt einen Jungen gab, der noch toller als ihr Daniel war. Aber falls es solch einen Jungen doch gab, würde sie ihn ganz sicher nicht in Steilshoop finden! Nein, sie hatte Standards! Sie hatte Niveau! Sie würde wohl kaum etwas mit irgend so einem Jogginghosen-Kevin anfangen! Romantische Dates an der Dönerbude? Liebesbriefe mit hundertfünfzig Rechtschreibfehlern? Irgendwelche 3,95-Euro-Ohrringe zum Valentinstag? Igitt! Kannten die den überhaupt da, im Ghetto, den Valentinstag?

Nele schluckte. Wenn Steilshoop nicht bloß eine Episode war, wenn sie nicht irgendwann zurückkommen konnte, dann würde sie als Jungfrau enden!

Aber so durfte sie nicht denken! Nein! Die Versicherung würde irgendwann zahlen und alles würde wieder gut werden!

An diese Hoffnung musste sie sich klammern.

Doch das fiel ihr von Tag zu Tag schwerer. Noch vor ein paar Wochen war sie sich sicher gewesen, dass Daniel ihr gehörte. Und sie ihm. Dass sie für immer zusammenbleiben würden.

Doch jetzt – jetzt war gar nichts mehr sicher.

•

Am Abend vor ihrem »Abflug« fand in Svantjes Villa eine große Zusammenkunft statt. Niemand nannte es Party, weil das so kurz nach Ingos Tod geschmacklos gewesen wäre. Aber letztendlich war es natürlich eine. Sie feierten den vermeintlich tollen neuen Lebensabschnitt der Restfamilie Brüggemann. New York! Wie geil war das denn?!

Es war die traurigste Party, auf der sie je gewesen waren.

Svantje hatte Nele ihren Ausbruch im Eiscafé längst großmütig verziehen. Und Svantjes Eltern, die mit Henriette befreundet waren, hatten es sich nicht nehmen lassen, ein riesiges Abschiedsfest für sie zu schmeißen. Die Party fand draußen statt, mit Buffet am Pool, Cocktailbar und Livemusik. Alle waren da, die ganze Nachbarschaft, alle Bekannten und Freunde aus den Vereinen und Clubs. Neles Mitschüler waren natürlich auch eingeladen.

Timo hatte nicht mitkommen wollen. Er fand es nach wie vor absurd und lächerlich, diese gigantische Lüge durchzuziehen, doch Henriette hatte ihn gezwungen.

»Du kommst mit!«, hatte sie gesagt. »Zumindest für ein paar Stunden! Was sollen die Leute denn sonst denken? Von einigen wirst du dich ja wohl auch verabschieden wollen, oder?«

Und so stand Timo hier nun herum und langweilte sich. Als er ausgerechnet Rafael und seine Speichellecker auf sich zukommen sah, versuchte er, so schnell wie möglich abzuhauen. Rafael hatte nur eine Badehose an und präsentierte stolz seinen fitnessstudiogestählten Körper. Timo dagegen, der seinen dicken Bauch lieber verbarg, trug olivgrüne Shorts und ein weites T-Shirt der Band *Skindred*.

»Ach, da ist er ja, der Star des Abends!« Rafael strahlte ihn mit seinem Haifischgrinsen an. »Du wirst mir so fehlen, mein kleines Dickerchen!«

Rafael stand direkt vor ihm und machte Anstalten, wieder seinen schmerzhaften Schultergriff anzuwenden, doch Timo knurrte tapfer »Fick dich!«, stieß den völlig perplexen Rafael zur Seite und ging einfach an ihm vorbei. Rafael kniff die Augen zusammen und zischte wütend. Hier waren viel zu viele Leute, als dass sein Erzfeind ihn direkt hätte angreifen können, doch Timo würde höllisch aufpassen müssen, dass ihn das Schwein nicht doch noch in einem unbeobachteten Moment erwischte. Dann würde Rafael ihn echt fertigmachen. Aber zum Glück musste er ihm ja nur heute noch entkommen. Es war das letzte Mal, dass er Rafael sah. Das allerletzte Mal. Als Timo das so richtig klar wurde, ging ein breites Grinsen über sein Gesicht. Hey! Er würde Rafael nie wiedersehen! Niemals wieder! Sollte er ihm da nicht vielleicht noch ein kleines Abschiedsgeschenk machen?!

Timo betrat den Raum zwischen Sauna und Garage, der an diesem Abend als Umkleidekabine für die Jungen und Männer diente. Schnell fand er Rafaels Klamottenstapel. Er hob das Hemd an, das obenauf lag, und strahlte, als er darunter Rafaels iPhone entdeckte. Er schaltete es ein und die Bildschirmsperre des Handys leuchtete auf. War der Typ vielleicht so dämlich, sein Geburtsjahr zu nehmen? Timo tippte die Jahreszahl ein und tatsächlich: Die Handysperre war gelöst!

»Ist das geil!« Timo lachte, steckte das Handy in die Hosentasche und ging ins Haus.

Jetzt musste er nur noch einen Ort finden, an dem er ungestört war, also ging er ins Obergeschoss, wo die Gäste nichts zu suchen hatten. Er öffnete eine der Türen, die den langen Flur säumten. Dahinter befand sich offensichtlich das Schlafzimmer von Svantjes Eltern. Timo schloss die Tür hinter sich und setzte sich aufs Bett. Dann begann er, das Handy zu inspizieren. Rafael hatte tatsächlich alle Passwörter gespeichert und so konnte sich Timo in Rafaels Namen überall einloggen.

Als Erstes postete er einige Kommentare über Rafaels Facebook-Account. Rafael war mit seinem richtigen Namen angemeldet, und der Nachname Lojakowski war so selten, dass es ganz sicher keinen zweiten Rafael Lojakowski in Hamburg gab. Er wäre also leicht, ihn zu finden, falls der eine oder andere, dem Timo geschrieben hatte, gern ein Wörtchen mit Rafael reden wollen würde.

Timo hinterließ ein paar rassistische und beleidigende Sprüche auf einer Seite der Flüchtlingshilfe und bei der islamischen Gemeinde Hamburgs. Das dürfte den Wahlkampf von Rafaels Papa ziemlich erschweren. Dann teilte Timo alias Rafael gleich sechs verschiedenen Mädchen aus seiner Schule mit, dass er in sie verliebt sei. Und weil er gerade sein Herz ausschüttete, erklärte er auch noch zwei männlichen Mitschülern seine Liebe. Und weil's so schön war, gestand Rafael schließlich noch seiner Religionslehrerin, dass er sie mehr liebe, als Worte es beschreiben könnten. Die letzte Message garnierte Timo mit vier Herzchen und einem Kussmund-Emoticon.

Timos Rafael bestellte bei einem Onlineshop diverse Longboards, Fußbälle, Sneakers, edle Sweatshirts und Designerjeans, Schokoladentafeln und Berge von Gummibärchen (selbst seine Kreditkartendaten hatte dieser Idiot nicht mit einem anderen Passwort gesichert!) und ließ alles direkt an ein Heim für unbegleitete jugendliche Flüchtlinge liefern. Danach postete er in einem Forum, dass er mit dem Gedanken spiele, in seiner Schule einen Amoklauf durchzuführen.

Schließlich nahm Timo die SIM-Karte aus dem Handy, brach sie in der Mitte durch und steckte das iPhone in die Tasche. Rafael schuldete ihm immerhin noch eines.

Früher oder später würde Rafael beweisen können, dass jemand sein Handy gehackt hatte. Bis dahin aber würde er sicher eine Menge Ärger bekommen.

Timo grinste sehr zufrieden, als er die Schlafzimmertür hinter sich schloss.

»Timo?«

Eine Stimme riss ihn aus seinen Gedanken, und Timo schaute in die fragenden Augen von Svantjes Mutter, die gerade die Treppe hochgekommen war.

»Was wolltest du denn in meinem Schlafzimmer?«, fragte sie. Ihre Stimme war streng.

»Äh …« Timo zögerte. »Ja. Ich, äh … Ich, äh … ich hab mich in der Tür geirrt. Ich hab das Klo gesucht«, stammelte er.

Svantjes Mutter schien die Ausrede nicht zu schlucken. »Es gibt im Erdgeschoss zwei Toiletten und noch eine direkt am Pool. Warum gehst du nach hier oben?«

»Äh …« Timos Kopf wurde knallrot. »Ich … Durchfall! Ich hab voll krassen Durchfall. Und der stinkt wie Hölle. Echt, voll übel. Und ich wollte nicht … wenn jemand hinterher da reinkommt, dann … also … wenn das da riecht wie in einer Giftgasfabrik … das wäre mir voll unangenehm … und … Äh … ich hab ein … äh … also … ich hab ein diskretes Klo gesucht.«

Der Zweifel verschwand aus dem Gesicht von Svantjes Mutter. Stattdessen guckte sie Timo nun angewidert an und wünschte sich offenbar, sie hätte nicht gefragt.

»Du kannst die Toilette dahinten am Ende des Ganges nehmen«, sagte sie pikiert und Timo nickte. Er ging in die entsprechende Richtung, erleichtert, dass ihm so schnell eine Ausrede eingefallen war. Doch plötzlich rief ihm Svantjes Mutter hinterher: »Timo!«

Fuck!

Timo blieb stehen und drehte sich um. Er versuchte, so gelassen wie möglich zu wirken, doch ihm zitterten die Knie, und sein Lächeln entglitt ihm.

»Ja?«

»Bitte, Timo: Hinterher gründlich putzen, die Toilette, ja?«

»Klar!«, rief Timo zu laut und zu schrill.

Er eilte in das Bad, setzte sich auf die geschlossene Toilette und atmete tief aus. Dann musste er grinsen.

Das war es also, was Svantjes Mutter von ihm in Erinnerung behalten würde: Neles Bruder. Das war doch der mit dem Durchfall …

Nele und Daniel gingen Hand in Hand durch den hinteren Teil des Gartens. Sie wollten allein sein. Die Bank, auf die sie sich nun setzten, stand ganz am Ende des Rasens. Sie saßen so dicht beieinander, wie es überhaupt nur möglich war, ohne dass Nele auf Daniels Schoß kletterte. Sie wollten sich so nah sein wie möglich. Solange es noch ging.

»Ich will jeden Tag von dir hören«, sagte Daniel und nahm Neles Hand.

»Ich melde mich, so oft ich kann«, entgegnete Nele vage. Sie wollte schreien und weinen, so sehr schmerzte es, Daniel belügen zu müssen. »Es ist ja nicht für immer«, fügte sie lahm an und betete innerlich, dass das wahr war.

»Du bist die einzige Frau für mich, das weißt du, oder?«, sagte Daniel feierlich und küsste sie.

Es war, als würde Daniel alle Liebe und Leidenschaft, seine ganze Traurigkeit über ihre Abreise in diesen einen Kuss legen wollen. Es war, als wolle er ihr einen Stempel aufdrücken, sie markieren, damit der Rest der Welt sah, dass sie sein Mädchen war … seine Frau!

Nele fiel es unsagbar schwer, sich von ihm zu lösen. Es brach ihr das Herz. Sie drückte seine Hand.

»Es tut mir leid mit dem Urlaub«, sagte sie. »Ich weiß, wie sehr du dich darauf gefreut hast. Und ich mich ja auch.«

»Es wird nicht mal halb so schön werden ohne dich«, sagte Daniel.

Nele rückte ein paar Zentimeter von ihm ab und schaute ihn erstaunt an.

»Wie jetzt?«, fragte sie. »Du fährst trotzdem?«

»Na ja, ist ja alles gebucht und bezahlt. Die Flugtickets kann man nicht stornieren, die sind Business Class über die Lufthansa-Punkte meiner Eltern. Das kann man ja nicht einfach alles so wegschmeißen«, erklärte Daniel defensiv. Und fügte, als er Neles fassungslosen Gesichtsausdruck bemerkte, eilig an: »Aber es wird nicht dasselbe sein ohne dich. Das wird einfach nur ein Urlaub.«

»Mit wem fliegst du?«, fragte Nele. Ihr Herz raste.

»Weiß ich noch nicht«, antwortete Daniel. »Vielleicht mit Max. Oder mit Adrian.«

Nele entspannte sich ein wenig. Ihre Vernunft sagte ihr, dass sie kein Recht hatte, empört zu sein. Schließlich war sie es, die den Urlaub platzen ließ.

Sie wollte nicht mehr reden. Sie wollte nicht mehr lügen. Sie wollte das alles hinter sich bringen – und gleichzeitig wollte sie, dass die Zeit stillstand, genau jetzt, in dieser Sekunde, in der Daniel sie erneut küsste.

Während Nele und Daniel Abschied nahmen, hatte Timo mit großem Vergnügen beobachtet, wie Rafael bemerkte, dass sein Handy verschwunden war, und alles absuchte. Tatsächlich hatte Timo schon lange nicht mehr so viel Spaß gehabt wie bei dieser Party. Er fühlte sich wie ein Zuschauer in einer absurden Theatervorstellung. Alles war eine einzige Lüge. Nichts als Heuchelei.

Henriette spielte ihre Rolle der angehenden Modedesignerin souverän, vor allem, wenn man bedachte, dass sie die ganze Show nur ihrer Tochter zuliebe abzog. Nele weinte irgendwann nur noch. Ständig lag sie jemandem im Arm, irgendeiner ihrer Freundinnen, ihrer Mutter und natürlich immer wieder Daniel, der dreinblickte wie ein geprügelter Hundewelpe. Timo mochte Daniel. Er hatte nie verstanden, was so ein netter Typ mit einer Zicke wie seiner Schwester wollte. Aber wahrscheinlich war sie bei Daniel gar keine Zicke. Das war sie nur zu Hause. Und Timo gegenüber. Oder Daniel – der nette, kluge, hilfsbereite, immer gut gelaunte Daniel – war in Wirklichkeit genau so ein Lügner und Heuchler wie alle anderen hier auf dieser Party. Oder ein Vollidiot.

Kurz nach ein Uhr nachts brachen sie auf. Henriette umarmte halb Poppenbüttel, Nele knutschte Daniel zum endgültigen Abschied noch einmal so ausdauernd, dass es Timo nicht gewundert hätte, wenn Daniel danach keinen Mund mehr unter seiner Nase gehabt hätte, sondern nur noch eine offene Wunde. Während er darauf wartete, dass Nele und seine Mutter sich endlich von allen verabschiedet hatten, wurde Timo plötzlich richtig übermütig. Er ging auf Rafael zu, der seine Minions immer noch überall im Haus und auf dem Grundstück nach seinem Handy suchen ließ, und umarmte ihn. Rafael war völlig verwirrt, als Timo seine Arme um ihn schlang und ihm ins Ohr flüsterte: »Viel Spaß die nächsten Tage, du kleines Stück Scheiße.« Ehe der verdutzte Rafael reagieren konnte, stand Timo schon wieder neben seiner Mutter und winkte dem widerlichsten Menschen, den er kannte, noch einmal freundlich zu.

Dann gingen Timo, Nele und Henriette.

In ihr neues Leben.

9

Nele schaute an der Hausfassade hoch. Nahezu an jedem Fenster hing eine Satellitenschüssel. Viele Scheiben waren schon lange nicht mehr geputzt worden, boten einen nur trüben Blick auf schief hängende Jalousien oder billige Bastrollos. Hinter einem Fenster hing eine HSV-Fahne, hinter einem anderen die Flagge der Türkei.

»Hey«, hörte Nele die Stimme ihres Bruders. »Kannst du vielleicht mal aufhören, das Haus anzuglotzen, und stattdessen mit anpacken?«

Nele warf Timo einen giftigen Blick zu, ging dann aber zum Auto, in dem ihre Sachen verstaut waren. Nele sah, wie ihre Mutter, die einen Umzugskarton mit der Aufschrift KÜCHE – DIES UND DAS schleppte, sich an vier Jungen vorbeizudrängen versuchte, die auf den Treppenstufen vor dem Hochhaus saßen.

»Entschuldigung? Kann ich mal?«, fragte Henriette.

»Klar«, sagte einer der Jungen grinsend, offenbar der Anführer der Gruppe, und erhob sich. Er trug eine Baseball-Cap mit *Obey*-Aufdruck. Die anderen drei Jungen, die sich neben ihm gelümmelt hatten, standen nun auch auf.

»Sollen wir Ihnen vielleicht helfen?«, fragte der Anführer Henriette.

Die schaute erstaunt und sagte dann erfreut: »Oh. Ja. Gern.«

Der Junge lachte und ging mit seinen Kumpels davon. Henriette wurde ein bisschen rot, weil sie den Scherz nicht erkannt hatte.

Nele schnappte sich ihren Kosmetikkoffer und trug ihn ins Haus.

»Ja, richtig so!«, rief Timo ihr hinterher. »Nimm nicht zu viel auf einmal, nicht dass du dir noch den Rücken verrenkst!«

Timo wollte gerade den Karton mit seinen Mangas aus dem Transporter wuchten, als die vier Jungen an ihm vorbeigingen. Er zog nervös den Kopf ein. Eine Gruppe cooler Typen, die direkt auf ihn zusteuerten, verhieß nichts Gutes.

»Hey!«, sagte der *Obey*-Junge und verstellte Timo den Weg. Er grinste breit. Seine Kumpel feixten.

Bitte lass das nicht wahr sein!, dachte Timo. *Gerade bin ich Rafael entkommen, da wartet hier schon der nächste Psychopath?!*

»Neu hier?«, fragte der Junge.

Timo nickte stumm. Er hätte etwas Ironisches antworten können – *Nee. Ich trage nur gern Umzugskartons durch fremde Viertel, aber abends fahren wir wieder nach Hause, meine Kartons und ich* –, aber er verkniff es sich.

Der Junge streckte ihm die Hand hin. Timo zögerte, stellte dann aber den Karton auf den Boden und ergriff sie.

Der Händedruck des Jungen war kräftig, aber nicht schmerzhaft: »Ich bin Marcel. Das sind Pjotr, Basti und Fresse.«

»Fresse?«, wunderte sich Timo.

»Eigentlich heißt er Fred«, erklärte Marcel.

»Ich bin Timo.«

»Timo, Timo, alles primo!«, sagte Marcel. »Meine kleine Schwester hatte mal ’nen Hamster, der hieß Timo.«

Timo schaute Marcel ratlos an. War das wieder ein Scherz? Vermutlich, denn Marcel lachte und seine Freunde stimmten ein.

»Na denn. Man sieht sich, Digga«, sagte er.

Dann verschwanden die vier.

Timo schaute ihnen ratlos hinterher.

»Na, guck mal: Da hast du schon gleich Freunde gefunden«, sagte Henriette. Es klang, als wäre Timo fünf Jahre alt und hätte gerade im Sandkasten mit einem anderen Vorschüler eine Plastikschaufel geteilt.

»Ja«, antwortete Timo sarkastisch. »Wir wollen nachher zusammen einen Kioskbesitzer abstechen.«

Henriette schüttelte seufzend den Kopf.

Henriette gab ihr Bestes, alles ganz normal wirken zu lassen. Einfach nur ein Umzug, keine große Sache. Nele und Timo nervte das: Sie waren keine kleinen Kinder mehr, denen man Märchen erzählen konnte. Es wäre ihnen lieber gewesen, wenn Henriette ehrlich zugegeben hätte, was hier geschah: Sie zogen gerade von einem der teuersten Viertel der Stadt in eine graue Hochhaussiedlung. Aus einem tollen großen Haus in eine enge Wohnung im siebten Stock. Ihr Leben war explodiert, und sie versuchten nun, sich in den Trümmern irgendwie einzurichten. Die Situation wurde nicht besser, wenn man sie mit Zuckerguss überzog oder sich die Augen zuhielt und so tat, als wäre man immer noch zu Hause. Die Situation war scheiße. Punkt.

Nele stand im Flur und sah sich um. Nur gab es nicht besonders viel zu sehen. Die Wohnung war nicht schön, sondern einfach bloß funktional, eine Wohnung wie Millionen andere auch. Wände, Böden, Decken. Ihr bisheriges Haus, die Häuser von Neles Freunden, die hatten Charme, besondere Eigenheiten: liebevoll gestaltete Gärten, schräge Wände, exzentrisches Design oder prächtige Fensterfronten. Die Wohnung hier war nur eine eckige Behausung, eingequetscht zwischen anderen eckigen Behausungen. Ein Lebenskarton.

Sie hätte heulen können, doch dafür hatte sie weder Energie noch Tränen übrig. Die halbe Nacht hatte sie geweint, hatte an Daniel gedacht, an ihre Freunde, an alles, was sie zurückließ. Sie war leer geweint.

Nele hatte wie selbstverständlich das größere Zimmer für sich beansprucht und Timo hatte nicht protestiert. Sie packte die Kartons aus, stellte ihre Make-up-Sachen auf die kleine Kommode und hängte das Ghetto-Bitch-Konzertposter über ihr Bett. In ihrem früheren Zimmer war es eines von vielen Bildern gewesen, hier dagegen war alles so beengt, dass an der Wand kaum noch Platz für ein zweites Poster war. *Lisa T.* schaute auf Nele herunter, mit diesem unerschütterlichen Ihr-könnt-mich-alle-mal-Blick, den sie sich wohl besser auch schnell zulegen sollte, wenn sie hier in Steilshoop überleben wollte. Ihr graute vor dem ersten Schultag. Ihr graute davor, auch nur vor die Tür zu treten. Ihr graute vor ihrem neuen Leben.

Erst gestern hatte sie sich unter Tränen von Daniel verabschiedet, und schon jetzt konnte sie sich kaum beherrschen, ihn nicht doch anzurufen. Scheiß auf die New-York-Geschichte! Sie wollte seine Stimme hören. Sie wollte ihm alles erzählen. Aber Nele wusste, dass es nicht funktionieren würde. Es gab eine neue Realität, an der man nicht vorbeikam: Solange sie hier wohnten, war ihre alte Welt für sie gestorben. Daniel und sie waren ab sofort zwei verschiedene Spezies, zwei Lebensformen, die einfach nicht kompatibel waren. Das war simple Biologie. Sie hatten nicht mehr denselben Lebensraum. Sie existierten in verschiedenen Ökosystemen.

Nele öffnete das Fenster und schaute hinaus. In ihrem Haus hatte sie einen eigenen Balkon gehabt, der den Garten überblickte. Jetzt hatte sie bloß ein Fenster. Nele konnte von hier oben die ganze Siedlung, ganz Steilshoop sehen. Mehr als zwei Dutzend Wohnblöcke und Hochhäuser, dazwischen Straßen und Wege, ein paar Plätze, sehr wenige Bäume, ein Supermarkt, eine Schule, eine Sporthalle. Ein graues Labyrinth, das sie früher oder später würde erkunden müssen.

Unten, vor dem Haus, schob eine alte Frau ihren Rollator über den Bürgersteig. Neben ihr schlurfte ein dicker Mann mit einem zu engen, quer gestreiften Pulli, zwei *Aldi*-Tüten in der Hand. Ein Stück hinter ihm ging ein junger Mann, der Nele irgendwie bekannt vorkam. Sie konnte ihn aber nicht zuordnen. Wahrscheinlich ähnelte er einem Schauspieler, denn wen sollte sie hier schon kennen? Doch dann bemerkte sie das Tattoo auf seinem Hals: Von hier oben sah es nur aus wie ein schwarzer Fleck, aber Nele wusste, was es darstellte: eine Zwölffingerdarm-Schlange. Fuck! Die Welt war klein und voll mieser Überraschungen. Hoffentlich würde der Typ sich nicht an sie erinnern, falls sie ihm mal auf der Straße begegnete.

Der Mann, dem Svantje das Handy hatte ersetzen müssen, ging nun an einer sehr schönen jungen, türkisch oder arabisch aussehenden Frau mit pechschwarzen wallenden Haaren vorbei. Sie saß auf einem Mauervorsprung und tippte unermüdlich auf ihr Handy ein. Zwei kleine Kinder liefen über den Platz, einen überdreht kläffenden Hund an der Leine. Ein Stück entfernt lungerten die Jungen herum, die vorhin im Hauseingang gesessen hatten. Die Frau mit dem Rollator wühlte nun langsam und mühsam in ihrer Handtasche und suchte offenbar ihren Haustürschlüssel.

Zu Hause hatte Nele niemanden außer vielleicht mal ihre Eltern oder ihren Bruder gesehen, wenn sie aus dem Fenster in den Garten geschaut hatte. Selbst auf der Straße vor ihrem Haus war eigentlich fast nie jemand vorbeigegangen. In Poppenbüttel fuhren alle mit dem Auto.

»Nele! Timo!«, hörte sie ihre Mutter aus dem Flur rufen. »Wie sieht's aus? Wollen wir uns eine Pizza bestellen?!«

Ja. Die hatten sie sich verdient.

•

In Timos Zimmer standen zwei Kartons, die er vorerst nicht auspacken würde. Darin steckten all die Sachen, die er bei eBay verkaufen wollte: seltene Comics, sein altes iPad2, das

GPS-Trainingsarmband, das ihm seine Eltern mal geschenkt hatten, weil sie gehofft hatten, er würde dann vielleicht mit Joggen anfangen. Timo brauchte Geld. Für einen neuen Gitarren-Amp. Und für einen neuen Handyvertrag. Sein alter lief zwar noch vier Monate, aber er brauchte sofort eine neue Nummer. Gerade hatte sein Handy wieder vibriert. Timo schaute aufs Display: Der fünfundzwanzigste entgangene Anruf von Rafael! *Ein kleines Jubiläum*, dachte Timo grinsend. Rafael hatte ihm auch schon diverse SMS geschickt, ihn beschimpft und bedroht: Ich mach dich fertig, du fette Zecke! Timo freute sich, dass sein kleines Social-Network-Projekt offenbar Wirkung gezeigt hatte.

Er hatte auf keinen Anruf und auf keine der Nachrichten reagiert. Nichts machte Typen wie Rafael wütender, als ignoriert zu werden. Timo steckte das Handy wieder ein und ging in die Küche. Die Pizza würde gleich kommen.

10

Am nächsten Morgen wurde Nele von Kindergeschrei geweckt. Sie reckte sich, stand auf und schaute aus dem Fenster. Ein Dutzend Jungen spielte auf dem Platz vor ihrem Haus Fußball. Die Jungs schrien und kreischten dabei nonstop. Nele schloss das Fenster, verließ ihr Zimmer und wollte ins Bad. Es war besetzt. Nele klopfte gegen die Tür und rief: »Hey! Ich muss mal!«

»Bin auf Klo! Bin gleich fertig!«, rief Timo durch die verschlossene Tür zurück.

Na super. Sie würde mindestens zehn Minuten warten müssen, bis der Mief abgezogen war.

»Mach hinterher das Fenster auf, verstanden?! Und putz das Klo!«, rief sie. Sie hörte Timo lachen. Was war denn daran komisch?

Nele ging in die Küche. Sie würden einen Plan fürs Bad machen müssen. Wenn nächsten Montag die Herbstferien zu Ende waren und sie wieder zur Schule ging, würde sie keine Zeit mehr haben, zu warten, bis Timo endlich im Bad fertig war.

Henriette saß am Küchentisch, blickte von ihrem Tablet auf, als Nele eintrat, und lächelte: »Guten Morgen!«

»Ich hab dir schon hundert Mal gesagt, du sollst nicht den ganzen Tag auf dem iPad spielen«, scherzte Nele und trat hinter ihre Mutter, um auf den Screen zu gucken. Darauf waren allerdings keine *Angry Birds* zu sehen, sondern diverse Texteinträge.

»Was machst du?«, fragte Nele.

»Ich les Stellenanzeigen«, antwortete Henriette. »Ich brauche einen Job.«

Nele schenkte sich Orangensaft ein und steckte zwei Brotscheiben in den Toaster. Ihre Mutter hatte nie richtig gearbeitet. Sie hatte manchmal in der Boutique von Svantjes Mutter ausgeholfen und viel ehrenamtlichen Kram gemacht, aber einen richtigen Job, mit Chef und so, hatte sie nie annehmen müssen.

»Was genau suchst du denn?«, wollte Nele wissen.

»Mal gucken, was es so gibt«, antwortete Henriette.

Jetzt kam auch Timo in die Küche, murmelte »Moin« und befüllte den Wasserkocher. Er trank morgens immer Pfefferminztee, was Nele eklig fand. Pfefferminztee war Schullandheim. So was trank man doch nicht freiwillig.

Sie nahm das Toastbrot und setzte sich an den Tisch.

»Drehst du mit mir nachher mal eine Runde durchs Viertel?«, fragte sie Timo.

Der schaute sie erstaunt an: »Du willst dich freiwillig mit mir in der Öffentlichkeit sehen lassen?«

»Natürlich. Was soll denn das? Wir sollten uns einfach mal alles anschauen. Was so abgeht und wo was ist und so«, sagte Nele.

»Du hast nur Angst, hier allein rumzulaufen.« Timo grinste.

»Quatsch!«, protestierte sie, doch Timo grinste nun noch breiter: »Gib es zu: Du denkst, sowie du aus dem Haus gehst, wirst du von den Slumbewohnern vergewaltigt und ausgeraubt!«

»Kinder! Redet doch keinen Quatsch!«, tadelte Henriette.

»Hey, das ist kein Kriegsgebiet hier«, sagte Timo zu Nele. »Du hast hier eine realistische Überlebenschance. Bleib nur immer in Bodennähe, wo die Scharfschützen dich nicht sehen können, und pass auf Tretminen auf.«

»Idiot«, knurrte Nele. »Dann gehe ich eben allein!«

»Nee, nee!« Timo machte eine beschwichtigende Handbewegung. »Ich komm schon mit. Wir ziehen uns die kugelsicheren Westen an und stecken die Handfeuerwaffen ein!«

»Aber wenn die Eingeborenen zu dicht an uns rankommen, dann laufen wir weg, so schnell, wie wir können«, stieg Nele nun auf Timos Scherze ein.

»Hört doch mal auf mit dem Mist!«, schimpfte Henriette, ohne dass ihre Kinder sie zur Kenntnis nahmen.

»Wir sollten ein paar Glasperlen mitnehmen, um uns bei den Wilden einzuschleimen!«, kicherte Timo.

Erstaunt schauten Nele und Timo ihre Mutter an, als diese plötzlich aufsprang, mit der Hand auf den Tisch schlug und schrie: »Jetzt reicht's!!«

Orangensaft schwappte aus Neles Glas.

»Das ist nicht witzig!«, brüllte Henriette und ihre Stimme überschlug sich. »Hört auf damit! Das ist jetzt unser Leben! Ich erwarte, dass ihr euch vernünftig verhaltet. Ich kann das nicht alles allein stemmen!«

Nele und Timo bemerkten entsetzt, dass ihrer Mutter Tränen in die Augen traten.

»Entschuldigung«, murmelte Timo. Nele verschränkte bockig die Arme vor der Brust. Sie hatte nicht das Gefühl, dass sie sich für etwas zu entschuldigen hatte.

Henriette zog Rotz hoch und nickte tapfer. »Wir kriegen das hin, ja?«, sagte sie. »Wir kriegen das hin!«

»Na klar!«, sagte Timo und versuchte anscheinend, so selbstbewusst wie möglich zu klingen.

Nele nickte zögernd. »Das wird schon«, knurrte sie. Es war ein seltsames Gefühl, seine eigene Mutter trösten zu müssen.

»Wir kriegen das hin!«, sagte Henriette noch einmal beschwörend und ging dann ins Bad, vermutlich, um ihr verwischtes Make-up zu reparieren. Nele und Timo schauten einander an. Timo zuckte hilflos mit den Schultern.

Es war ein warmer Tag. Obwohl bereits Oktober war, fühlte es sich fast wie Sommer an. Keine Wolke am Himmel und die Sonne warf ein warmes Licht auf Steilshoop.

»So schlimm ist es hier gar nicht«, sagte Timo.

Nele saß neben ihm auf einer Bank auf dem kleinen Platz vor dem Supermarkt. Beide hatten sich etwas zu trinken geholt – Nele eine Bionade, Timo eine Flasche Club Mate – und ließen nun ihre neue Heimat auf sich wirken. In Poppenbüttel gab es reichlich freie Fläche und sehr viel Privatsphäre. Große Gärten, breite Wege, die Häuser in gebührendem Abstand zueinander. In Steilshoop lebten in einem einzigen Wohnblock mehr Leute als in ihrer ganzen früheren Straße zusammen. Ruhe gab es hier nicht. Aber man hatte eindeutig mehr zu gucken.

»Wenn man so einen fetten Arsch hat, sollte man keine Leggings tragen«, lästerte Nele und zeigte auf ein etwa sechzehnjähriges schwarzes Mädchen, das seinen sehr wuchtigen Hintern in eine enge türkisfarbene Beinbekleidung gezwängt hatte.

»Ja. Am besten sollte sie gar nicht aus dem Haus gehen, damit kleine Topmodels wie du nicht von ihrem Anblick belästigt werden«, entgegnete Timo.

»Ich mein ja nur …«, murmelte Nele defensiv. »Kann ja nicht so schwer sein, sich ein bisschen vorteilhaft zurechtzumachen.«

Timo, der eine weite Camouflagehose trug und dazu sein Wacken-Festival-Sweatshirt, schüttelte nur den Kopf.

Das Mädchen mit der fragwürdigen Hose stand mit zwei Freundinnen zusammen. Die drei waren in ein sehr lebhaftes Gespräch vertieft. Das Leggins-Mädchen lachte laut auf. Es war ein ansteckendes Lachen.

Nele fragte sich, ob sie hier auch bald jemanden haben würde, mit dem sie lachen und reden konnte.

Während Nele ihren Gedanken nachhing, hatte sie mit leerem Blick auf das Mädchen mit den Leggings geschaut und gar nicht bemerkt, dass diese nun auf sie zukam.

»Ist irgendwas?« Nele blickte erschrocken auf. Das Mädchen stand direkt vor ihr, was ziemlich einschüchternd wirkte.

»Was … äh?« Nele musste sich sammeln.

»Hi!« Timo lächelte das Mädchen freundlich an, doch die hatte weiterhin nur Nele im Visier.

»Du hast mich die ganze Zeit angeglotzt. Ist irgendwas? Hast du ein Problem?«, wollte das Mädchen wissen.

»Äh. Nein. Entschuldige. Ich wollte nicht glotzen. Ich … ich war mit den Gedanken woanders. Ich hab irgendwie … ich weiß auch nicht … durch dich durchgeguckt …«, stammelte Nele. Sie war furchtbar nervös.

Das Mädchen musterte Nele, erkannte wohl deren Unsicherheit und beschloss großmütig, sie vom Haken zu lassen.

»Mach mal Platz«, sagte sie zu Timo und quetschte ihn zur Seite, während sie sich zwischen die beiden setzte.

Das Mädchen musterte Neles Swarovski-Ohrringe, die sie letztes Jahr zu Ostern bekommen hatte. Obwohl sie eigentlich zu alt dafür waren, hatten ihre Eltern immer noch Ostergeschenke für sie im Garten versteckt.

»Ich mag deine Ohrringe«, sagte das Mädchen.

Nele zögerte kurz, dann nahm sie die Stecker aus den Ohren und hielt sie dem Mädchen hin.

»Hier. Kannst du haben«, sagte sie.

»Häh?!«, staunte das Mädchen. »Bist du behindert?! Wieso willst du mir deine Ohrringe schenken?!«

»Ich … äh … ich dachte …«, stammelte Nele.

»Was dachtest du?!«, wollte das Mädchen wissen.

»Nichts«, sagte Nele. »Ein Missverständnis.«

»Du dachtest, das Niggermädchen will dich abziehen, oder wie?«

»Nein. Natürlich nicht. Es ist nur …«

»Was bist du denn für eine?!«, empörte sich das Mädchen, wuchtete sich von der Bank hoch und stapfte wütend davon.

Nele verzog das Gesicht. Timo schaute seine Schwester kopfschüttelnd an.

»Das mit den Glasperlen war eigentlich ein Scherz, weißt du?«, sagte er.

»Fuck«, stöhnte Nele.

Nele ging zurück zur Wohnung. Für heute hatte sie genug. Timo dagegen lief weiter durchs Viertel, um einen Handyshop zu finden. Dabei kam er an einem Kiosk vorbei. Die Schlagzeile der *Hamburger Morgenpost* ließ ihn zusammenzucken:

Polizei vereitelt Amoklauf! Hamburger Elite-Schüler kündigte Massenmord an.

Darunter ein Foto des Gymnasiums, das Timo und seine Schwester vor Kurzem noch besucht hatten. Timo überflog die weiteren Zeilen:

> Rafael P. (16), Sohn eines Hamburger Politikers, wollte laut Facebook »seine Schule plattmachen«. Die Polizei reagierte sofort. Der Junge beteuert, das Ganze sei ein geschmackloser Streich und sein Account sei gehackt worden. Die Staatsanwaltschaft ermittelt.

Timo schluckte. Vielleicht war er doch zu weit gegangen. Er öffnete sein Handy, zog die SIM-Karte heraus und warf sie in einen Mülleimer. Wenn Rafael ihn fand, wären seine Tage gezählt …

»Hey! Timo Bambino!«

Timo wandte sich erschrocken um. Die vier Jungen, die bei ihrem Einzug im Hauseingang abgehangen hatten, standen direkt vor ihm. Ihr Anführer – Marcel, wenn sich Timo richtig erinnerte – legte kumpelhaft eine Hand auf Timos Schulter: »Na, was geht, Alter?«

Timo zuckte nur mit den Schultern.

»Na denn, komm mal mit. Wir zeigen dir die Hood«, sagte Marcel.

»Yo!«, sagte der Typ, den sie Fresse genannt hatten, und machte eine Geste, die er offenbar aus irgendeinem Gangsta-Rap-Video hatte.

Marcel schaute ihn auffordernd an, doch Timo zögerte.

»Oder hast du etwas Besseres vor?«, fragte Marcel.

»Nö«, gab Timo zu.

»Na denn …«, sagte Marcel und ging los.

11

Den Rest der Woche verließ Nele kaum ihr Zimmer. Sie weinte viel, schaute stundenlang Serien auf ihrem Laptop, und als sie ihre Lieblingsserien durchhatte, schaute sie sich welche an, die sie eigentlich gar nicht interessierten. Wenn sie nicht auf den Laptop starrte, dann starrte sie einfach nur aus dem Fenster. Sie langweilte sich nicht bloß, sie fühlte sich regelrecht leer.

Ja, es war eine bewusste Entscheidung gewesen: Sie hatten alle Zelte abgebrochen und alle Brücken hinter sich einstürzen lassen. Die Lüge funktionierte nur, wenn sie sich alle drei an die Abmachung hielten, und das würden sie auch. Aber es war schwer.

Es hatte zwar bedrohlich geklungen, als sie diesen Ausstieg beschlossen hatten, aber auch plausibel. Und sogar ein ganz kleines bisschen spannend.

Nele hatte jedoch nicht geahnt, wie tief das Loch sein würde, in das sie nun gefallen war. Vom Fenster der siebten Etage aus sah sie da draußen das Leben, aber es war nicht ihres.

Ihre Mutter hatte die ganze Woche mit Arbeitssuche verbracht. Hätte sie auf einen ihrer alten Kontakte zurückgreifen können, hätte sie sicher problemlos etwas gefunden. Doch offiziell war Henriette ja jetzt die neue Coco Chanel in New York.

Sie hatte zahlreiche Annoncen beantwortet, per Mail oder telefonisch. Anfangs hatte sie sich noch reizvolle Jobs ausgesucht, Marketingassistentin in einem Buchverlag zum Beispiel oder Mitarbeiterin bei einem Eventmanager. Doch schnell stellte sie fest, dass Frauen über vierzig, die noch nie in ihrem Leben gearbeitet hatten und deren komplette Berufsausbildung aus einem abgebrochenen Modedesign-Studium bestand, nicht gerade Begeisterungsstürme in den Personalabteilungen auslösten. Als Henriette dann sogar als Verkäuferin in einem Schuhladen und bei einer Drogeriekette nicht genommen wurde, konnte Nele ihrer Mutter ansehen, dass diese allmählich der Mut verließ.

Henriette hatte einige Sachen am Gerichtsvollzieher vorbeigeschmuggelt. Sie hatte die kleine Münzsammlung ihres Mannes ebenso verkauft wie den riesigen Plasmafernseher, der in diese Wohnung sowieso nur hineingepasst hätte, wenn sie stattdessen auf das Sofa verzichtet hätten. Zusammen mit dem Geld, das sie von den Konten ihrer Kinder konfisziert hatte, würden sie ein halbes oder dreiviertel Jahr ihr Hartz IV noch etwas aufstocken können – aber wenn Neles Mutter bis dahin kein eigenes Geld verdienen würde, wären sie arm dran. Buchstäblich.

Am Sonntag verließ Nele nach Tagen das erste Mal die Wohnung. Sie wollte sich die Gesamtschule ansehen, die sie ab morgen besuchen würde. Wie es da so aussah und was sie erwartete. Es gab auch ein Gymnasium, ein paar Straßen weiter, aber nach einem langen Gespräch mit ihrer Mutter hatte sich Nele eingestehen müssen, dass es sinnvoller war, wenn sie auf die Gesamtschule ging.

Nele war keine besonders gute Schülerin. Sie hatte sich in der Schule immer leidlich durchgeboxt, und vor wichtigen Arbeiten und wenn die Zeugnisse näher rückten, hatte sie bis zu dreimal die Woche Nachhilfe gehabt. Aber das war nun nicht mehr drin. An der Gesamtschule hatte sie ein Jahr mehr Zeit, sich auf ihr Abitur vorzubereiten, und das Niveau, so hieß es, war dort deutlich niedriger. Nele war immer ganz selbstverständlich davon ausgegangen, dass sie aufs Gymnasium gehörte. Alle ihre Freunde gingen aufs Gymnasium. Aber wie schon von so vielem hatte sich Nele auch von dieser Überzeugung verabschieden müssen.

Die Gesamtschule Steilshoop bestand aus mehreren Gebäuden, die teilweise auf Pfeilern ruhten, unter denen sich dunkle Gänge bildeten. Einladend war etwas anderes. Jetzt, wo niemand hier war, wirkte das Gebäude sogar etwas gespenstisch. Wie ein Bunker. An manchen Wänden befanden sich Tags und Graffiti. Einen Tag entdeckte Nele gleich mehrfach – die Buchstaben T und B, kunstvoll ineinander verschlungen. Einige der TB-Tags waren mit schwarzer Farbe notdürftig übersprüht worden, an einer Wand prangte der Aufruf: *Fuck TB!*

Was hatte TB wohl zu bedeuten? War das nicht die Abkürzung für Tuberkulose? Protestierte hier jemand gegen die Ausbreitung einer Lungenkrankheit? Unwahrscheinlich. Oder waren TB die Initialen von jemandem? Thomas Braun?

Theophil Borowski? Tante Bertha? Nee, wahrscheinlich war TB eine Gang! Wie in diesem Film, den Nele mal im Kino gesehen hatte, mit den Jugendbanden in New Jersey, die sich gegenseitig bis aufs Blut bekämpften. Gab es hier so etwas womöglich auch? Bewaffnete Jugendgangs? Drogenkriege? Drive-by-Shootings? Nele schaute sich um. Nein, wie New Jersey sah Steilshoop dann doch nicht aus. Die ganze letzte Woche über hatte sie nicht ein einziges Verbrechen beobachtet, und das, obwohl sie stundenlang von ihrem Fenster aus traurig nach draußen ins Viertel geschaut hatte. Nicht eine einzige Polizeisirene hatte sie gehört. Alles, was sie hätte melden können, waren Fälle für die Geschmackspolizei: Leggings und Jogginghosen in den schlimmsten Farben und Designs! Ein paar der hässlichsten Baseballcaps, die man sich vorstellen konnte. Und eine Million Frauen, die von oben bis unten glitzerten – eine Unmenge an geschmacklosen Pailletten- und Strass-Scheußlichkeiten, die sich über Shirts, Jeans und Handtaschen ergossen wie funkelnde Designgeschwüre. Dazu Make-up-Katastrophen, die wirkten, als ob ein Clown vor dem Schminkspiegel Amok gelaufen wäre. Manche Frauen hier im Viertel kleisterten ihr Gesicht zu, als wäre ihr Kopf ein Kuchen und die Schminke der Zuckerguss. Es war übel, wie die Leute hier rumliefen, aber Verbrechen waren es nicht.

Was sollte sie bloß an ihrem ersten Schultag anziehen? Sie wollte nicht auffallen. Aber sie konnte und wollte sich auch nicht verkleiden. Irgendetwas Schlichtes dürfte am passendsten sein. Jeans und ein Sweatshirt vielleicht.

Nele schaute durch ein Fenster in den Flur der Schule. Eine der Türen zu den Klassenräumen stand offen. Nele konnte eine Tafel erkennen. Eine richtige alte Tafel, auf die man mit Kreide schrieb! Hatten die hier etwa nicht mal Smartboards?!

Sie hatte ziemliche Angst vor morgen. Sie würde sicher eine Außenseiterin sein. Nicht nur »die Neue«, sondern die Neue, bei der alle sahen, dass sie hier nicht hingehörte.

»Ein aufrechter Gang, Blickkontakt und die feste Überzeugung, dass du immer im Recht bist« – das hatte ihr Vater ihr mal eingebläut. So solle sie sich geben, wenn sie irgendwo zum ersten Mal erschien. So war er immer in Verhandlungen gegangen. »Dann bekommst du alles, was du willst!«, hatte er behauptet. Nele hatte diese Ratschläge damals dankbar angenommen. Aber das war gewesen, bevor sie erkennen musste, dass ihr Vater keineswegs alles bekommen hatte, was er wollte. Dass er ein Blender gewesen war. Und ein Feigling, der sich seinen Problemen nicht stellte. Nele wollte es besser machen als er.

»Schhhhh. Weg da!«

Nele erschrak. Da hatte doch jemand geflüstert! Sie hörte Schritte und schaute sich ängstlich um. War das ein Kichern gewesen?

Es war dunkel unter dem Betondach. Und irgendjemand beobachtete sie! Nele wollte verschwinden, so schnell wie möglich. Nur, wohin sollte sie laufen? Sie war sich nicht sicher, aus welcher Richtung die Geräusche kamen.

Wieder kicherte jemand. Und eine andere Stimme sagte: »Hey, ist doch egal!« Eine tiefe Stimme. Männlich.

Nele zitterte. »Ist da jemand?!«, rief sie tapfer. »Wer ist da?!«

Keine Reaktion …

… und dann, laut: »Buh!!!« Nele schrie auf und mehrere

Stimmen fingen an zu lachen. Es waren mindestens drei Personen, die sich auf dem Schulgelände versteckten und sich einen Spaß daraus machten, sie zu erschrecken. Wenigstens konnte sie nun grob einordnen, woher die Stimmen kamen.

Nele rannte los. Sie hörte lautes, spöttisches Gelächter. Gott sei Dank in ihrem Rücken, sie floh also in die richtige Richtung. Das Lachen wurde leiser, je weiter sie lief. Sie folgten ihr nicht. Wer auch immer »sie« waren.

Neles Herz raste wie verrückt.

12

»Oh nee! Was will die denn hier?!«

Das war das Erste, was Nele hörte, als sie am nächsten Tag den Klassenraum betrat. Das dicke schwarze Mädchen, das heute keine Leggings trug, sondern eine Jeans, saß auf einem der Tische und schaute Nele abfällig an.

Verdammt! Fräulein Fettarsch war eine ihrer Klassenkameradinnen! Auf diese Art von Zufall hätte Nele gut verzichten können.

»Hi!«, sagte Nele dennoch tapfer und hob nervös lächelnd die Hand.

»Hi!«, ahmte das Mädchen Nele albern nach und imitierte deren unbeholfene Geste.

Einige Schüler lachten. Nele wurde rot. Sie schaute sich um. Neben einem Mädchen mit Kopftuch entdeckte sie einen leeren Platz.

»Ist hier frei?«, fragte sie.

»Nee. Da sitzt schon jemand«, antwortete das Mädchen.

»Oh. Okay.« Neles Blick wanderte wieder durch den Klassenraum. Der einzige andere freie Platz war neben einem Jungen. Und was für einem Jungen! Groß, schlank, toll gestylte Haare und hinreißende braune Augen. Er hatte ein Tattoo am Unterarm, ein verschlungenes Muster. Der Junge schaute sie an. Weder freundlich noch feindselig. Einfach nur gelassen. »Eigentlich sitzt da ein Kumpel von mir«, sagte er zu Nele, »aber der ist für ein paar Wochen im Krankenhaus. Kannste solange haben, den Platz, wenn du willst«, sagte er.

Nele nickte und legte ihren Rucksack auf den Tisch. Sie wollte sich dem Jungen gerade vorstellen, da wandte der sich bereits einem Typen zu, der neben ihm stand. Sie redeten über irgendein Videospiel. Nele schloss schnell wieder den Mund, hoffte, dass niemand bemerkt hatte, wie sie eben abgeblitzt war, setzte sich auf den Stuhl und holte ihr Handy aus der Tasche. Sie öffnete den Mailordner und las ein paar Mails, die sie längst kannte.

Die Lehrerin kam herein. Sie war noch ziemlich jung, Anfang dreißig, mit einem bunten Pulli und einem langen schwarzen Rock. Eigentlich war der Hippie-Look schon wieder out, aber an ihr sah es gut aus, fand Nele.

Die Lehrerin schaltete das Smartboard ein. Ja: Es gab sehr wohl ein Smartboard. Wahrscheinlich hatte Nele gestern einfach in ein altes Klassenzimmer geschaut.

»Moin, ihr Lieben! Schöne Ferien gehabt?«, fragte die Lehrerin, während sie einen Stapel Papier aus der Tasche holte und vor sich aufs Pult legte: »Gut. Also: Französische Revolution. Wo waren wir stehen geblieben?«

»Entschuldigung –« Nele hob den Finger.

Die Lehrerin schaute auf.

»Oh«, sagte sie. »Stimmt ja: Wir haben eine Neue!«

Nele nickte scheu.

»Okay. Also: Ich bin Frau Zwieriga. Und du bist …«

»Nele.«

»Nele«, wiederholte Frau Zwieriga. »Gut. Prima Name, werde ich mir merken können. Also: Herzlich willkommen, Nele. Und ihr …«, sie wandte sich an die anderen Schüler, »… nehmt Nele bitte freundlich auf. Zeigt ihr, wo die Cafeteria ist und wo die Toiletten sind und wo ihr heimlich rauchen geht und alles, was sie wissen muss. So. Und jetzt zurück zur Revolution. Wir waren stehen geblieben … genau: Marie Antoinette haben sie hingerichtet, den König sowieso, das Volk regiert – alles prima, alles Marzipan? Nein! Natürlich nicht. Denn wie das bei Revolutionen nun mal so ist …«

Frau Zwieriga fasste die geschichtlichen Ereignisse, die Nele alle schon letztes Jahr am Gymnasium durchgenommen hatte, zusammen wie ein Stand-up-Comedian. Die Klasse lauschte ihr gebannt, es wurde viel gelacht, aber Nele hörte ihr nicht wirklich zu. Sie hatte erwartet, dass sie eine Chance bekäme, sich richtig vorzustellen, zu erzählen, wer sie war, wo sie herkam und so. Aber niemand hier interessierte sich für sie.

Während Frau Zwieriga in launigen Worten die junge französische Republik des späten 18. Jahrhunderts skizzierte, ließ Nele den Blick durch die Klasse wandern. Es waren etwa gleich viele Jungen und Mädchen. Mehr als die Hälfte, wenn nicht sogar zwei Drittel hatten einen offensichtlichen Migrationshintergrund. In Poppenbüttel hatte Nele nur drei Nichtdeutsche in der Klasse gehabt, und zwei davon waren die beiden chinesischen Zwillingsbrüder gewesen, deren Vater im Vorstand irgendeiner Bank saß. In Poppenbüttel war fast die Hälfte ihrer Klasse blond gewesen. Hier dagegen hatten die meisten schwarze Haare.

»Ginny!«, rief Frau Zwieriga. »Handy aus oder ich kassiere es ein!«

Das Leggins-Mädchen ließ mit einem Augenrollen ihr Handy, auf dem sie eifrig herumgetippt hatte, in die Tasche gleiten. Ginny hieß sie also.

Nele bemerkte aus dem Augenwinkel, dass der Junge, der neben ihr saß, sie anschaute. Sie wandte sich ihm aber absichtlich nicht noch einmal zu. Also tippte er ihr auf die Schulter.

»Hey«, sagte er. »Ich bin übrigens Rick.«

»Hi!« Nele lächelte ihn an.

»Alles gut?«

»Ja. Alles okay. Ist halt alles ganz neu hier, muss ich mich erst dran gewöhnen.«

»Wieso? Warst du noch nie auf 'ner Schule?«, fragte Rick.

»Äh …« Nele schaute ihn verwirrt an.

»Du, ist alles nicht besonders kompliziert«, begann Rick hilfsbereit zu erklären. »Die Frau da vorne, die nennt man Lehrerin. Die erklärt einem allen möglichen Scheiß. Kann man zuhören, muss man nicht. Und das da vorn, das nennt man Smartboard …«

»Sehr witzig«, knurrte Nele.

Rick grinste und kam ihr dabei ziemlich nah. Sein Atem roch nach Fisherman's Friends und seine Augen hatten die Farbe von Haselnüssen.

»Rick! Hör auf, die Neue vollzuquatschen!«, rief Frau Zwieriga, und Rick wandte sich von Nele ab, aber nicht, ohne ihr vorher noch einmal zuzuzwinkern.

Rick war ein Traumtyp und das wusste er offensichtlich

auch. Aber dennoch wirkte nichts an seiner Coolness arrogant, fand Nele. Sie musterte verstohlen das Tattoo auf seinem Arm – lauter Linien und Kreise. Was sollte das bloß darstellen? Sie wurde nicht schlau daraus.

Nele hörte, wie sich jemand hinter ihr demonstrativ räusperte. Sie drehte sich um und sah eine breit grinsende Ginny, die mit der Hand eine eindeutig obszöne Geste machte. Was sollte das denn jetzt?!

Timo musste in seiner ersten Stunde aufstehen, seinen Namen nennen und »ein wenig über sich erzählen«.

Herr Ludewig, der aussah, als hätte niemand daran gedacht, ihm Bescheid zu sagen, dass er längst in Rente sein sollte, hatte darauf bestanden.

Timo hätte gut darauf verzichten können.

Doch so stand Timo nun vor der Klasse, die Hände in den Hosentaschen, die Haare im Gesicht, und grübelte, was er sagen sollte.

»Äh. Ja. Also: Ich heiße Timo …«, murmelte er.

»Lauter!«

»Ich heiße Timo. Ich bin vierzehn, bin gerade hierhergezogen … äh …«

»HSV oder St. Pauli?!«, rief ein Junge dazwischen.

»Äh … Ja, also … Fußball interessiert mich nicht besonders«, antwortete Timo wahrheitsgemäß und ein abfälliges Stöhnen ging durch die Klasse. Bei den meisten Jungen dürfte er damit schon verschissen haben. Doch das war egal. Timo hatte längst Freunde gefunden. Die ganze letzte Woche hatte er fast täglich mit Marcel und den anderen im Viertel abgehangen. Die Gang war voll cool. Es gab keinen Grund mehr, sich mit Lügen bei anderen einzuschleimen.

»Ich hab's mehr mit Musik«, beendete Timo seine Kurzvorstellung. »Metal. Ich spiele E-Gitarre. Und ich stehe total auf Comics. Speziell Mangas«, sagte er.

»Noch 'n Nerd«, stöhnte ein Mädchen.

»Sehr schön«, sagte Herr Ludewig, der das Mädchen entweder ignorierte oder unter altersbedingter Schwerhörigkeit litt. »Also: Herzlich willkommen hier bei uns, Timo.«

Dann begann der Matheunterricht.

Timo war gut in Mathe.

In der Pause wartete Timo auf Marcel und Fresse, die hier ebenfalls zur Schule gingen, allerdings eine Stufe über ihm. Während er auf dem Schulhof stand, gegen einen Pfeiler gelehnt, kam ein sehr schmächtiger, fast dürrer Junge auf ihn zu. Er war höchstens einen Meter sechzig groß, was er allerdings durch eine unbändige schwarze Lockenmähne ein wenig wettmachte. Timo hatte ihn gleich bemerkt, als er vorhin den Klassenraum betreten hatte. Diese Haare ließen sich auch gar nicht übersehen.

»Ich mag auch Metal«, sagte der Junge.

»Ja?«

»Ja. *Refused*, *Sepultura*, *Coal Chamber* …«

Timo nickte, während der Junge eifrig seine Lieblingsbands aufzählte. Es war nicht exakt die Art von Metal, die Timo am liebsten mochte, aber die Bands waren gut.

»Ich …«, hob der Junge an, wurde aber plötzlich von Fresse unterbrochen, der unbemerkt mit Marcel dazugetreten war.

»Verpiss dich, Taliban«, zischte Fresse und verscheuchte den kleinen Lockenkopf, als wäre der bloß ein lästiges Insekt. Der Junge verschwand eilig.

»Was sollte das denn?«, fragte Timo. »Der ist doch nett.«

»Seine Brüder sind beide bei den *Fighters*«, erklärte Marcel. »Mit den Kanaken haben wir Beef. Die dealen. Halt dich fern von den Wichsern, okay?«

Timo sagte nichts. Rassistische Sprüche kotzten ihn an. Aber Marcel schien etwas zu wissen, was er nicht wusste. Marcel war hier zu Hause. Er kannte die Zusammenhänge. Und mit irgendwelchen Drogendealern wollte Timo sich natürlich auch nicht abgeben. »Wie ist denn deine Klasse so?«, fragte Marcel.

»Okay, schätze ich«, antwortete Timo. »Ich bin bei Herrn Ludewig …«

»Oh, Fuck, die Mumie!« Marcel lachte.

»Der ist so scheißalt!«, sagte Fresse. »Der war schon dabei, als das Internet erfunden wurde!«

Timo hätte Fresse gern erklärt, dass das Internet gerade mal etwas über dreißig Jahre alt war und deshalb fast alle Erwachsenen vor der Erfindung des digitalen Netzes geboren worden waren, aber er verkniff es sich. Fresse war nicht besonders helle. Um es mal vorsichtig auszudrücken. Im Gegensatz zu Marcel, Pjotr und Basti, mit denen man gut reden konnte, war Fresse eher so was wie die Witzfigur der Clique. Alle machten sich über ihn lustig, aber er nahm es sportlich, und am Ende gehörte er eben auch dazu. Es war ein völlig neues Gefühl für

Timo, Teil einer Gruppe zu sein und dort nicht einmal am unteren Ende der Hierarchie zu stehen. Nicht dass er das ausnutzen würde. Timo war immer nett zu Fresse, und einige der Scherze, die die anderen mit ihm machten, gingen Timo auch ein wenig zu weit, aber so war das wohl. Unter Jungs. In Steilshoop.

Timo und seine neuen Freunde hingen oft an der Skaterbahn ab. Sie saßen den ganzen Tag zusammen, redeten, machten blöde Witze. Pjotr versuchte, Timo das Skateboardfahren beizubringen, und Marcel klaute oft einen Flachmann im Supermarkt, den sie dann gemeinsam tranken. Manchmal erzählten die Jungs ganz beiläufig Sachen, die Timo total schockierend fand. Pjotrs Mutter hatte offenbar alle drei Wochen einen neuen Typen, und irgendwie schien sie immer an Männer zu geraten, die sie verprügelten. Die Nachbarn hatten sogar ein paarmal die Polizei gerufen. Fresses Schwester hatte schon ein Kind, dabei war sie erst siebzehn. Und Basti hatte angeblich in seinem ganzen Leben noch nie Hamburg verlassen. Timo war klar, dass die Clique, mit der er hier abhing, auch für Steilshoop-Verhältnisse unter die Kategorie »asozial« fiel. Er spürte es an den Blicken, die die Erwachsenen und andere Jugendliche ihnen zuwarfen. Aber er mochte die Jungs. Sie waren locker und witzig und immer füreinander da. Und sie ließen sich nicht herumschubsen!

Am Abend zuvor – »Damit du morgen entspannt in die Schule gehst«, hatte Basti kichernd gesagt – hatten sie auf dem Schulgelände, hinter den Säulen, einen Joint geraucht. Timo hatte vorher noch nie gekifft. Er hatte nur einmal eine Zigarette geraucht und dementsprechend nervös war er. Er hustete entsetzlich und alle lachten. Aber es fühlte sich nicht so an, als würden sie ihn auslachen. Marcel klopfte ihm sogar verständnisvoll auf den Rücken.

Marcel taggte die Wände: *TB – Tough Boys*. So hieß ihre Gang. Timo gehörte noch nicht offiziell dazu. Dafür musste er noch irgendeine Aufnahmeprüfung bestehen. Die Wände des Viertels waren voll mit ihrem Symbol, was Timo irgendwie cool fand. Einige der anderen Gangs – besonders die Fighters – übermalten die Tags aber manchmal.

»Warum wollt ihr eigentlich einen wie mich in der Gang?«, fragte Timo. »Ich bin hier doch irgendwie ein Fremdkörper, oder?«

»Fremdkörper«, kicherte Fresse, der das für ein lustiges Wort zu halten schien.

»Gangs können doch gar nicht groß genug sein, oder? Große Gangs machen die Rules«, sagte Marcel. »Und dich kriegen wir schon hin.«

»Ja, du bist cool, Alter!«, sagte Basti. »Bis auf deinen Scheißmusikgeschmack.«

Pjotr ließ den Joint erneut kreisen, als Fresse bemerkte, dass noch jemand durch die Gänge schlich. Sie schauten vorsichtig um die Ecke.

»Das ist ja meine Schwester«, kicherte Timo.

Fresse trat hinter der Säule hervor und wollte Nele heranwinken, doch Timo zerrte ihn zurück: »Schhhhh! Weg da!« Das hätte Timo gerade noch gefehlt: dass seine zickige Schwester ihn hier mit einem Joint erwischte. Sie hätte ihn auf ewig in der Hand.

Nele hatte bemerkt, dass sie beobachtet wurde, und rannte kreischend davon. Marcel und die anderen lachten sich schlapp.

Das war gestern Nachmittag gewesen. Jetzt sah Timo seine Schwester erneut an derselben Stelle stehen.

Und sie war ganz allein.

13

Der Tag war die Hölle gewesen. Die ganze Zeit hatte Nele so tun müssen, als wäre es ihr egal, dass niemand mit ihr sprach. Sie hatte ständig auf ihrem Handy herumgetippt, damit es so aussah, als würde sie mit allen möglichen Leuten Nachrichten austauschen. Auch Rick war zweimal an ihr vorbeigegangen, ohne sie eines Blickes zu würdigen. Nele hatte sich eingebildet, sie hätten in Geschichte ein bisschen miteinander geflirtet, aber offenbar hatte sie sich da getäuscht. Wahrscheinlich benahm sich Rick bei allen hübschen Mädchen so.

Aber warum hatte niemand mit ihr gesprochen? Warum war sie Luft für alle? Hatte sie die falschen Signale gesendet? Oder hatte sie das falsche Outfit ausgesucht? Sie hatte ein Hollister-Sweatshirt, Jeans und Nike-Sneakers getragen, damit konnte man doch eigentlich nichts falsch machen? Sie hatte ihr Bestes gegeben, nicht herauszustechen. Sie begriff nicht, warum sie so komplett ignoriert worden war.

Zuerst hatten sie eine Doppelstunde Geschichte gehabt, während der Neles Gedanken ständig abschweiften, weil sie fast alles über die Französische Revolution schon gehört hatte. Wenn auch zugegebenermaßen nicht in so unterhaltsamer Form wie bei Frau Zwieriga. Nach Sozialkunde, Englisch und zwei einsamen Pausen saß Nele nun allein am Tisch in der

Cafeteria und zwängte eine halbe Portion zerkochte Spaghetti mit Tomatensoße in sich hinein. Überrascht stellte sie fest, dass ihr Bruder zwei Tische weiter mit mehreren Jungen zusammensaß, sich angeregt unterhielt und mehrmals laut lachte. Timo hatte tatsächlich sofort Freunde gefunden! Nie hätte Nele gedacht, dass sie einmal neidisch auf ihren Bruder sein könnte.

Die letzten beiden Stunden hatten sie Sport. Nele ging zu dem Sportlehrer, der in der Halle gerade zwei Volleyballfelder aufbaute. Sie trug ihre normalen Klamotten, nur die Schuhe hatte sie ausgezogen.

»Entschuldigung«, sagte Nele.

»Lass mich raten, du hast deine Tage«, seufzte der Lehrer, ohne sie richtig anzuschauen.

»Äh. Was? Nein«, stammelte Nele.

»Okay. Was dann?«, fragte der Lehrer, weiterhin mit dem Volleyballnetz herumhantierend.

»Ich bin neu. Das ist mein erster Tag heute. Ich heiße Nele Brüggemann.«

Jetzt erst drehte er sich zu ihr um und sah sie an.

»Ach so. Verstehe. Herzlich willkommen. Sorry wegen der Tage und so. Das ist die Lieblingsausrede hier, wenn sich die Mädels vorm Sport drücken wollen. Bei manchen Mädchen scheint die Periode den ganzen Monat lang zu dauern und dann direkt wieder von vorne anzufangen.«

Der Lehrer grinste. Nele schaute ihn erstaunt an. Er war Mitte fünfzig und etwas pummeliger, als ein Sportlehrer sein sollte. Nele war sich sicher, dass er sich an ihrer alten Schule für solch eine Äußerung ziemlichen Ärger eingehandelt hätte. Irgendein Elternteil hätte sich garantiert darüber beschwert, dass eine erwachsene Vertrauensperson so respektlos über die Regelbeschwerden junger Mädchen sprach. War das schon sexuelle Belästigung?

»Also, noch mal: Herzlich willkommen, Nele. Ich bin Herr Paschkow«, sagte der Lehrer und streckte die Hand aus.

Nein, Herr Paschkow wirkte nicht wie ein Creep, dachte Nele, als sie seine Hand schüttelte. Er war bloß ein lockerer älterer Herr, der sagte, was er dachte. Wie zuvor Frau Zwieriga auch. Der Umgangston hier an der Schule war anscheinend einfach ganz anders, als Nele es gewöhnt war. In Poppenbüttel, wo ein Drittel aller Eltern Anwälte waren, mussten die Lehrer jede Äußerung wohl zweimal überdenken. Hier war das nicht nötig.

»Ja, also, die Sache ist die, ich wusste nicht, dass ich heute Sport habe, also habe ich keine Sportsachen mit«, erklärte Nele.

»Ja. Das leuchtet ein«, sagte Herr Paschkow. »Dann wirste wohl auf der Bank sitzen müssen. Schauste einfach zu. Handy ausgeschaltet lassen, okay?«

Nele nickte.

Sie ging zu der Bank am Rand der Halle, auf der bereits ein Mädchen saß. Nele setzte sich neben sie, ließ aber ausreichend Abstand, um nicht aufdringlich zu wirken.

»Hi«, sagte Nele. »Auch keine Sportsachen mit?«

»Periode«, sagte das Mädchen.

Die anderen Schüler drehten inzwischen Runden in der Halle. Einige nahmen es ernst, liefen zügig und konzentriert, die meisten aber gingen eher flott spazieren. Viele Mädchen plauderten gelassen miteinander, während sie halbherzig nebeneinanderher trabten. Ginny schlenderte gemütlich mit zwei Freundinnen durch die Halle, als würde sie durch ein Einkaufszentrum gehen und hätte alle Zeit der Welt.

Als Herr Paschkow in eine Trillerpfeife blies, versammelten alle Schüler sich in der Mitte der Halle, und der Lehrer begann, vier Volleyballteams einzuteilen.

»Spielt ihr immer Volleyball?«, fragte Nele das Mädchen neben sich.

»Manchmal. Manchmal auch Völkerball. Und manchmal machen wir Zirkeltraining.«

»Wir haben an meiner alten Schule im letzten halben Jahr immer Lacrosse gespielt. Das war toll«, sagte Nele.

»Lacoste? Das sind doch Pullis«, wunderte sich das Mädchen. »Die sind doch voll out.«

Nele lachte laut auf, was das Mädchen mit einem beleidigten Blick quittierte.

»Nein. Nicht Lacoste. Lacrosse«, stellte Nele richtig. »Das ist ein bisschen wie Feldhockey. Kommt aus Kanada.«

»Toll«, knurrte das Mädchen sarkastisch. »Aus Kanada. Boah!«

Nele biss sich auf die Zunge. Was hatte sie denn nun schon wieder falsch gemacht? Sie wollte doch nur ein bisschen Small Talk machen.

»Entschuldigung. Ich wollte dich nicht auslachen«, sagte Nele.

Das Mädchen ignorierte sie und holte ihr Handy hervor.

»Herr Paschkow hat gesagt, wir sollen keine Handys …«

Noch während sie es sagte, merkte Nele, dass es eine Scheißidee war, diesem Mädchen jetzt auch noch vorschreiben zu wollen, was sie tun oder lassen sollte. Streberalarm! Nele beendete den Satz nicht, doch es war bereits zu spät. Das Mädchen schaute Nele an, als wäre sie ein eitriger Pickel, der dringend ausgedrückt werden müsste.

»Sorry«, stammelte Nele. »Ich wollte nicht … Also, ist ja nicht meine Sache, ob … Also … Ist natürlich deine Entscheidung, ob du das Handy …«

»Oh, danke, wie großzügig von dir! Ich darf das selbst entscheiden?! Ganz allein, ohne dich?! Wie geil ist das denn?! Danke, ey. Vielen Dank!«, zischte das Mädchen, bevor es demonstrativ wieder auf sein Handy blickte.

»Ich … ich wollte doch nicht …«

Bam! In diesem Moment knallte Nele ein Volleyball gegen den Kopf!

»Aua! Passt doch auf!«, schrie sie schrill. »Ihr Idioten!«

Nele hatte nicht gesehen, woher der Ball gekommen war, doch jetzt eilte Rick auf sie zu: »Sorry. Tut mir leid. Alles okay? Nase noch heil?«

Nele wurde knallrot. »Äh. Ja. Alles okay. Nichts passiert. Hab mich nur erschreckt. Alles gut. Nichts passiert!«, brabbelte sie, während sie sich bückte, um den Ball aufzuheben. Leider tat Rick in diesem Moment genau dasselbe und ihre Köpfe stießen zusammen. Das tat nun echt weh, doch Nele wollte sich nichts anmerken lassen. Sie zwang sich zu einem lockeren Lachen, das allerdings wie ein affektiertes Kleinmädchen-Kichern aus ihrem Mund herauspurzelte.

»Nichts passiert. Alles okay«, giggelte sie schrill. Sie klang wie Daisy Duck auf Speed.

»Du wiederholst dich«, knurrte das Mädchen kopfschüttelnd. »Bist du irgendwie ein bisschen doof, oder was?«

Rick lachte, nahm den Ball und eilte zurück aufs Spielfeld.

Nele wurde ganz schlecht, so peinlich war ihr das Ganze.

Eine Weile schaute sie demonstrativ aus dem Fenster und versuchte, so unbeteiligt und gleichgültig wie möglich zu wirken. Doch ihr Blick wanderte immer wieder zu Rick, der das Spiel dominierte und tatsächlich so fit war, wie er aussah. Nele bemerkte sehr wohl, dass die meisten Mädchen ihn ebenfalls im Visier hatten. Rick war offensichtlich so etwas wie der Übertyp hier. Alle wollten ihn haben. An jeder Schule gab es einen oder zwei solcher Jungen. Am Gymnasium Poppenbüttel war das Daniel gewesen.

Als Herr Paschkow endlich den Abschlusspfiff ertönen ließ, rannte Nele regelrecht aus der Halle und eilte durch das Schultor. Sie konnte es nicht erwarten, hier zu verschwinden! Als sie um drei Ecken gebogen war und die Schule nicht mehr sehen konnte, ließ sich Nele auf eine Bank fallen. Sie senkte den Kopf und stöhnte. Was für ein gottverdammt beschissenerEckstag! Was für eine Scheißschule! Nichts als Assi-Arschgeigen und dumme Zicken! Wie sollte sie das bloß jeden Tag aufs Neue aushalten?

Nele stützte den Kopf in die Hände und starrte auf den Boden. Sie war sich nicht sicher, wie lange sie schon so dasaß, als sie bemerkte, dass jemand neben ihr Platz nahm.

»Hey, kleine Königin! Steht das Angebot mit den Ohrringen noch?« Nele schaute auf. Es war Ginny. »Ich glaub, ich will die jetzt doch haben!«

»Sehr witzig«, knurrte Nele.

Ginny grinste, sagte aber nichts. Nele stand auf und ging davon, doch Ginny beeindruckte das wenig. Sie latschte einfach neben Nele her und schaute sie frech an.

»Ja. Also: Schönen Tag noch. Bis morgen«, sagte Nele kühl und ging noch etwas schneller.

»Hältst dich für was Besseres, ne?«, sagte Ginny, die problemlos mit Nele Schritt halten konnte. Ginny war wendiger und ausdauernder, als man es bei ihrem Gewicht vermuten würde.

»Was? Nein. Wieso? Ich halte mich für nichts Besseres!«, protestierte Nele aufrichtig empört.

»Klar tust du das! Kommst da bei uns rein und guckst uns alle an wie Ungeziefer ...«

»Das stimmt doch gar nicht!«

»Entschuldigung, Fräulein Lehrerin!«, imitierte Ginny Nele und hob eifrig schnippend den Zeigefinger. »Ich bin die neue Schülerin und total wichtig, und können alle mal gucken, was für eine tolle Tussi ich bin?«

»Was soll denn das?«

Ginny grinste wieder nur. Sie fand es offenbar amüsant, Nele einzuschüchtern und zu beleidigen. Gerade winkte sie einer Gruppe Jungen zu, die auf einem Mauervorsprung saßen und freundlich zurückwinkten. Dabei verlangsamte Ginny aber nicht ihren Schritt, sondern eilte weiter zügig neben Nele her, die nicht noch schneller gehen konnte, ohne dass es in Jogging ausgeartet wäre.

»Was sollte das eigentlich vorhin?«, fragte Nele Ginny. »In der Klasse.«

»Was?« Ginny schien wirklich nicht zu wissen, was Nele meinte.

»Diese Handjob-Geste. Wegen Rick«, sprach Nele es aus.

»Ach so«, lachte Ginny. »Na, war halt lustig, wie du den angehimmelt hast. Wie ’ne läufige Hündin.«

»Hab ich gar nicht!«, empörte sich Nele.

»Aber voll hast du das!« Ginny lachte und legte dann ihren schweren Arm auf Neles Schulter. »Muss dir nicht peinlich sein, ey«, sagte sie gönnerhaft. »Alle finden Rick geil!«

Nele überlegte, ob es Sinn machen würde, weiter zu protestieren, entschied sich dann aber dagegen. Stattdessen sagte sie: »Der wirkt irgendwie älter.«

»Siebzehn«, bestätigte Ginny. »Hat mal die Schule gewechselt, ein oder zwei Klassen wiederholt. Bad Boy halt.«

»Heißt der wirklich Rick oder ist das ein Spitzname? Heißt er eigentlich Richard oder so?«, wollte Nele nun wissen.

Ginny lachte: »Nee. Schlimmer. In echt heißt er Otto.«

»Du verarschst mich!«

»Nee. Mach ich nicht!«

»Niemand nennt seinen Sohn Otto. Das ist grausam!« Nele musste lachen.

»Seine Alten sind aus Russland oder von irgendwo da unten oder so«, erklärte Ginny. »Die sind hierhergekommen, als Rick noch ein Baby war. Eigentlich hatte der so ’nen richtigen Russennamen, so Pftrpfssschpuwski oder so …« Ein feiner Sprühregen schoss aus Ginnys Mund, als sie versuchte, Russisch zu imitieren. »Na ja. Irgend so ’n Scheißname, wo keine Sau hier aussprechen kann. Und da haben die Eltern beschlossen, seinen Namen zu ändern. In was Deutsches. Damit er hierherpasst.«

»Und dann haben sie ihn ausgerechnet Otto genannt?!«, wunderte sich Nele.

»Ich glaub, sein Opa hieß so …«, mutmaßte Ginny schulterzuckend. »Die dachten wahrscheinlich, das ist ein normaler Name.«

»Und wieso dann ausgerechnet Rick?«, wollte Nele wissen.

»Wegen Rick Grimes.«

»Wer?«

»Na, die coole Sau aus *The Walking Dead*, kennste die nicht?!«

»Die Fernsehserie?«

»Alter, Rick ist der Geilste! Wie der den Zombies die Hirne aus dem Schädel kloppt, das ist so geil!«

Ginny sprang unbeholfen ein Stück in die Luft und machte obskure Kung-Fu-Bewegungen, begleitet von schrillem Gekreische. Nele schaute sich peinlich berührt um. Hoffentlich beobachtete sie niemand. Diese Ginny hatte wirklich einen schweren Sockenschuss.

»Okay. Ich hab's verstanden«, sagte Nele eilig. »Rick war Otto, bis er *The Walking Dead* gesehen hat.«

Ginny nickte. Dann fragte sie plötzlich: »Willst du mit ins Bricks kommen? Ich geh da jetzt hin.«

Nele war verblüfft. »Wohin?«, fragte sie.

»Ins Bricks«, wiederholte Ginny. »Das ist das Jugendzentrum hier. Da gehen wir oft nach der Schule hin. Die haben Tischkicker und helfen einem bei den Hausaufgaben und so. Die Bufdis da sind voll cool.«

»Die was?«

»Die Bufdis. Die Jungs und Mädchen, die wo da arbeiten. Freiwilliges Jahr oder so.«

»Ah ja. Bundesfreiwilligendienst«, sagte Nele.

»Die haben zwei Neue. Die sind voll cooler als wie die, die vorher da waren.«

Auch wenn es Nele schwerfiel: Sie verkniff es sich, Ginnys kreative Form der Grammatik zu korrigieren.

»Heute wollen wir Kuchen backen. Das macht immer voll Spaß«, erklärte Ginny, doch Nele schüttelte den Kopf.

»Nein. Vielen Dank, aber ich … ich muss … Meine Mutter wartet auf mich.«

Ginny zuckte mit den Schultern. »Dann eben nicht. Mach's gut, kleine Königin«, sagte sie und fügte sarkastisch an: »Und grüß deine Mama!«

Nele schaute Ginny hinterher, als diese davonging.

Das hätte Nele gerade noch gefehlt: mit irgendwelchen Assis und ihren Betreuern Kuchen zu backen! Nein, so tief würde sie nicht sinken! Es musste ja wohl auch normale Jugendliche geben im Viertel, irgendwelche Jungen und Mädchen, die zumindest halbwegs ihr Niveau besaßen.

Nele hatte sich zwar täglich bei Facebook eingeloggt, seit sie aus Poppenbüttel weggezogen war, hatte aber auf keine der zahllosen Messages und Anfragen ihrer Freunde reagiert. Sie wollte keinerlei Spuren im Netz hinterlassen. Es tat ihr furchtbar weh, die verzweifelten, ratlosen und teilweise auch empörten Stimmen aus ihrer Vergangenheit ignorieren zu müssen. Vor allem Daniel und Svantje hatten unzählige Nachrichten geschickt, Dutzende von Liebes- und Freundschaftserklärungen, flehentliche Apelle an sie, sich doch bitte, bitte endlich zu melden. Als Daniel dann tatsächlich schrieb: »Wenn du dich nicht endlich meldest, gehe ich zur Polizei und gebe eine Vermisstenanzeige auf!«, wusste Nele, dass sie etwas tun musste. Sie konnte nicht zulassen, dass der arme Daniel sich noch länger Sorgen machte. Das war nicht fair. Sie musste ihn endgültig freigeben. Ihn erlösen. So schwer es ihr auch fiel. Also schrieb sie: »Lieber Daniel, liebe alle! Mir geht es gut. Wirklich! Ich habe ein neues Leben. Bitte lasst mich alle in Ruhe!«, und loggte sich dann aus.

Anschließend registrierte sie sich unter einem Fantasienamen neu bei Facebook. Sie nannte sich Elizabeth Windsor. Wenn Ginny sie eh für eine kleine Königin hielt, dann konnte sie sich auch den Namen einer echten Königin geben. Unter ihrem Fake-Account besuchte sie nun ihre Seite, las die schockierten, entsetzten Reaktionen ihre Freunde, die sich unverzüglich unter ihrem brutalen letzten Post überschlugen. Max fragte sich besorgt, ob Nele womöglich in die Fänge einer Sekte geraten war, die meisten aber waren einfach nur sauer und empört über Neles Verhalten. Und alle trösteten Daniel, der jedoch nicht einen einzigen Kommentar geschrieben hatte. Zumindest nicht öffentlich. Nele war sich sicher, dass sich alle Mädchen bereits in PNs an Daniel heranschmissen, ihm anboten, dass sie jederzeit für ihn da wären, wenn er reden wolle, und ihm immer wieder versicherten, was für ein toller Typ er sei und dass er etwas Besseres verdient hätte als Nele.

Keine Frage: Ab sofort war Daniel wieder auf dem Markt und alle stürzten sich garantiert schon auf ihn. Svantje vermutlich vorneweg.

Den Rest des Nachmittags blieb Nele im Bett liegen und weinte, bis keine Tränen mehr kamen.

Zum Abendessen hatte Henriette eine vegetarische Lasagne zubereitet. »Wie war euer erster Schultag?«, fragte sie, während sie das Essen auf Teller füllte.

»Okay«, antwortete Nele.

»Gut«, sagte Timo.

Henriette wartete einen Moment, ob da womöglich noch ein paar zusätzliche Informationen unterwegs waren, doch dann schien sie zu akzeptieren, dass ihre Kinder mal wieder im maulfaulen Modus waren, und wechselte das Thema.

»Ich habe einen Job«, sagte sie strahlend, während sie sich zu Nele und Timo an den Tisch setzte.

Die beiden schauten sie neugierig an.

»Nichts Tolles«, beeilte sich Henriette anzufügen. »Ist ja auch nur vorübergehend, aber es sind ein paar Extra-Euros. Und ich hab tagsüber etwas zu tun. Hier fällt einem ja die Decke auf den Kopf.«

Wenn man bedachte, dass die Decken in ihrem Altbau in Poppenbüttel doppelt so hoch gewesen waren wie in ihrem jetzigen Wohnkarton, war das eine sehr treffende Formulierung, fand Nele.

»Und was ist das für ein Job?«, wollte Timo wissen.

»In der Bäckerei. Neben dem Kiosk«, antwortete Henriette.

»Du arbeitest beim Bäcker? Als Verkäuferin?«, staunte Nele. Sie merkte selbst, dass das ziemlich abfällig geklungen hatte.

»Ist das ein Problem?«, fragte Henriette und kniff die Augen zusammen.

»Nö, alles okay«, beeilte sich Nele zu versichern.

»Weißt du, was ich laut Arbeitsamt bin?«, sagte Henriette nun und ihre Stimme wurde scharf. »Eine ungelernte Hilfskraft! Ich hab zwar Abitur, aber kein Studium und keine Ausbildung. Es ist völlig egal, was ich weiß und kann, wo ich herkomme und wen ich kenne … kannte …«, ereiferte sie sich. »Für das System bin ich bloß eine ungelernte Hilfskraft! Und wenn dir das nicht passt … wenn dir das peinlich ist … dann … dann …«

Nele schaute ihre Mutter entsetzt an. Henriette gab anscheinend ihr Bestes, sich zu beherrschen, doch ein Wutausbruch schien plötzlich ebenso möglich wie ein Weinkrampf. Gerade wollte Nele etwas Beschwichtigendes sagen, als Timo ihr zuvorkam: »Heißt das, du bringst abends jetzt immer Croissants mit und Schokobrötchen?«

Henriette schaute ihn an. Er grinste. Nun musste auch Henriette lächeln: Die Zündschnur war durchtrennt. »Na ja. Vielleicht nicht jeden Abend …«, sagte Henriette.

»Und Quarkkuchen?«, fuhr Timo mit gespielter kindlicher Begeisterung fort. »Mit Mandarinen? Und Plundergebäck? Oh! Ich liebe Plundergebäck! Und …«

»Ja, ja. Ich bring dir immer etwas mit. Versprochen. Aber jetzt gibt's ja erst mal Lasagne. Haut rein. Guten Appetit.«

Henriette wirkte wieder entspannt, und Nele musste anerkennen, dass ihr kleiner Bruder es sehr viel besser verstand, ihre Mutter aufzuheitern, als sie es konnte. In Momenten wie diesen wünschte Nele sich insgeheim, sie hätte etwas mehr von Timos Fingerspitzengefühl und seiner Gutmütigkeit. Aber das würde sie natürlich nie zugeben.

»Lecker!«, lobte Timo, als er sich zwanzig Minuten später vom Tisch erhob. »Ich geh noch mal raus.«

Henriette schaute auf die Uhr. »Es ist schon neun …«

»Nur ein Stündchen oder so«, versicherte Timo.

»Ich weiß nicht …«, zögerte seine Mutter.

»Ach, komm schon. Ich chill nur ein bisschen mit meinen Freunden. Bin gleich wieder da!«

Das Wort »Freunde« wirkte Wunder. Nele wusste, dass ihre Mutter sich seit Jahren wünschte, Timo wäre nicht so ein Einzelgänger und hätte ein paar gute Kumpels. Und jetzt hatte er tatsächlich auf Anhieb eine Clique gefunden! Auch wenn Henriette offensichtlich etwas mulmig war, dass Timo nach Einbruch der Dunkelheit in ihrem neuen Viertel herumstreunte – das wollte sie ihm ganz sicher nicht verbauen.

»Punkt zehn bist du aber zurück! Verstanden?!«, sagte sie also.

Timo hob die Hand und sagte feierlich: »Großes Indianerehrenwort!«

»Na, dann viel Spaß«, wünschte Henriette und Timo zog sich die Schuhe an.

»Wollen wir beide dann ein bisschen Fernsehen zusammen gucken?«, fragte Henriette Nele.

Nele nickte.

So weit war es also gekommen: Ihr sozial inkompetenter Nerd-Bruder hing abends mit seinen Kumpels ab, während sie mit Mama auf dem Sofa saß und sich von irgendeinem Quark in der Glotze den Frust zukleistern ließ.

Sie hätte schreien können.

14

Am nächsten Tag ging Nele mit Timo zur Schule. Während sie früher sehr bedacht darauf gewesen war, nicht mit ihm gesehen zu werden, hatte sie ihn nun manchmal ganz gern um sich. Es war zumindest besser, als allein herumzulaufen. Allein war peinlich. Nur Loser latschten allein herum. Und außerdem hatte Timo durch seine Freunde – die Nele allerdings eher grenzwertig fand – schon viel mehr Durchblick im Viertel. Er wusste, was wo war, und kannte auch schon einige Leute. Auf dem kurzen Weg zur Schule begrüßte Timo drei verschiedene Mitschüler, darunter sogar ein Mädchen. Timo und ein Mädchen! Wahnsinn.

Als sie an dem Kiosk vorbeikamen, sahen sie, dass sich davor eine ungewöhnlich große Menschenmenge eingefunden hatte. Mittendrin stand der Besitzer. Der Mann, dem der Kiosk gehörte, war ein etwa sechzig Jahre alter Türke, der von frühmorgens bis abends in seinem Laden stand und trotz der mörderischen Arbeitszeiten zumeist auffallend gut gelaunt war. Doch heute schimpfte er lautstark auf Türkisch. Und dann sah Nele auch, weswegen er so aufgebracht war: Irgendjemand hatte die große Scheibe seines Ladens eingeschlagen. Überall lagen Glassplitter. Seine Frau und sein erwachsener Sohn räumten gerade das verwüstete Geschäft auf.

»Die haben mindestens fünf Stangen Zigaretten geklaut!«, rief der junge Mann seinem Vater zu.

»Diese Schweine!«, schimpfte der Kioskbesitzer und ließ noch ein türkisches Schimpfwort folgen.

»Nette Nachbarschaft«, sagte Nele sarkastisch zu Timo, der seltsam betreten zu Boden blickte.

»Krasse Scheiße, wa?!« Nele drehte sich um und sah Ginny, die auf sie zugeeilt kam. »Ich hab die Scheibe krachen hören gestern Abend. War so kurz vor zehn. Bin sofort zum Fenster. Ich wohn ja gleich da drüben. Hab aber nur ein paar Schatten gesehen. War ja schon dunkel.«

»Ja. Übel so was«, sagte Nele etwas hilflos. Sie hatte gedacht, Ginny wäre endgültig sauer auf sie, nachdem sie deren Einladung ins Jugendzentrum so undiplomatisch abgelehnt hatte, aber Ginnys Bedürfnis zu quatschen schien größer zu sein als ihre Wut.

Timo hatte unauffällig einen Schritt zugelegt und ging bereits drei Meter vor den beiden Mädchen.

»Ach ja! Bevor ich das vergesse!«, rief Ginny und holte aus ihrem bunten Rucksack einen in Alufolie gewickelten Klumpen.

»Hier! Hab ich selbst gebacken! Schokokuchen mit Kirschen aus'm Glas, wo ich nie gedacht hab, dass die so krass geil schmecken.«

Völlig verdutzt schaute Nele das Kuchenstück an, das Ginny ihr nun reichte.

»Na los! Probier!«, forderte Ginny, und auch wenn Nele 7 Uhr 50 nicht gerade für die optimale Kuchenzeit hielt, wickelte sie die Alufolie ab. Sie biss in den Kuchen und staunte nicht schlecht: »Das ist ja total lecker!«

»Sach ich doch!« Ginny strahlte. »Und nächstes Mal, wenn wir backen, kommste mit ins Bricks, kleine Königin. Das ist voll gut da.«

»Ich bin keine kleine Königin. Ich heiße Nele«, protestierte sie halbherzig und biss noch einmal in den Kuchen.

»Ja, ja«, murmelte Ginny und hakte sich nun tatsächlich bei Nele ein, während sie zusammen zur Schule gingen.

Vor einer Woche noch hätte Nele sich jemandem wie Ginny nur genähert, wenn ihr Leben davon abgehangen hätte. Doch heute war Nele diesem lauten, dicken Mädchen in den viel zu bunten Klamotten unendlich dankbar. Ginny nahm Nele wie selbstverständlich unter ihre Fittiche, zog sie durch den Schultag und ließ sie einfach mit dabei sein. Beim Mittagessen in der Cafeteria saß Nele deshalb mit Ginny und ihren Freundinnen Samira und Leia zusammen.

Samira war das Mädchen mit Kopftuch, das Nele am Tag zuvor auf keinen Fall neben sich hatte sitzen lassen wollen. Sie betrachtete Nele immer noch, als wäre sie etwas sehr Unappetitliches, von dem man sich fernhalten sollte. Leia – die von ihrem Vater angeblich nach der Prinzessin aus *Star Wars* benannt worden war – war auffallend still, fast schüchtern, was so gar nicht zu ihrem sehr auffälligen Style passte: Leia hatte knallgrüne Haare.

»Ich mag deinen Look«, machte ihr Nele ein nicht wirklich ehrlich gemeintes Kompliment. »Geile Farbe. Find ich mutig, so was zu machen.«

»Danke«, murmelte Leia mit gesenktem Kopf. Ginny und Samira prusteten vor Lachen los.

»Was denn?«, wunderte sich Nele.

»Sie wollte sich die Haare eigentlich blond färben, aber es ist schiefgegangen«, erklärte Samira.

»Sie ist unser kleines Alienmädchen«, gackerte Ginny und strubbelte Leia durch die grellbunte Frisur, was Leia mit einem halbherzigen Wedeln der Hände abzuwehren versuchte.

»Ich finde es trotzdem gut«, sagte Nele und erntete dafür von Leia ein aufrichtiges Lächeln.

Samira ignorierte Nele wieder, zog ihr Smartphone hervor, steckte sich einen der Kopfhörer ins Ohr und gab Ginny den anderen. Beide schauten auf das Display und Ginny wiegte ihren Kopf rhythmisch hin und her.

»Geil«, sagte sie irgendwann.

Nele wollte sich nicht aufdrängen, aber sie wollte auch nicht bloß stumm danebensitzen.

»Was guckt ihr denn da?«, fragte sie vorsichtig.

Samira ignorierte die Frage, aber Ginny nahm ihrer Freundin das Handy ab und drehte es in Neles Richtung. Ein dunkelhaariger, von oben bis unten tätowierter Rapper stapfte in einem YouTube-Video breitbeinig und mit ausladenden Macho-Gesten durch eine Straßenschlucht.

»Geil«, sagte Nele, obwohl sie ohne Kopfhörer keine Ahnung hatte, was dieser Typ da rappte.

»Weißt du überhaupt, wer das ist?«, fragte Samira abfällig.

Nele schüttelte verlegen den Kopf.

»Das ist *Revenge 187*«, verriet Ginny ihr.

»Ah«, sagte Nele und hoffte, es wirkte so, als hätte sie diesen Namen schon einmal gehört.

»Revenge heißt Rache«, erklärte Samira hochnäsig.

»Und 187 ist der amerikanische Polizeifunkcode für Mord«, ergänzte Ginny. »Also, wenn jemand einen kaltgemacht hat, dann funken die so: 187 in New York, alle Einheiten zur Ecke Broadway und Brooklyn.«

Nele nickte nur. Als Fremdenführerin in New York wäre Ginny die denkbar größte Fehlbesetzung.

»Nicht dein Ding, wa?« Samira grinste. »Hiphop und so. Was hört man denn, wo du herkommst? Schlager oder Klassik, ne? Gehst mit deiner Mama und deinem Papa in die Oper, wa?«

Leia kicherte.

»Hammer, ey! Stellt euch das mal vor.« Ginny kicherte. »Die kleine Königin sitzt abends mit ihrer Familie zusammen und hört Mozart und Beethoven und Goethe oder so ’n Scheiß!«

»Quatsch«, sagte Nele. »Ich hör auch Hiphop! Vor ein paar Wochen war ich sogar im *Lisa T.*-Konzert!«

Ginny, Samira und Leia lachten spöttisch auf, und Ginny begann mit alberner Stimme und so laut, dass alle Schüler in der Cafeteria sich zu ihr umdrehten, *Lisa T.'s* Ghetto-Bitch-Song zu rappen.

»*Lisa T.!*«, schüttelte Samira den Kopf. »Die ist doch wie Helene Fischer.«

»Wenn die Ghetto ist, dann lach ich mich tot!«, erklärte Ginny. »Ihr Alter ist Zahnarzt oder Banker oder so und die ist voll reich aufgewachsen. Was singt die denn von Ghetto, ey?«

»Die passt zu dir«, sagte Samira abfällig. »Du bist doch auch nur …«

Die Schulglocke rettete Nele. Hastig erhob sie sich. Sie wollte gar nicht wissen, wofür Samira sie hielt.

15

Vor dem Schultor stand ein zwölfjähriger Junge und schaute vorwurfsvoll auf sein Handy.

»Ich warte schon zehn Minuten!«, blaffte er Samira an. »Wo warst du denn so lange?! Komm jetzt!«

»Mach mich nicht an«, knurrte Samira, umarmte Ginny und Leia, warf Nele, die etwas ratlos danebenstand, einen verächtlichen Blick zu und ging dann mit dem Jungen davon. Er war fast einen Kopf kleiner als Samira, hatte einen breitbeinigen Gang, zog seine Schultern zurück und blies sich mächtig auf, als wäre er ein Schlumpf mit Bodybuilder-Ambitionen.

»Wer war das denn?«, staunte Nele, nachdem die beiden um die Ecke verschwunden waren.

»Ihr Bruder«, antwortete Leia.

»Sie darf nicht alleine rumlaufen. Jungfrau-Polizei«, sagte Ginny verächtlich.

»Im Ernst?! Wieso lässt sie sich das gefallen?«, wollte Nele wissen.

»Fing vor ’nem halben Jahr an«, begann Ginny zu erklären. »Bis dahin war alles easy. Aber dann hat ihr Alter irgendwas klargemacht, einen Bräutigam für sie gefunden in Afghanistan. Und jetzt müssen sie voll aufpassen, dass niemand sie knallt. Sonst nimmt der sie nicht mehr.«

Nele lief ein Schauer über den Rücken. Natürlich kannte man derartige Geschichten aus dem Fernsehen und aus Büchern, aber normalerweise hatten sie nichts mit dem eigenen Leben zu tun. Sie konnte kaum glauben, dass sie jemanden persönlich kannte, der in solch einer Situation war. Dass ausgerechnet die toughe, selbstbewusste Samira ihren kleinen Bruder als Aufpasser akzeptierte, fand sie fast unglaublich. Auch wenn Samira sie nicht mochte, tat sie Nele unfassbar leid.

»Ich würde den ersten Kerl vögeln, der sich anbietet. Dann wäre die Sache vom Tisch«, sagte Nele.

»Ja, so ähnlich denkt Samira wohl auch. Deshalb gibt's die Rund-um-die-Uhr-Überwachung«, antwortete Leia.

»Der Typ, den sie heiraten soll, ist fast dreißig. Voll der alte Sack«, behauptete Ginny. »Und sie hat den noch nie gesehen. Nur auf'm Foto. Und einmal über Skype.«

Nele verzog das Gesicht.

Für einen Moment waren alle drei still. Die Vorstellung, in Samiras Haut zu stecken, war beklemmend. Doch lange zu schweigen war einfach nicht Ginnys Ding. Sie wandte sich Nele zu: »Wie sieht's aus? Kommst du heute mit ins Bricks oder wartet deine Mutti wieder auf dich?«

»Nee. Bin dabei«, sagte Nele. Sie hatte schon morgens beschlossen, dass sie mitgehen würde, falls Ginny sie noch mal fragen sollte. Sie würde nicht noch einen Tag allein in ihrem Zimmer sitzen und sich selbst leidtun.

»Cool«, sagte Ginny.

»Okay. Ich hau mal ab«, sagte Leia, umarmte Ginny und dann, was diese sehr freute, auch Nele.

»Kommst du nicht mit?«, fragte Nele erstaunt.

»Ich hab heute Nachmittag Klavierunterricht«, antwortete Leia und ging davon.

»Ist dein Glückstag, kleine Königin«, sagte Ginny lachend, als sie ein paar Minuten später beim Bricks ankamen. Nele verstand erst nicht, was sie meinte, doch dann folgte sie Ginnys Blick und entdeckte Rick, der auf der Skaterbahn hinter dem Gebäude coole Tricks vollführte. Es war ein heißer Tag, und Rick hatte nur ein ärmelloses T-Shirt an, unter dem sich sein trainierter Körper bestens abzeichnete. Er war fast ein bisschen zu cool, um wahr zu sein.

»Ah, geil! Du wirst rot!« Ginny lachte, hakte die peinlich berührte Nele unter und zog sie zur Eingangstür. Nele drehte sich im Gehen noch einmal zu Rick um, der Ginnys laute Stimme gehört hatte und nun zu den beiden herüberschaute. Er hob die Hand und Nele lächelte ihn zaghaft an.

Das Bricks hatte seinen Namen offensichtlich der Tatsache zu verdanken, dass es komplett aus roten Backsteinen war. Mindestens dreißig Jungen und Mädchen zwischen zwölf und achtzehn Jahren tummelten sich in den Räumen, chillten auf Sitzsäcken, halfen in der Küche beim Kochen, kickerten oder ließen sich von einem der Bufdis bei den Hausaufgaben helfen. Nele sah drei Jungen, die Gitarrenkoffer und einen Mikrofonständer in ein Hinterzimmer trugen. Einer der Jungs war kleiner als sein Gitarren-Case und hatte eine riesige Lockenmähne. Den hatte sie schon mal auf dem Schulhof gesehen.

Soweit Nele es beurteilen konnte, waren im Bricks vier Betreuer im Einsatz, zwei junge Männer und zwei junge Frauen, allesamt nur ein paar Jahre älter als sie. Einer hatte blonde Dreadlocks und trug ein T-Shirt der Band *Cannibal Corpse* mit einem echt blutrünstigen Motiv, das Timo vermutlich auch gefallen hätte. Eine der weiblichen Bufdis hatte mindestens zehn Piercings. Hinten, am Ende des Ganges, gab es ein Büro, in dem eine etwa fünfzigjährige Frau über einer Excel-Tabelle brütete. Das war offensichtlich die Leiterin.

Ginny führte Nele durch die Räume, zeigte ihr alles, stellte ihr ein paar Leute vor, deren Namen Nele aber sofort wieder vergaß, und bewegte sich mit einer solchen Selbstverständlichkeit durch das Gebäude, als wäre sie hier zu Hause. Während sie die Flure entlanggingen, schaute Nele durch die Fensterfront nach draußen zur Skaterbahn. Rick lehnte an einer Mauer und unterhielt sich mit einem anderen Jungen. Ginny folgte Neles Blick und schüttelte seufzend den Kopf: »Okay, kleine Königin. Gehen wir nach draußen zu Captain Supergeil. Aber hol die Zunge wieder rein. Du sabberst ja alles voll.«

Nele wurde rot. Hatte sie Rick wirklich mit offenem Mund angestarrt?

»Hast du keinen Freund?«, fragte Ginny, während sie die gläserne Schiebetür nach draußen öffnete.

»Nicht mehr«, sagte Nele leise.

»Ich auch nicht«, sagte Ginny. »Ich meine: Es gibt einen Haufen Typen, wo voll scharf auf mich sind. Aber ich bin wählerisch, weißt du. Ich will einen, der nett ist. Und einen geilen Arsch hat. Irgendwie gibt's aber immer nur eins von beiden. Die geil aussehen, sind Idioten. Und die Netten sehen alle aus, als wäre ihnen jemand mit dem Rasenmäher über die Fresse gefahren.«

»Mein Exfreund war beides. Toller Arsch, toller Typ«, sagte Nele.

»Und warum isser dann dein Ex?«, wollte Ginny wissen.

»Ich hab mich verändert«, antwortete Nele nach einigem Zögern.

»Wie? Verändert? Bist du mutiert wie die fleischfressenden Vampire in *The Strain*? So uuuuuaaaarghh!« Ginny machte absurde Verrenkungen und rollte mit den Augen.

»Du solltest echt nicht so viele Horrorserien gucken.« Nele lachte.

»Ja, und du solltest nicht so 'n Scheiß labern!«, sagte Ginny. »›Ich habe mich verändert‹, was'n das für Schwachsinn? Hat er 'ne andere, oder wie?«

»Er wohnt jetzt ganz woanders.«

»Wo?«, wollte Ginny wissen.

»Können wir über etwas anderes reden?«

»Nö«, antwortete Ginny. »Also: Wo wohnt er?«

»Afrika«, behauptete Nele.

»Bullshit«, befand Ginny.

»Auf einem anderen Planeten«, schlug Nele vor.

»ALLE Jungs leben auf einem anderen Planeten!« Ginny lachte und Nele stimmte ein.

»Was ist so witzig?«, fragte plötzlich jemand. Rick stand neben ihnen, sein Skateboard unter dem Arm.

»Dass Nele keinen Freund mehr hat«, sagte Ginny. »Der lebt jetzt in einer Galaxie weit, weit entfernt …«

Nele wurde knallrot.

»Und das freut dich?« Rick grinste. »Dass dein Exfreund im *Star-Wars*-Imperium lebt?«

Nele zuckte nur mit den Schultern. In ihrem Kopf herrschte ein merkwürdiges Vakuum.

Sag was!, beschwor sie sich innerlich. *Glotz nicht nur so blöd. Du bist doch sonst nicht auf den Mund gefallen!*

Rick schaute sie an. Er lächelte gelassen. Nele bemerkte, dass seine Pupillen auffallend groß waren und das Weiß in seinen Augen einen rötlichen Schimmer hatte. War er etwa bekifft? Sein Blick war aber dennoch total intensiv und er wartete offensichtlich auf eine Reaktion von ihr. Sie konnte nicht weiterhin nur so blöd dastehen. Sie musste etwas sagen!

»Du heißt eigentlich Otto, ne?«, platzte es aus ihr heraus.

Ginny riss die Augen auf. Ricks dagegen verengten sich. Nele hätte sterben können vor Scham. Warum hatte sie das gesagt?! War sie völlig bescheuert?!

»Ja«, sagte Rick dann. »Ich bin der Otto.« Etwas von seiner Coolness war abgeblättert. Das gefiel Nele. Und es entspannte sie ein wenig.

»Sehr erfreut, dein wahres Ich kennenzulernen«, sagte Nele mit einem vorsichtigen Lächeln und streckte die Hand aus.

Zu ihrer großen Überraschung nahm er ihre Hand, anstatt sie einfach zu schütteln, geradezu huldvoll in beide Hände und gab ihr einen Handkuss. »Es ist mir eine große Ehre, kleine Königin«, sagte er in salbungsvollem Ton.

»Ich bin keine kleine Königin!«, protestierte Nele und warf der breit grinsenden Ginny einen vorwurfsvollen Blick zu. Einen tollen Spitznamen hatte die ihr da verpasst! Nannten sie jetzt etwa alle so? Rick lächelte schelmisch und ging dann zurück auf die Skaterbahn. Nele schaute Ginny kopfschüttelnd an, die sich prächtig amüsierte. Doch dann schien Ginny plötzlich etwas hinter Nele zu entdecken. Sie rief laut: »Oh, Scheiße!«, und eilte in Richtung Glastür. Nele drehte sich um und sah den Mann mit dem Zwölffingerdarm-Tattoo auf das Bricks zukommen. Hinter ihm gingen fünf Jungen. Waren das nicht die, die in ihrem Hauseingang gesessen hatten, als sie eingezogen waren? Und der Dicke da, ganz hinten, war das nicht … das war Timo!

Noch ehe Nele sich fragen konnte, warum das Auftauchen dieser Typen bei Ginny für so viel Aufregung sorgte und was ihr kleiner Bruder mit diesen Leuten zu schaffen hatte, kam die Frau aus dem Büro zu ihnen nach draußen gelaufen. Ginny hatte sie offenbar alarmiert. Die Frau stellte sich den Jungen entschlossen entgegen, die Arme vor der Brust verschränkt. Sie wirkte sehr Respekt einflößend. Das musste man wahrscheinlich auch, wenn man so ein Zentrum leitete.

»Ihr habt hier Hausverbot! Das wisst ihr! Ihr geht jetzt sofort oder ich rufe die Polizei!«, sagte sie. Ihre Stimme war laut und resolut.

Neles und Timos Blicke trafen sich. Timo war sichtlich überrascht, seine Schwester hier zu sehen. Und es war ihm eindeutig unangenehm. Er hielt sich hinter den anderen Jungen, zog die Schultern hoch und wandte den Blick verschämt ab.

»Mein Bruder hat hier sein Handy vergessen«, sagte der Zwölffingerdarm zu der Frau mit einem arroganten Grinsen und wies auf den Jungen mit dem *Obey*-Cap. »Das wollten wir nur abholen.«

»Wir haben kein Handy gefunden«, sagte die Leiterin des Jugendzentrums bestimmt.

»War ein Galaxy S6«, beharrte der Typ. »Wenn ihr das nicht rausrückt, zeigen wir euch an. Wegen Diebstahl.«

»Ja, mach ruhig«, erwiderte die Frau. »Du weißt ja aus Erfahrung, wo das Polizeirevier ist.«

Das wandelnde Tattoo spannte sich an, doch die Frau blickte ihm weiter unverwandt ins Gesicht.

»Kommst dir stark vor, wa?«, zischte er. »Biste aber nicht!«

»Ich rufe jetzt die Polizei«, sagte die Frau und zog ein Telefon aus der Tasche.

Der Typ hob abwehrend die Hände. »Nee, nee. Nicht nötig. Wir gehen schon.«

Er machte mit den Fingern eine Geste, als würde er mit einer Pistole einen Schuss auf sie abfeuern: »Schönen Tag noch.« Dann zog er ab. Seine Truppe folgte ihm. Timo eilte regelrecht davon, ohne sich noch einmal nach seiner Schwester umzudrehen.

In diesem Moment brach ein Gewitter los. Das heißt: Es klang zumindest wie eines. Aus dem Inneren des Bricks krachte und wütete es plötzlich wie ein Orkan. Nele schrie erschrocken auf und erntete einige erstaunte und amüsierte Blicke.

»Oh Gott. Auch das noch. Die Metal-Heinis«, seufzte Ginny. »Die proben hier zweimal die Woche«, erklärte sie.

Nele war die Musik egal. Sie wollte wissen, was es mit dem Tattoo-Typen auf sich hatte. Was hatte Timo mit dem zu schaffen? Sie wies in die Richtung, in die die Eindringlinge verschwunden waren, und schaute Ginny fragend an.

»Das ist Atze«, erklärte Ginny. »Der zockt alle ab. Voll der Betrüger. Hat seit Jahren dieselbe Masche. Er rennt mit einem kaputten Handy herum, rempelt irgendjemanden an, wo ihm grad entgegenkommt, lässt das Handy fallen und tut so, als ob das die Schuld von dem anderen ist. Und dann lässt er sich das bezahlen. Und alle zahlen. Hast ihn ja gesehen. Mit dem Typ willste keinen Ärger nicht haben. Der ist voll übel.«

Nele riss empört die Augen auf. Das durfte doch wohl nicht wahr sein! Der Typ und seine Tussi hatten sie beim *Lisa T.*-Konzert verarscht!! Das musste sie unbedingt Svantje erzählen! Doch noch während sie das dachte, wurde Nele schmerzhaft klar, dass das nicht mehr ging, weil Svantje und sie mittlerweile auf verschiedenen Planeten lebten. Sie schluckte.

»Und die anderen. Die Jüngeren?«, wollte Nele dann von Ginny wissen.

»Der mit dem Cap ist sein Bruder. Marcel«, fuhr Ginny fort. »Das ist der Boss von den Tough Boys. Das ist 'ne Gang hier. Noch sind die nicht so richtig schlimm. Die sind ja alle erst in der Achten oder so. Aber wenn der mal so wird wie sein Bruder …«

Nele war fassungslos. Mit solchen Typen hing Timo ab? Der nette, freundliche Timo?

Wie war das möglich?

16

Timo hatte keine Ahnung gehabt, was ihn erwartete. Plötzlich hatte es geheißen »Wir gehen ins Bricks« und das hatte okay für ihn geklungen. Selbst als Marcels ziemlich unangenehmer Bruder dazugestoßen war, hatte sich Timo noch nicht viel dabei gedacht. Aber als sie dann vor dem Gebäude standen und Atze diese Frau bedrohte und die plötzlich sagte, sie würde die Polizei rufen, wäre Timo am liebsten einfach weggerannt.

Und dann war auch noch Nele da gewesen! Ausgerechnet Nele!

Er würde mit ihr reden müssen. Nicht dass sie ihn noch bei ihrer Mutter verriet.

Und als sie dann endlich abhauen konnten, hatte Timo diese Musik gehört! Ein astreiner 7 / 8-Takt, voll auf den Punkt gespielt. Geile Mucke! Lupenreiner Nu Metal. Timo hatte den Groove noch eine ganze Zeit im Ohr gehabt.

»Die kriegt noch ihre Packung, die Sozialschlampe«, pöbelte Atze, als sie später auf einer Bank am Spielplatz zusammensaßen. »Die kotzt mich so was von an, diese Gutmensch-Uschi. Hält sich für was Besseres, die Schlampe!« Es waren noch drei andere Typen dazugekommen, Freunde von Atze. Einer war ein waschechter Skinhead mit Thor-Steiner-Jacke und einem *Blut & Ehre*-T-Shirt.

»Diese Scheißmultikultischwuchteln«, empörte sich Atze weiter und spuckte aus. »Kanakenfreunde.«

Atzes Kumpel nickten zustimmend. Offenbar war das Bricks für sie Feindesland.

Timo schwieg. Er wäre gern woanders gewesen. Marcels Bruder und seine Freunde wirkten bedrohlich. Normalerweise würde er die Straßenseite wechseln, wenn ihm solche Kerle entgegenkämen. Und jetzt saß er hier mit ihnen auf der Bank. Als ob er zu ihnen gehören würde.

Gott sei Dank erhob sich Atze irgendwann und die Typen zogen weiter. Timo blieb mit Marcel, Pjotr, Basti und Fresse zurück.

»Okay«, sagte Marcel, als die Tough Boys wieder unter sich waren. »Deine erste Prüfung hast du ja bestanden …«

Fresse klopfte Timo anerkennend auf die Schulter und Pjotr sagte lachend: »Alter, das war voll laut, wie die Scheibe gecrasht is, ey! Hätte ich nie gedacht, dass das so krass laut ist!«

Timo sagte nichts. Als er heute Morgen den Kioskbesitzer gesehen hatte, da hatte sich Timo geschämt. Er hoffte sehr, dass die zweite Prüfung ihm weniger Gewissensbisse bereiten würde.

»Was muss ich tun?«, fragte er tapfer.

»Du musst einer an die Titten fassen!«, sagte Marcel mit einem breiten Grinsen. »Egal wem.«

Basti prustete los, und Fresse schlug begeistert immer wieder die Hände zusammen – patsch, patsch, patsch! Er sah dabei aus wie ein verhaltensgestörter Seehund.

»Du gehst einfach zu irgendeiner Tusse hin, grapschst ihr an die Möpse und fertig«, sagte Marcel.

Fresse wollte sich nahezu wegschmeißen vor Begeisterung. Er hielt das offenbar für die tollste Idee aller Zeiten.

Timo war entsetzt. Im Dunkeln einen Stein in eine Scheibe zu schmeißen, war eine Sache. Am helllichten Tag auf ein Mädchen oder eine Frau zuzugehen und ihr in die Augen zu schauen, während man sich wie ein Schwein benahm, war eine ganze andere.

»Nee. Das mach ich nicht!«, sagte Timo tapfer. »Das ist übel.«

»Alter, das ist ja auch der Sinn der Sache«, entgegnete Marcel. »Wenn du ein Tough Boy werden willst, musst du was Übles bringen. Wir heißen ja nicht Kuschel-Boys.«

Fresse gackerte los. Er war wirklich leicht zu begeistern.

Timo schüttelte den Kopf. »Kann ich nicht etwas anderes machen?«, fragte er.

Er hätte sich denken können, dass seine Abneigung Marcel nur noch mehr aufstachelte: »Alter. Wenn du 'ne Pussy bist, dann verpiss dich. Dann können wir dich nicht gebrauchen.«

Timo zögerte. Das alles entwickelte sich in eine Richtung, die ihm nicht gefiel. Aber Marcel, Fresse, Basti und Pjotr waren seine Freunde. Sie waren ganz sicher nicht perfekt, aber sie waren für ihn da. Außerdem fürchtete Timo, dass er geradewegs in eine neue Rafael-Situation stolpern würde, wenn er nicht mehr bei den Tough Boys mitmachte. Wenn man nicht für Marcel war, dann war man gegen ihn. So tickte der. Wenn Timo jetzt kniff, würden die vier seine Feinde werden. Er hatte keine Wahl.

»Okay«, seufzte Timo also. »Ich mach's.«

Er wollte auf keinen Fall von jemandem, der ihn kannte, dabei gesehen werden, die Sache war auch so schon peinlich genug. Im Viertel als Perverser vom Dienst zu gelten, das hätte ihm gerade noch gefehlt.

»Lass uns zu *Famila* gehen«, schlug er deshalb vor.

Famila war ein riesiger Supermarkt am Rande des Viertels. Dort herrschte immer ein ziemliches Gewusel, und Timo hoffte, in der Masse von Menschen irgendwie unterzugehen.

»Willst 'ne große Auswahl haben, wa?«, fragte Marcel grinsend. »Die perfekten Titten aussuchen, ne?«

Timo nickte nervös: »Genau.«

»Okay. Dann los!«, befahl Marcel und die fünf Jungen machten sich auf den Weg. Fresse schien vor Vorfreude fast zu platzen. Mitanschauen zu dürfen, wie Timo eine fremde Frau begrapschte, schien das Tollste zu sein, was er sich vorstellen konnte.

Timo schwitzte. Er zitterte. Sein Herz raste. Er überlegte immer noch, wie er sich vielleicht doch noch drücken konnte, aber Marcel würde ihn sicher nicht so einfach vom Haken lassen.

Und dann waren sie auch schon am *Famila*-Parkplatz angekommen.

»Na los«, sagte Marcel grinsend. »Schon eine gefunden?«

Timo schaute sich um. Wie suchte man die richtige Frau für so etwas aus?

»Die da?! Im Ernst?!« Marcel lachte und zeigte auf die Frau, die sich Timo nach fast fünfminütigem Überlegen als Opfer ausgewählt hatte.

Timo nickte mit hochgezogenen Schultern.

»Na, da kannste jedenfalls nicht danebengreifen«, sagte Pjotr.

»Ja, weil die so Riesentitten hat, ne?!«, sprach der gackernde Fresse das Offensichtliche aus.

Die Frau, zu der Timo hinüberschaute, stand rauchend neben dem Unterstand mit den Einkaufswagen. Anscheinend wartete sie auf jemanden. Sie war mindestens fünfzig Jahre alt und sehr dick. Ihr Busen war nahezu monströs. Auf ihrem Arm hatte sie ein Tattoo und ihre Klamotten waren Rocker-Style. Sie sah aus, als wäre sie alles andere als zimperlich. Timo hoffte, dass so eine Frau nicht gleich hysterisch loskreischen würde, wenn ihr jemand blöd kam. Und wenn er wegrannte, würde sie ihn wohl nicht einholen können. Sie sah noch unsportlicher aus als er.

»Alter, du hast Mut.« Marcel grinste.

»Ja. Die prügelt dich aus den Schuhen«, sagte Basti lachend.

Fresse gackerte wieder los, und Timo beschloss, die Prüfung so anzugehen, wie man ein Pflaster abreißt: nicht lange zögern, sondern es einfach – ratzfatz! – hinter sich bringen.

Er lief auf die Frau zu. Sein Atem ging schwer und seine Hände waren schweißnass. Und dann – er war nur noch einen Meter von ihr entfernt – hatte er plötzlich eine Idee! Er tat so, als würde er über eine Unebenheit im Boden stolpern, machte zwei, drei wacklige, taumelnde Schritte nach vorn, streckte die Arme aus und fiel buchstäblich auf die Frau drauf. Mit beiden Händen hielt er sich kurz an ihren Brüsten fest, bevor er theatralisch zusammensackte und sehr laut »Aua!« rief. Es tat tatsächlich richtig weh, ein stechender Schmerz schoss durch sein Bein. Und es wurde noch schlimmer, denn plötzlich blieb ihm auch noch die Luft weg! Die Frau war bei dem Zusammenstoß ins Wanken geraten und direkt auf den am Boden liegenden Timo gefallen.

»Uuuuuummmpffff«, entwich es ihm.

Die Tough Boys lachten hysterisch los.

»Digga! Die macht den platt!«, quietschte der begeisterte Pjotr und Fresse heulte buchstäblich vor Lachen.

»Das sieht aus, als ob die ficken!«, freute sich Marcel mit weit aufgerissenen Augen und Fresse lachte noch lauter.

Die Frau bekam davon nichts mit. Sie versuchte gerade, sich so würdevoll wie möglich zu erheben, was nicht ganz einfach war. Ihre imposanten Brüste, wegen denen sie überhaupt in diese peinliche Situation geraten war, lagen schwer auf Timos Gesicht.

»Dafür kriegt er Extrapunkte, oder?!«, begeisterte sich Fresse.

Die Frau rollte sich nun seitlich von Timo ab, der dankbar ausatmete und sich dann ächzend aufrichtete.

Nur wenige Leute hatten gesehen, was vorgefallen war, und als sie erkannten, dass keine Hilfe benötigt wurde, gingen sie weiter zu ihren Autos oder ins Geschäft.

Die Frau beugte sich nun besorgt zu Timo herunter, der immer noch keine Anstalten machte, sich zu rühren.

»Alles okay, Kleiner?«, fragte sie.

»Ich … ich … ich bin gestolpert«, stammelte Timo.

»Ja, hab ich gemerkt«, seufzte die Frau, hielt ihm eine Hand hin und zog ihn hoch.

»Hast du dir wehgetan?«, fragte sie. »Irgendwas gebrochen? Ich sollte echt mal ein bisschen abnehmen.«

»Nee, nee. Alles okay«, sagte Timo. »Es tut mir sehr leid. Wirklich.«

»War ja keine Absicht«, zeigte sich die Frau großzügig und Timo wurde rot.

»Deine Hose ist kaputt«, merkte die Frau an und Timo schaute an sich herunter. Bei seinem Sturz hatte er sich ein Knie aufgerissen.

»Ist nicht so schlimm«, sagte er.

»Aber du blutest auch.«

»Macht nichts. Geht schon«, beeilte sich Timo zu versichern. Er schaute zu den Tough Boys hinüber, die die Szene mit großen Augen verfolgten.

Timo humpelte davon. Er atmete tief aus. Geschafft!

Als er bei den Jungs ankam, waren die hellauf begeistert.

»Guter Trick!«, lobte Pjotr.

»Und? Wie war's? War's geil?!«, wollte der aufgeregte Fresse wissen.

»Ist die Oma jetzt deine Freundin?« Basti grinste.

»Ja. Wir wollen heiraten«, antwortete Timo trocken und seine Kumpel lachten.

»Du bist 'ne ganz schön coole Sau«, sagte Marcel anerkennend und legte Timo kumpelhaft den Arm um die Schultern.

Noch nie hatte jemand Timo cool genannt.

Abends tupfte Henriette ihrem Sohn das Knie mit Jod ab und klebte ein Pflaster auf die Wunde. Missbilligend hob sie die zerrissene Hose hoch: »Die hast du höchstens viermal angehabt!«

»Ich bin doch nicht mit Absicht hingefallen«, merkte Timo an. »So was kann beim Fußballspielen doch mal passieren.«

»Seit wann spielst du denn Fußball?«, spottete Nele.

Sie saßen zu dritt am Küchentisch.

»Die war echt teuer! Richtig teuer!«, schimpfte Henriette weiter.

»Na, ich hab mir die Hose nicht ausgesucht. Das warst du«, knurrte Timo und biss in ein Frikadellenbrötchen. Ihre Mutter hatte heute ihren ersten Tag in der Bäckerei gehabt und hatte eine Platte voller Backwaren, die übrig gewesen waren, mit nach Hause nehmen dürfen. Timo vermutete, es würde in Zukunft viel Brot geben im Hause Brüggemann. Nele musterte skeptisch ein mit Käse überbackenes Croissant: »Das ist dieser Analogkäse, oder? Der ist total eklig.«

Henriette hörte gar nicht hin. Sie untersuchte weiter die Jeans. Sie überlegte wohl, ob man die Hose noch retten konnte.

»Bitte seid in Zukunft einfach vorsichtiger mit euren Sachen, ja?«, sagte sie.

»Wieso IHR?!«, giftete Nele. »ICH hab mir nicht die Knie aufgeschlagen wie ein Kleinkind auf dem Spielplatz.«

»Ich sag's ja nur vorsorglich«, seufzte Henriette. »Die Zeiten, wo alles, was ihr verliert oder kaputt macht, einfach ersetzt wird, sind vorbei.«

»Verstanden«, sagte Timo versöhnlich und Nele verkniff

sich weiteren Protest. Stattdessen biss sie in das Analogkäse-Croissant.

Henriette ließ sich auf den Stuhl fallen und legte der völlig perplexen Nele einen Fuß auf den Schoß.

»He? Was soll das denn?!«, rief Nele.

»Massierst du mir die Füße?«, säuselte Henriette mit fiepsiger Kleinmädchenstimme, legte den Kopf schief wie ein Hundewelpe und klimperte scherzhaft mit den Augen. »Ich war den ganzen Tag auf den Beinen. Ihr ahnt gar nicht, wie viel man als Verkäuferin hinter diesem kleinen Tresen herumrennt.«

Nele nahm den Fuß in beide Hände und begann, ihn zu massieren.

»Na ja, was soll's? Ich hab ja eh schon Käse an den Fingern«, grinste sie.

»He! Pass auf, was du sagst!« Henriette lachte.

Timo nahm sich noch eines der belegten Brötchen.

Als Nele später in ihrem Zimmer saß, stöberte sie wieder in den Facebook-Profilen ihrer früheren Freunde. Die Diskussionen um sie, Nele, waren beendet. Es kränkte sie ein wenig, wie schnell ihre Geschichte von aktuellerem Tratsch verdrängt worden war. Offensichtlich war an der Schule richtig was los gewesen. Eine Zeit lang hatte es geheißen, Rafael hätte einen Amoklauf geplant gehabt. Unglaublich! Ausgerechnet Rafael! Lächerlich! Dann hatte sich herausgestellt, dass jemand Rafaels iPhone gehackt hatte oder so. Spätestens als bekannt geworden war, dass auch seine Religionslehrerin eine Liebesmail von ihm erhalten hatte, war klar gewesen, dass jemand sich einen bösen Streich mit ihm erlaubt hatte. Rafael behauptete, er hätte keine Ahnung, wer dahinterstecken könnte. Die Polizei ermittelte immer noch. Wahnsinn! Das musste ja eine Riesenshow gewesen sein! Da hatte Nele echt etwas verpasst.

Auf Svantjes Seite fand sie Bilder vom Sommerfest im Tennisclub. Es versetzte Nele einen Stich, dass Svantje auf gleich drei Bildern direkt neben Daniel stand. Offenbar baggerte sie ihn ständig an. So eine Bitch!

Es klopfte an der Tür.

»Ja?«

Timo kam ins Zimmer. Er setzte sich zu seiner Schwester aufs Bett, während die hastig den Laptop zuklappte.

»Danke, dass du nichts gesagt hast«, sagte Timo.

»Was meinst du?«, fragte Nele.

»Na, die Sache im Bricks.«

»Ja. Was war das denn eigentlich für ein Mist?«, fragte Nele. »Findest du wirklich, du solltest mit solchen Typen abhängen?«

»Meine Freunde sind okay. Nur Marcels Bruder ... und dessen Kumpel ... na ja ...« Timo zuckte mit den Schultern.

»Ist ja cool, dass du schon Freunde gefunden hast«, sagte Nele diplomatisch. »Auch wenn die nicht gerade erste Wahl sind.«

»Na, du hast gut reden«, entgegnete Timo. »Mit deiner neuen Freundin. Und du in so 'nem Laden wie dem Bricks? Das ist auch nicht gerade deine Welt, oder?«

Nele nickt kaum merklich.

»Du, als wir da waren, am Ende …«, begann Timo. »Da war plötzlich Musik. Metal. Haben die dort einen Proberaum? Spielen im Bricks etwa Bands?«

Nele nickte. »Ja. in einem der Räume proben so Knirpse. So Terrorzwerge, genau wie du. Lange Haare, schwarze T-Shirts. Der eine hat voll die Löwenmähne, durch die kommste mit einem Kamm wahrscheinlich gar nicht durch. Dafür brauchst du so 'n Ding, mit dem Igor immer das Moos aus dem Rasen gefräst hat …«

Igor war ihr Gärtner in Poppenbüttel gewesen.

»Hier kriegste echt ein paar schräge Typen zu sehen«, fand Nele. »Ich hab mal ein bisschen zugehört bei der Hausaufgabenhilfe. Da gibt's Zwölfjährige, die können immer noch nicht richtig schreiben. Wir mit ie und so …«

»Dafür können die vielleicht was anderes gut«, verteidigte Timo seine neue Heimat. »Ist eben alles anders hier. Nicht schlechter. Nur anders.«

»Nicht schlechter? Machst du Witze?«, rief Nele. »Das ist alles total RTL2 hier! Alles nur Assis!«

»Stimmt doch gar nicht«, protestierte Timo. »Zwei aus meiner Klasse haben bei *Jugend forscht* mitgemacht. Ein Mädchen ist im Jugendchor von der Staatsoper. Und einer aus der Parallelklasse, der macht Graffitis, dagegen kannste aber Max' blöde Aquarelle in die Tonne treten! Man kann mit ganz vielen Leuten hier total normal reden. Die Assis sind nur lauter und auffälliger als die anderen. Musst halt genauer hingucken, wen du dir aussuchst.«

Nele hatte keine Lust auf eine Diskussion. Sollte Timo sich die Scheiße hier doch schönreden, sie wusste, was sie wusste:

Natürlich war es assi hier! Timos Freunde waren ja das beste Beispiel. Nur weil Leia Klavierstunden hatte oder weil Ginny trotz ihres KiK-Brutal-Outfits, ihres ständigen Herumkreischens und ihrer permanenten Vergewaltigung der deutschen Grammatik eigentlich total süß und nett war, änderte das doch nichts daran, dass sie trotzdem alle Assis waren! Na ja … Fast alle. Außer vielleicht Rick … Also, Rick …

Nele bemerkte, dass Timo ihr mit der Hand vor den Augen herumfuchtelte – »He! Hallo! Aufwachen!« –, und zuckte zusammen.

»Wo warst du denn eben mit den Gedanken?«, sagte Timo lachend. »Du hast voll lange einfach nur so ins Leere gestarrt!«

»Lass mich jetzt in Ruhe. Ich muss arbeiten«, knurrte Nele.

Timo grinste: »Facebook-Abitur, wa? Na dann: Hau rein!«

Er erhob sich und schloss die Tür hinter sich. Nele klappte den Laptop wieder auf. Svantje strahlte sie von dem Partyfoto aus an. Hatte Daniel etwa die Hand auf Svantjes Hüfte oder sah das nur so aus?!

Nele vergrößerte das Foto und schaute ganz genau hin. Sie konnte es nicht genau erkennen.

17

Als Nele sich am nächsten Morgen im Klassenraum auf ihren Platz setzte, begrüßte Rick sie mit einem freundlichen »Hey. Alles klar?«.

»Hallo, Rick«, sagte Nele. Sie hatte sich vorgenommen, ihn Otto zu nennen, falls er wieder mit der blöden kleinen Königin anfing, doch das hatte er sich Gott sei Dank verkniffen.

»Schon was vor morgen Abend?«, fragte Rick.

»Was, wieso?« Nele war erstaunt. Wollte er etwa ein Date mit ihr?

»'n Kumpel von mir macht 'ne Party«, erklärte er. »Kannst kommen, wenn du willst.«

Ach so.

»Im Schrebergarten von seinem Opa«, fügte Rick an.

Im Schrebergarten? War das sein Ernst? Wie spießig war das denn?!

»Ja. Gern«, sagte Nele dennoch zu.

»Cool!« Rick lächelte.

In diesem Moment betrat Frau Zwieriga die Klasse und Nele lehnte sich zufrieden zurück. Ihre erste Party in ihrem neuen Leben! Das ging doch schneller als erwartet. Zwar in einem Schrebergarten, was auf der Coolnessliste ähnlich hoch rangierte wie ein Ausflug zur Minigolfanlage oder in den Streichelzoo, aber dafür mit Rick! Okay, es war jetzt nicht direkt eine Verabredung mit ihm, aber offensichtlich wollte er, dass sie zur Party kam. Er war also interessiert an ihr. Wie sehr, musste sie noch herausfinden.

Mit einem Ohr hörte Nele zu, wie Frau Zwieriga vorn davon erzählte, dass Heinrich der Achte eine seiner Frauen köpfen ließ, weil er glaubte, sie hätte ihn mit einem anderen betrogen.

Nele zuckte innerlich zusammen.

Betrog sie Daniel, wenn sie mit Rick zu dieser Party ging?

Nein! Daniel war Geschichte. Wie Heinrich VIII. Daniel war endgültig Vergangenheit. Es war vorbei. Das musste sie endlich akzeptieren. Und überhaupt: Wenn hier jemand jemanden betrog, dann war das Daniel! Mit Svantje, dieser falschen Schlange!

»Kommt Ginny auch?«, flüsterte sie Rick zu.

Er verzog ein wenig das Gesicht: »Mmmmh … Ich weiß nicht … Die nervt ein bisschen, oder?«

»Ich kenn da doch sonst niemanden. Komm schon. Ich sag ihr, sie soll sich zusammenreißen, ja?« Sie sah Rick bittend an.

»Okay«, nickte er. »Ist auch egal. Wird sowieso total voll. Da fällt sie gar nicht auf.«

»Gut, danke«, sagte Nele lächelnd.

Ginny war begeistert: »'ne Party! Geil! Ich zieh meine Hotpants an! Die sind voll heiß!«

Sie machte ein paar tänzelnde Bewegungen, gepaart mit glucksenden Geräuschen: »Whoop! Whoop!«

Nele stellte einmal mehr fest, dass ihre neue Freundin sich

für ihr Gewicht auffällig leichtfüßig und geschmeidig bewegen konnte. Wenn Ginny zwanzig Kilo abnehmen würde, wäre sie vermutlich sexy wie Hölle. Doch dann stellte Nele sich Ginnys XXL-Arsch in einem vermutlich viel zu knappen Stück Minijeans vor und erinnerte sich daran, was sie Rick versprochen hatte.

»Vielleicht sollten wir uns nicht total aufbrezeln«, sagte sie zaghaft. »Du weißt schon: Weniger ist mehr. Understatement.«

»Was denn für ein Statement?«, sagte Ginny und lachte. »Mädchen, wenn wir auf 'ne Party gehen, machen wir uns heiß! Das sind die Regels!«

Nele gab amüsiert auf. Wenn das Ginnys »Regels« waren, was sollte sie da machen?

Dann begann sie zu überlegen, was sie selbst anziehen sollte.

Was würde Rick gefallen?

Früher wäre sie vor so einer Party shoppen gegangen. Jetzt blieb ihr wohl nichts anderes übrig, als ihren Kleiderschrank zu durchforsten.

Timo saß allein am Tisch in der Cafeteria und stocherte halbherzig in dem Kartoffelpüree herum, das zu den Fischstäbchen serviert wurde. Es war dieses Instantzeugs aus der Tüte, das schmeckte wie Sägespäne mit Rotz.

Marcel und Fresse waren an diesem Tag auf einem Klassenausflug in irgendein Museum. Timo langweilte sich. Früher, in Poppenbüttel, hatte er immer allein gesessen. Dort war das normal gewesen. Aber man konnte sich offenbar sehr schnell daran gewöhnen, nicht mehr allein zu sein. Jetzt fühlte es sich scheiße an. Selbst wenn es nur für einen Tag war.

Frustriert blickte sich Timo in der Cafeteria um und sah den schmächtigen Jungen mit den Wuschelhaaren vorbeigehen. Er hieß Navid, so viel wusste Timo aus dem Unterricht, aber ansonsten hatte er kein Wort mehr mit ihm gewechselt. Navid schien Timo, seit Marcel und Fresse ihn so blöd angemacht hatten, regelrecht aus dem Weg zu gehen.

Timo rief ihm zu: »Hey! Navid!«

Er war sich sicher, dass der Junge ihn gehört hatte, dennoch eilte der weiter, ohne herüberzuschauen.

Timo stand auf und lief ihm hinterher: »Hey! Warte doch mal! Navid! Bleib doch mal stehen!«

Auf dem Schulhof holte er ihn ein. Timo schnaufte. Er sollte wirklich mehr Sport treiben!

»Ich will keinen Ärger, okay?«, sagte Navid und hob beide Hände, als würde Timo ihn mit einer Pistole bedrohen.

»Was soll denn das?«, fragte Timo überrascht. »Ich will dich nur was fragen.«

»Ich weiß nichts, okay? Was mein Bruder und seine Freunde machen, hat nichts mit mir zu tun, klar? Macht das unter euch aus.«

»Ich hab keine Ahnung, wovon du redest«, sagte Timo.

Das stimmte nicht ganz. Timo wusste von Marcel, dass Navids Brüder in einer Gang waren, mit der Marcels Bruder und vielleicht auch die Tough Boys irgendwelche Probleme hatten. Aber Timo hatte das nicht besonders ernst genommen. Das hatte mit ihm doch nichts zu tun. Und dass Navid mit Drogen dealte, wie Marcel behauptet hatte, erschien ihm inzwischen hochgradig absurd. Dafür war der stille, freundliche Navid ganz sicher nicht der Typ.

»Wart ihr das? Die Musik? Im Bricks?«, fragte Timo nun.

Navid schaute ihn erstaunt an.

Timo summte die Melodie und führte mit den Armen die Bewegungen des Drummers aus: Bam tsch bam da da bam!

»Sehr geiler Breakdown. Guter Groove«, sagte Timo.

Navid schaute ihn weiterhin nur an, ohne etwas zu sagen. Er schien sich immer noch nicht sicher zu sein, ob er hier nicht womöglich doch verarscht oder unterschwellig bedroht wurde.

»Wart ihr das oder nicht?«, bohrte Timo. »Probt ihr im Bricks?«

Navid nickte zögernd.

»Ihr seid voll gut. Kann ich mal vorbeikommen und zuhören?«

»Du bist ein Tough Boy«, merkte Navid zögernd an.

»Na ja, nicht wirklich. Ich meine … Was heißt das schon? Wir hängen halt so ab.«

Navid schüttelte den Kopf. »Ich will keinen Ärger«, betonte er noch mal.

»Ich will auch gar keinen Ärger machen!«, beteuerte Timo. »Ich würde nur gern mal zuhören, wie ihr probt. Vielleicht ein bisschen mitjammen. Ich spiel auch Gitarre, weißt du?«

Navid zögerte.

»Das ist echt keine gute Idee«, sagte er schließlich und ging davon.

•

Nele hatte in ihrem Kleiderschrank ein richtig schönes Sommerkleid gefunden. Sehr leichter Stoff, der ganz toll fiel, super geschnitten, nicht richtig elegant, aber alles andere als casual. Sie hatte es erst ein Mal getragen und damals hatten ihr alle Komplimente gemacht. Nele drehte sich vor dem Spiegel hin und her. Sie sah echt sexy darin aus. Aber irgendwie sah man auch, dass das Kleid über 300 Euro gekostet hatte. So was gab es nicht bei H&M an der Stange. War das too much für die Party?

Nele zog das Kleid aus und hängte es zurück in den Schrank.

Sie hatte schon etliche Kombinationen ausprobiert und nichts hatte sich richtig angefühlt. Nele wollte nicht unangenehm auffallen bei dieser Party und schon wieder als kleine Königin dastehen, aber gleichzeitig konnte und wollte sie auch nicht so tun, als wäre sie in Steilshoop geboren.

Es klopfte an der Tür: »Nele?«

»Ja?«

Henriette trat ins Zimmer. Nele stand in Unterwäsche vor dem Spiegel und hielt eine Desigual-Bluse in der Hand, die womöglich ein guter Mittelweg sein könnte.

»Brauchst du eine Modeberatung?«, fragte Henriette lächelnd und setzte sich auf Neles Bett. Früher, in ihrem alten Leben, hatte ihre Mutter sie oft bei der Klamottenauswahl beraten. Wie eine Freundin. Aber inzwischen kam Nele das seltsam vor. Ihre Mutter hatte ja erst recht keine Ahnung, was hier »in« war und was nicht.

»Nee, lass mal«, wehrte Nele ab.

»Die Bluse hab ich immer gemocht«, sagte Henriette.

»Kein Wunder. Du hast sie mir ja auch geschenkt. Als ich die Zwei in Mathe geschafft hab«, erinnerte sich Nele.

Das waren noch Zeiten gewesen, als Nele 100-Euro-Blusen überreicht bekam, nur weil sie ihre Mathenote um zwei Punkte verbessert hatte. Diese Zeiten waren eindeutig vorbei.

»Ich hab heute mit Jürgen gesprochen«, begann Henriette zögernd. »Es gibt jetzt ein Gutachten. Zu Papas Unfall. Also: Die haben keinerlei Anzeichen äußerer Einflüsse feststellen können.«

»Und was heißt das?«

»Das heißt, dass die Versicherung jetzt noch ein Argument mehr hat, zu behaupten, es wäre Selbstmord gewesen.«

Nele schluckte.

»Aber noch ist alles offen, sagt Jürgen!«, beeilte sich Henriette zu versichern. »Es hängt auch viel vom Richter ab.«

»Glaubst du, dass Papa sich umgebracht hat?«, wollte Nele wissen. Sie hatte ihre Mutter das noch nie gefragt, obwohl der Gedanke sie wochenlang beschäftigt hatte. Aber jetzt musste es einfach raus. Sie wollte, dass ihre Mutter ihr versicherte, dass ihr Vater sich nicht aus dem Leben gestohlen hatte, dass er sie nicht im Stich gelassen hatte.

»Ich weiß es nicht, mein Schatz!«, sagte Henriette aber stattdessen nur und stand auf. Sie küsste ihre Tochter auf die Stirn.

»Ich weiß es nicht«, sagte sie noch einmal.

Timo hatte den Kopfhörer aufgesetzt, der in seinem Gitarren-Amp steckte. Seit einer halben Stunde versuchte er auf seiner Fender Stratocaster den verzwackten Groove von Navids Band zu knacken. Es war ein 7/8-Takt. Timo hatte das elektronische Metronom eingestellt, und am Anfang passte alles auch wie Arsch auf Eimer, ging höllisch gut ab, aber dann, vier Takte vor dem Breakdown, stimmte irgendetwas nicht mehr. Erinnerte sich Timo falsch? Schließlich hatte er den Song nur ein einziges Mal gehört – aber eigentlich hatte Timo ein großartiges Gehör. Musik saugte er auf wie ein Schwamm und er vergaß nie etwas. Keine Note. Doch konnte es wirklich sein, dass Navid und seine Freunde vier Takte vorm Breakdown den Takt änderten? Das war Oberliga! Es war hammerschwer, das synchron hinzukriegen! Leute wie Nele, die die Charts rauf und runter hörten, dachten, Metal wäre bloß Lärm. Geschrammel und Gebrülle. Die hatten keine Ahnung, wie kompliziert Metal sein konnte.

Timo nahm den Kopfhörer ab und schaute sich ein paar Videos von *Upheaval* an. Die Band war legendär für ihre kniffligen Rhythmuskonstrukte. Das waren Metal-Meister! Und tatsächlich: Da war es! Ein ganz kurzer Taktwechsel direkt vor dem Breakdown. Genau so hatte es geklungen. Timo war beeindruckt, dass Navids Band so etwas hinkriegte. Er schnappte sich wieder die Gitarre und versuchte erneut, den Riff zu kopieren. Und jetzt klappte es, ein wenig holprig noch, aber das war es! Timo spielte es noch drei-, viermal, dann hatte er es drauf. Er hatte eine richtige Gänsehaut, so geil war das!

18

Sie hatte es tatsächlich getan! Nele war froh, dass sie Ginny bereits von Weitem gesehen hatte und so ihren erschrockenen Gesichtsausdruck noch schnell unter Kontrolle bringen konnte. Dieses Mädchen hatte echt keine Schmerzgrenze! Ginny stand vor dem Kiosk und hatte sich in eine ultrakurze Jeans gezwängt, aus der unten ihre stämmigen Beine herausguckten und oben ihr Bauch herausquoll. *Wie Lavamassen aus einem Vulkan,* dachte Nele. Dazu trug Ginny ein bauchfreies T-Shirt mit der glitzernden Aufschrift *Kiss me!*. Nele wirkte trotz der farbenfrohen Desigual-Bluse, für die sie sich nach langem Hin und Her entschieden hatte, neben ihr so bieder wie eine dieser Zeuginnen Jehovas, die immer mit ihren »Wachturm«-Heftchen am Hauptbahnhof herumstanden.

Als Ginny Nele kommen sah, rief sie laut: »Hey! Sista! Paaaarty!«, und lief auf sie zu. Bei jedem ihrer wuchtigen Schritte rechnete Nele damit, dass Ginnys Hot Pants mit einem gewaltigen Ratsch reißen würden, aber das Winzhöschen hielt der enormen Anforderung wacker stand.

Ginny und Nele umarmten einander, dann machten sie sich gemeinsam auf den Weg zur Schrebergartensiedlung. Ginny ging zügig, sie kannte den Weg. Offenbar hatten hier schon in so einigen Lauben Partys stattgefunden.

»Wie lange darfst du bleiben?«, fragte Nele, während sie an den Parzellen entlanggingen.

»Wie jetzt?«, fragte Ginny.

»Wann musst du zu Hause sein?«

»Hä? Egal.«

»Deine Eltern geben dir keine Zeit mit?«

Ginny schüttelte nur den Kopf.

»Na, dann können wir wahrscheinlich nicht zusammen gehen. Ich muss um Mitternacht zu Hause sein«, seufzte Nele.

»So früh?«

»Na ja, normalerweise holt meine Mutter mich mit dem Auto von Partys ab, dann kann ich natürlich länger. Aber hier gibt's ja nicht mal eine Straße. Außerdem geht meine Mutter heute früh zu Bett. Sie hat morgen Frühschicht in der Bäckerei.«

»Tja …« Ginny zuckte mit den Schultern. Für sie war das Thema damit erledigt.

»Ich hab nur …«, begann Nele zaghaft. »Also, ich hab ein bisschen Schiss, allein um die Zeit nachts …«

Ginny kicherte. »Dann musst du wohl Rick fragen, ob er dich nach Hause bringt. Der ist total gut gegen Zombies, falls euch welche angreifen.«

Nele lächelte halbherzig.

»Außerdem hab ich keinen Bock, jetzt schon über den Rückweg nachzudenken. Wir sind ja noch nicht mal da«, sagte Ginny lachend.

»Aber weit ist es offensichtlich nicht mehr«, erwiderte Nele, denn jetzt hörten sie schon die Musik, die durch die Grünanlage dröhnte: harter Punkrock.

Als Nele und Ginny kurz darauf bei der Parzelle ankamen, standen dort bereits rund zwei Dutzend Jungen und Mädchen. Rauchend, trinkend, lachend. Nele kannte niemanden davon. Ginny dagegen begrüßte den einen oder anderen, während sie sich zur Hütte durchkämpfte. Nele huschte in ihrem Windschatten unauffällig mit hinein.

In der Hütte tummelten sich noch mehr Leute. Ginny öffnete die große Umhängetasche, die sie dabeihatte, holte drei Packungen Kartoffelchips und Erdnussflips sowie eine Flasche Sekt heraus und stellte alles auf den Tisch, wo sich bereits diverse Tüten, Dosen und Flaschen aller Art befanden. Nele dämmerte, dass sie schon den ersten Fehler begangen hatte. Hier in Steilshoop hatte niemand genug Geld, ein komplettes Fest auszurichten, alle Getränke zu besorgen und womöglich einen Partyservice zu finanzieren. Hier hatte jeder etwas beizusteuern. Daran hätte sie denken müssen. Wie peinlich!

Ginny schaute Nele nun tatsächlich mit ihrem kopfschüttelnden »Kleine Königin«-Blick an, sagte dann aber zu dem Jungen, der am Tisch stand: »Das ist von uns beiden.«

Der Junge nickte und hielt Nele die Hand hin. »Hi. Ich bin Moritz. Das ist meine Party hier.«

Nele schüttelte ihm die Hand. »Hallo. Ich bin Nele. Rick hat mich eingeladen.«

»Ich weiß«, antwortete Moritz grinsend. »Hab schon viel von dir gehört.«

Neles Herz schlug schneller. Rick hatte Moritz also von ihr erzählt. Das war bestimmt ein gutes Zeichen.

»Ist er noch nicht da?«, fragte Nele.

»Doch, doch«, sagte Moritz. »Der hat hier ja schon beim

Aufbauen geholfen. Jetzt ist er nur mit Luna kurz irgendwo hingegangen.«

Das wohlige Gefühl in Nele wich einem empfindlichen Stich. Luna? Sie hoffte inständig, Luna wäre ein Hund.

»Arbeitet Luna immer noch bei *Starbucks* in den Colonnaden?«, fragte Ginny.

»Keine Ahnung«, gab Moritz zu.

So viel zum Thema Hund. Vielleicht war sie Ricks Schwester?

Bevor Nele Ginny unauffällig zur Seite nehmen und fragen konnte, entdeckte die jemanden draußen vor der Hütte und rannte begeistert hinaus: »Didi!« Ginny raste auf einen schmächtigen rothaarigen Jungen zu, umklammerte ihn und drückte ihm einen fetten Kuss auf die Wange, während sie ihn halb in die Höhe hob. Didi lachte. Und Nele stand allein da. Genau wie sie es befürchtet hatte. Sie schaute durch die offene Tür der Laube nach draußen. Ein Junge aus ihrer Klasse war da, mit dem sie allerdings noch nie ein Wort gewechselt hatte. Eines der Mädchen, die am Schuppen standen und Wodka-Lemon tranken, hatte Nele mal im Bricks gesehen. Das war's aber auch schon.

Nele wollte keine Außenseiterin mehr sein. Sie hatte sich fest vorgenommen, neue Leute kennenzulernen, sie musste sich nur trauen, jemanden anzusprechen.

Sie griff nach einer Flasche auf dem Tisch und mischte sich ein Glas Wodka-Cola. Mit ihren Freunden, ihren *früheren* Freunden, hatte sie manchmal ein wenig Wodka-Grapefruit getrunken, aber Säfte konnte sie nirgendwo entdecken. Hier mischte man das Zeug offenbar mit Cola oder Lidl-Limonade.

Egal. Nele nahm einen Schluck. Es fühlte sich merkwürdig an, Schnaps nicht mit anderen, sondern allein zu trinken. Sie nahm noch einen Schluck und ging mit dem halb vollen Glas nach draußen. Sie schaute sich um, ob irgendjemand vielleicht genauso verloren aussah wie sie, und entdeckte dabei Rick, der über die Wiese auf die Hütte zulief. Ihr Herz schlug schneller. *Gott sei Dank*, dachte Nele, doch dann bemerkte sie das Mädchen, das Rick folgte. Das musste Luna sein. Sie wirkte etwas älter als die anderen hier, so als könnte sie durchaus schon achtzehn oder neunzehn sein. Aber das konnte auch an ihrem auffälligen Äußeren liegen. Sie war zierlich und hatte pechschwarzes Haar, das hinten kurz geschnitten war, ihr vorn aber tief in die schwarz umrandeten Augen hing. Ihre Lippen waren blutrot geschminkt. Ein Emo-Girl. Ein *bildschönes* Emo-Girl, das unverzüglich alle Blicke auf sich zog, wie Nele widerwillig feststellen musste. Und diese Traumfrau hatte nun zu Rick aufgeschlossen und sich bei ihm eingehakt. Verdammt!

Nele hatte sich geirrt. Sie hatte sich eingebildet, Rick hätte Interesse an ihr, dabei hatte er eine Freundin. Nele kam sich plötzlich total bescheuert vor in ihrer bunten, hippiemäßigen Bluse, wo Rick doch offenbar auf den schwarz-weißen Weltschmerz-Look stand. Nele hatte nichts mitgebracht zu dieser Party, hatte erwartet, dass ihr alles serviert würde – die Getränke, der Spaß, Rick …

Was war sie doch für eine blöde Kuh!

Nele trank den Rest des Wodkas mit einem großen Schluck aus, musterte das leere Glas missbilligend, ging zurück in die

Laube, griff sich wahllos eine der Flaschen und latschte damit wieder hinaus in den Garten. Sie ließ sich ganz hinten am Zaun auf einem Baumstumpf nieder und nahm einen Schluck aus der schon ziemlich leeren Pulle.

Buuah, eklig! Zuckersüß! Nele schaute aufs Etikett: Apfelschnaps. Tranken so was nicht eigentlich Omas?

Vielleicht sollte sie einfach gehen, überlegte sie. Stattdessen nahm sie noch einen Schluck. So leicht würde sie sich nicht unterkriegen lassen. Sie musste nur ein bisschen lockerer werden, dann würde sie sich in das Getümmel stürzen, Leute kennenlernen und Freunde finden. Scheiß doch auf Rick! Was für ein Idiot benannte sich nach dem Helden einer Fernsehserie?

In nicht einmal einer halben Stunde hatte Nele den Inhalt der Flasche halbiert. Ihr Kopf summte und brummte, ihr Blick war verschwommen. Sie saß auf ihrem Baumstumpf so versteckt, dass kaum einer sie bemerkte. Und auch Ginny hatte keinerlei Anstalten gemacht, sie zu suchen. Stattdessen hatte sie an ihrem Didi geklebt wie Pattex. Im Moment saß sie auf seinem Schoß und knutschte heftig mit ihm herum. Seine Hände wanderten wild über ihren Rücken. Nele war sich nicht sicher, ob das Leidenschaft war oder der verzweifelte Versuch, sich zu befreien. Vielleicht bekam der arme Kerl keine Luft mehr und Nele sah ihm gerade beim Sterben zu.

Trotz ihres Frusts musste sie bei dieser Vorstellung leise kichern.

»Hey!« Eine Stimme schreckte sie auf. Moritz stand neben ihr, eine Zigarette im Mund und eine Flasche Bier in der Hand. »Was sitzte denn hier so allein herum?«

Nele suchte nach einer schlagfertigen Antwort, aber ihr vernebelter Kopf verzögerte den Denkprozess. Erst nach einer peinlich langen Pause sagte sie: »Ist das hier nicht die Bushaltestelle? Ich warte auf den Bus.«

»Auf 'nen Kuss? Du wartest auf 'nen Kuss?«, fragte Moritz grinsend. »Das lässt sich machen.«

Hatte sie genuschelt oder gelallt? Oder tat Moritz nur so, als hätte er sie falsch verstanden? War das vielleicht ein Flirtversuch? Nele kicherte ein wenig.

Moritz griff nach der Flasche, die Nele in der Hand hielt, und musterte den Schnaps: »Was ist das denn für 'n Fusel? Habt ihr den mitgebracht?«

Nele schüttelte vehement und anhaltend den Kopf und erschrak. Sie hatte plötzlich das Gefühl, ihr Kopf würde sich von dem ganzen Geschüttel lösen und ihr vom Hals plumpsen. Aber dann machte sie sich klar, dass der Kopf da oben total gut verankert war. Halswirbel und so.

»Gehst du immer auf Partys und sitzt dann allein herum?«, fragte Moritz und setzte sich neben sie auf den Baumstumpf. Es war kein großer Baumstumpf, und ihre Arschbacken berührten sich, aber das war Nele gerade egal.

»Ich beobachte«, sagte Nele verschwörerisch und beugte sich zu ihm vor. »Ich bin die kleine Königin, die alles sieht«, flüsterte sie und kicherte albern.

»Du bist die kleine Königin, die nicht so viel Apfelschnaps trinken sollte.« Moritz lachte und legte seine Hand auf ihr Knie.

Nele sprang auf. »Ich will tanzen!«, rief sie. »Mach mal die Musik lauter!«

Moritz schüttelte den Kopf. Nele griff nach der Flasche und er gab sie frei.

»Habt ihr mich nicht gehört?! Macht mal die Musik lauter!«, rief Nele und rannte auf den Pulk der Gäste zu, die sie erstaunt anschauten. Einige lachten.

Irgendjemand drehte tatsächlich am Regler der Stereoanlage und der bellende Punk-Gesang übertönte alle Gespräche:

Hold on, slow down, again from the top now
And tell me everything
I know I've been gone for, what seems like forever
But I'm here now waiting
To convince you that I'm not a ghost or a stranger
But closer than you think
She said: »Just go on to what you
Pretend is your life but, please don't die on me«
Wings won't take me
Heights don't faze me
So take a step
But don't look down

»Geiler Song!«, rief Nele und fing an, mit ausladenden Gesten zu tanzen, die Flasche wild schwenkend. Fast hätte sie sie einem Mädchen an den Kopf geschlagen. Nele torkelte, taumelte und rempelte mehrere Leute an, die sie entweder pikiert oder lachend anstarrten. Scheißegal! Sollten sie doch glotzen!

Ginny kam auf Nele zu und nahm sie am Arm.

»Sista. Mach mal halt. Hör mal auf. Das ist voll peinlich«, sagte sie, doch Nele schüttelte sie ab.

»Verpiss dich, Fatty! Knutsch deinen Dudu. Ich will feiern!«, rief sie und Ginny zog beleidigt ab. »Macht noch lauter!«, rief Nele. »Noch lauter!«

Der Junge, der an der Stereoanlage stand, schüttelte den Kopf.

»Spielverderber!« Nele nahm einen weiteren Schluck, während sie wild taumelnd tanzte. Dabei stolperte sie über eine Bierkiste am Boden, rempelte jemanden an und fiel hin.

»Hey, Rick!«, sagte Nele lachend, als sie aufschaute. »Du bist ja auch hier!«

Rick half ihr auf die Beine und nahm ihr vorsichtig die Flasche ab. »Mensch, Nele. Hätte nicht gedacht, dass du so ein Partygirl bist«, sagte er.

»Doch! Absolut! Ich bin die Party-Bitch! Ich bin die Ghettoschlampe, weißt du?«, rief Nele und ihre Stimme überschlug sich.

»Na, wenn du das sagst.« Rick manövrierte sie ruhig, aber zielsicher aus der Menge.

»Bist du schon lange hier?«, tat Nele so, als hätte sie ihn vorher noch nicht bemerkt.

Die ersten Leute wandten sich wieder ab. Die Show war vorbei.

»Mmh. Ich bin schon eine ganze Weile hier«, bestätigte Rick.

»Cool!« Nele nickte eifrig.

»Ja«, sagte Rick.

»Wer ist Luna?«, fragte Nele und hätte sich am liebsten auf die Zunge gebissen. Es war ihr so herausgerutscht. Wie peinlich!

»Eine Freundin«, sagte Rick ruhig, als wäre nichts an dieser zusammenhanglosen Frage merkwürdig.

»*Deine* Freundin?«, hakte Nele nach. Jetzt war es eh egal.

»*Eine* Freundin«, betonte Rick.

»Okay. Gut«, fand Nele und Rick musste lachen.

»Ja?«

»Ja. Gut. Und ich will noch was trinken«, verkündete Nele.

»Ich hol dir was. Warte hier. Am besten, du setzt dich hin oder stützt dich irgendwo ab.«

Nele salutierte albern – »Jawohl, Sir!« –, und Rick ging zur Laube.

Ginny schaut zu Nele herüber und kniff wütend die Augen zusammen. Nele bemerkte es kaum.

Rick kam mit einer angebrochenen Sektflasche zurück. »Besser als der Schnaps«, fand er. »Davon fällst du wenigstens nicht gleich ins Koma.«

Er reichte ihr die Pulle, sie trank einen kleinen Schluck und bot die Flasche dann Rick an. Der schüttelte zu Neles Überraschung den Kopf. Trank er etwa nichts? Seltsam. Aber egal, so blieb mehr für sie. Nele nahm einen weiteren Schluck. Der Schrebergarten war eine große Schaukel und Nele stand mittendrin. Sie kicherte. Ein Schaukelgarten! Wie geil war das denn?!

Sie redeten. Nele war überrascht, wie ernst und nachdenklich Rick war. Auf eine gute Art. Er sprach nicht viel und wenn, dann meistens, um sie etwas zu fragen. Er wollte was über sie erfahren und nicht nur Scheiß über sich selbst erzählen wie die meisten Jungs. Er war ein echt guter Zuhörer.

»Was ist das für eine Kette?«, fragte er und zeigte auf das silberne Amulett an Neles Hals.

Nele nahm das kleine Herz in die Hand und fragte: »Wieso?«

»Du fasst das ständig an, als ob du Angst hast, es zu verlieren.«

»Tu ich das?«, fragte Nele erstaunt.

Rick nickte.

»Mein Vater hat es mir geschenkt. Zu meinem letzten Geburtstag«, erklärte Nele.

»Kann man den Anhänger aufklappen? Ist da ein Bild drin?«, fragte er.

»Man kann ein Bild reinmachen, ja«, antworte Nele. »Aber ich hab mich noch nicht entschieden, was da reinsoll.«

»Deine Eltern sind geschieden?«, fragte Rick.

»Mein Papa ist tot.«

»Fuck«, war Ricks Antwort. Kein »Es tut mir leid«, kein »Mein Beileid«, kein peinlich berührtes »Oh, das wusste ich nicht«. Ricks »Fuck« war vermutlich die ehrlichste Reaktion, die Nele je darauf bekommen hatte.

»Ja. Fuck«, stimmte Nele zu und lächelte Rick an. Er lächelte zurück.

»Vielleicht solltest du ein Bild von deinem Vater in den Anhänger machen«, schlug Rick vor.

»Nicht, bevor ich weiß …«, begann Nele, führte den Satz aber nicht zu Ende.

»Bevor du was weißt?«

»Nicht, bevor ich weiß, ob er … ein Feigling war«, murmelte sie.

Rick sah sie erstaunt an. Aber anstatt nachzuhaken, was

genau sie damit meinte, fragte er: »Hast du ihn denn geliebt?«

Nele nickte.

»Dann ist es doch scheißegal, wie mutig er war. Kann ja nicht jeder ein Held sein«, sagte Rick. Und damit war das Thema für ihn offensichtlich erledigt.

Irgendwann waren sie und Rick in ihrem Gespräch unterbrochen worden, weil zwei Mädchen sich zu streiten begonnen hatten. Nele hatte nicht mitbekommen, worum genau es dabei ging, aber die beiden kreischten sich regelrecht an. Die eine – weißblond gefärbte Haare, riesige Ohrringe und Schuhe mit absurd hohen Absätzen, die auf dem Rasen des Schreibergartens so praktisch waren wie Schlittschuhe in der Sahara – brüllte schrill: »Du bist so voll scheiße, ey! Ich könnte kotzen, ey, so scheiße bist du! Ich hab dir das voll geheim erzählt und du machst das voll public! Das ist so gemein!«

Die andere kreischte zurück: »Was war denn daran geheim? Du hast das doch selbst gepostet, sogar mit Foto!«

»Ja, aber nur in der geschlossenen Gruppe! Für meine Freunde!«

»Du ziehst doch nur 'ne Show ab! Du willst doch nur voll Spotlight und wieder das Opfer machen, damit alle dich trösten und du der Star bist!«

Daraufhin ging das blonde Mädchen mit einem schrillen Schrei auf ihre Freundin los und zog sie an den Haaren. Die zerkratzte ihrer Angreiferin das Gesicht, woraufhin deren Gekreische noch lauter wurde. Nun griffen andere Partygäste ein und versuchten, die beiden zu trennen.

Nele schaute sich das mit wachsender Begeisterung an und lachte. »Das ist so assi! Als ob man live bei Big Brother ist! Eine richtige Freakshow!«

Sie drehte sich zu Rick um, der zu ihrer Überraschung überhaupt nicht amüsiert wirkte. Neles Lachen verstummte.

»Kennst du die, oder wie?«, fragte sie.

»Klar. Aber das ist egal. Ich finde es nur einfach nicht witzig«, antwortete er kühl.

Nele kniff die Lippen zusammen. Sie war in irgendein Fettnäpfchen getreten, aber diesmal wusste sie nicht, in welches.

»Ich meine ja nur …«, sagte sie kleinlaut.

Rick nickte und blickte sie ungerührt an. Nele war es gewohnt, dass Jungs über ihre Witze lachten und ihr bei so ziemlich allem zustimmten. Man eroberte kein Mädchen, indem man es auflaufen ließ. Aber Rick hatte offenbar gar kein Interesse, sie zu erobern.

Nele nahm nervös noch einen Schluck aus der Sektflasche. Es war der Rest. Sie drehte die Flasche um und sah zu, wie der letzte Tropfen auf den Rasen fiel.

»Soll ich dir noch was holen?«, fragte Rick.

»Willst du mich betrunken machen?«

»Wieso machen?«, lachte Rick. »Du bist doch schon total breit.«

Und dann war da erst mal gar nichts mehr. Im Lauf des nächsten Tages kamen ein paar Erinnerungsfetzen zurück. Momentaufnahmen. Sie hatte viel geredet mit Rick. Wenn sie bloß noch wüsste, worüber. Hatte sie ihm ihre Geschichte erzählt? Von ihrem früheren Leben? Hatte sie ihm gebeichtet, was genau sie nach Steilshoop verschlagen hatte? Sie hatte irgendwas über Igor erzählt, da war sie sich plötzlich sicher, warum auch immer, und sie erinnerte sich vage, dass Rick gelacht hatte. Aus irgendeinem Grund hatte er es wahnsinnig lustig gefunden, dass sie einen Gärtner gehabt hatte. Nele schämte sich, und die Scham war doppelt schlimm, weil sie nicht wusste, wofür genau sie sich eigentlich zu schämen hatte. Hatte sie ihm etwa auch von Daniel erzählt? Sie meinte, sich zu erinnern, dass Rick sie gefragt hatte, ob sie einen Freund habe. Ganz sicher wusste sie nur, dass sie Rick noch einmal nach Luna gefragt hatte. Und er war genervt gewesen und hatte gesagt, das mit Luna sei »kompliziert«. Wie bei Facebook.

Nele war verwirrt gewesen und hatte sich gleichzeitig wohlgefühlt mit Rick. Irgendwie waren sie schließlich auf einer anderen Wiese in der Schrebergartenkolonie gelandet, allein. Sie hatten dagelegen, aneinandergeschmiegt. Nele war lange nicht so aufgeregt gewesen.

»Du bist irgendwie krasser, als man denkt«, hatte Rick irgendwann gesagt.

»Was soll denn das heißen?«, fragte Nele.

»Weiß ich auch nicht«, gab Rick zu. »Ist nur – du wirkst wie so ein verpäppeltes Püppchen auf den ersten Blick, so mit den Kulleraugen und so … aber irgendwie …«

»Irgendwie was?«

»Keine Ahnung. Ist nur so 'n Vibe. Ich schätze, wenn's drauf ankommt, ist bei dir Schluss mit Püppi.«

»Und das ist schlecht?«

»Nö. Das ist gut«, grinste Rick. »Püppi ist langweilig.«

Und dann hatten sie geknutscht. Nele konnte Ricks Küsse

immer noch schmecken. Nach Minze hatten sie geschmeckt und ein wenig nach Rauch, aber das war offensichtlich eine gute Mischung. Und Rick hatte die Hand unter ihre Desigual-Bluse wandern lassen. Wenn Daniel Neles Brust berührt hatte, war er immer sehr sanft gewesen, zögerlich fast, als ob er Angst gehabt hätte, dass er dort nicht wirklich hingehörte. Rick aber war zupackender, seine Berührungen waren fest und selbstbewusst und dennoch absolut nicht grob! Nele erinnerte sich, dass sie leise geseufzt hatte.

Und dann war da dieses Räuspern gewesen, und dann hatten da zwei Polizisten gestanden und sie gefragt, ob sie Nele Brüggemann sei. Und dann hatte sie gekotzt. Ohne jede Vorwarnung. Direkt auf die Füße eines der Polizisten.

19

»Ich bin so enttäuscht von dir!«, sagte Henriette. Sie gab sich sichtlich alle Mühe, nicht zu schreien. »Ich hab mir solche Sorgen gemacht!«

Nele sah betroffen zu Boden.

Es war früher Nachmittag. Ihre Mutter hatte sie eine halbe Stunde zuvor geweckt und unter die Dusche gescheucht. Nele war immer noch übel. Und sie hatte Kopfschmerzen. Doch sie fühlte sich nicht nur körperlich scheiße. Sie erinnerte sich nicht mehr an alles, was sie gestern getan und gesagt hatte, aber sie musste als ziemliche Bitch rübergekommen sein. Voll arrogant. Hatte sie diese furchtbaren Dinge über Ginny nur gedacht oder womöglich sogar laut gesagt? Hoffentlich nicht, denn sie mochte Ginny inzwischen irgendwie. Insgeheim war sie sogar etwas neidisch auf sie. Die zog ihr Ding durch, egal, was die anderen darüber dachten. Das musste man sich erst mal trauen. Sie würde sich bei ihr entschuldigen müssen …

»Ich hab dich schon tot in irgendeiner Straßenecke liegen sehen. Tot und vergewaltigt«, holte Henriette Nele aus ihren Gedanken.

Nele wagte zaghaften Protest: »Du wusstest doch, dass ich auf einer Party bin.«

»Wir hatten abgemacht, dass du um Mitternacht zu Hause bist!«

»Niemand geht hier um Mitternacht nach Hause. Und ich hab einfach nicht auf die Uhr geguckt.«

»Ja! Weil du total besoffen warst!«

»Aber gleich die Polizei rufen …«, beschwerte sich Nele und Henriette platzte der Kragen: »Ich habe nicht gleich die Polizei gerufen! Ich habe DICH angerufen. Mindestens zehn Mal!«

»Ich hatte meine Tasche mit dem Handy in der Laube liegen lassen«, gab Nele kleinlaut zu.

»Ja! Und jetzt ist es bestimmt weg! Das hat sicher jemand geklaut! Das teure iPhone! Da muss man doch drauf aufpassen, bei solchen Leuten …«

»Was soll denn das heißen: solche Leute!«, empörte sich Nele und ihr Kopfschmerz pochte noch stärker.

»Du weißt, was ich meine!«, rief Henriette. »Wir sind nicht mehr in Poppenbüttel. Hier musst du vorsichtig sein! Ist doch klar, dass ich Angst um dich hab, wenn du nachts hier, in so einem Umfeld …«

»Das weiß ich, dass wir nicht mehr in Poppenbüttel sind!«, schrie Nele. »Wessen Schuld ist denn das?! Meine etwa?!«

»Fräulein …«, zischte Henriette mahnend.

Nele knurrte etwas, was nur mit bestem Willen als halbherzige Entschuldigung durchging, und fügte an: »Trotzdem: Gleich die Polizei …«

»Es war fast drei Uhr nachts!«, rief ihre Mutter. »Du bist nicht ans Handy gegangen. So kenne ich dich nicht. Du bist sonst so zuverlässig. Und wir sind hier mitten in … in … das ist gefährlich hier! Und die Polizei wollte dich gar nicht suchen, die haben mich nicht ernst genommen, aber es hatte gerade einen Einbruch in den Schrebergärten gegeben und die waren sowieso da und haben dich zum Glück zufällig gefunden. Mit diesem Jungen … Was ist das überhaupt für ein Junge?!«

»Einfach nur ein Junge«, sagte Nele bockig.

»Ist das deine Priorität? Erst mal einen neuen Jungen finden? Das fehlt mir gerade noch, dass du hier schwanger wirst. Von so einem … einem …«

»Was?! Von was für *einem*?! Wie redest du denn über meine Freunde?!«, schrie Nele. »Ich bin kein Kind mehr! Und ich werde auch nicht schwanger! Ich weiß, was ich tue!«

»Ja, das habe ich gemerkt«, zischte Henriette giftig.

Nele legte den Kopf in die Hände und schloss die Augen.

»Hast du Kopfschmerzen?«, fragte ihre Mutter.

Nele nickte.

»Gut«, sagte Henriette. »Das geschieht dir recht. Und jetzt gehst du los und guckst, ob du dein iPhone wiederfindest. Und anschließend kommst du sofort zurück. Sofort! Du hast Hausarrest!«

Nele wollte protestieren, verkniff es sich dann aber. Das war eindeutig der falsche Moment.

Nele trat aus dem Haus. Sie war immer noch wacklig auf den Beinen und ihr Kopf pochte.

»Hey!«

Nele schreckte zusammen. Neben ihr ging plötzlich Rick und fragte: »Hast du großen Ärger gekriegt?«

»Hast du hier auf mich gewartet?«, wunderte sich Nele.

Er zuckte nur mit den Schultern.

»Ich muss mein Handy suchen«, sagte Nele. »Hab ich in der Laube vergessen.«

»Ich komm mit«, sagte Rick und Neles Herz schlug etwas schneller.

Eine Weile gingen sie schweigen nebeneinanderher, bis Rick plötzlich etwas aus seiner Tasche hervorkramte und es Nele reichte.

»Eine CD?«, wunderte sie sich.

»*Rise Against*«, erklärte Rick. »Hab ich dir gebrannt. Das vorletzte Album.«

Nele schaute ihn fragend an.

»Das ist die Band, die du so gut fandst. Du hast doch gestern zu *Ready to Fall* getanzt«, sagte er. Das Wort »getanzt« sprach er mit einem leicht ironischen Unterton aus.

»Hey, das ist ja total süß von dir«, sagte sie. »Vielen Dank.«

Rick verzog das Gesicht. Süß war es wohl nicht, was er sein wollte.

Nele hatte schon seit mindestens zwei Jahren keine CD mehr gehört, sie hatte schließlich ihre Spotify-Playlists. Aber die Geste war toll. Sie zögerte kurz, dann gab sie Rick einen schnellen Kuss auf die Wange. War das angebracht? Oder war es zu viel? War das irgendwie needy? Oder peinlich?

Nein. Anscheinend war es genau richtig, denn Rick lächelte sie an.

Nele würde ihm niemals verraten, dass sie keine Ahnung hatte, was das für ein Lied gewesen war, zu dem sie sich gestern blamiert hatte. Irgend so ein harter Kram. Punk oder so. Sie hatte den Namen *Rise Against* noch nie gehört.

Als hätte er ihre Gedanken gelesen, sagte Rick nun: »Ist eine meiner Lieblingsbands. Total krasse Texte.«

Nele nickte und musterte die CD, bevor sie sie in die Tasche steckte. Rick hatte das Cover aus dem Internet heruntergeladen, ausgedruckt, sehr sorgfältig ausgeschnitten und in die Hülle gelegt. Er hatte sich richtig Mühe gegeben. Nele blickte schnell nach unten, damit Rick nicht merkte, dass sie gar nicht mehr aufhören konnte zu lächeln.

Als sie eine Viertelstunde später in der Laube eintrafen, waren Moritz und einige andere immer noch mit Aufräumen beschäftigt.

»Ah, die kleine Königin und ihr Hofnarr.« Moritz lachte, als er sie sah, und griff in die Hosentasche. Er zog Neles iPhone heraus und reichte es ihr: »Ihr solltet in Zukunft besser auf Eure Sachen aufpassen, Eure Hoheit.«

»Hört doch alle mal mit dem Königin-Scheiß auf«, murrte Nele, war aber sehr erleichtert, dass sie ihr iPhone wiederhatte. Sie schaltete es ein, um zu schauen, ob es noch funktionierte – und erschrak. Als Bildschirmhintergrund sah sie sich selbst! Wie sie taumelnd, die Schnapsflasche schwenkend, tanzte. Sie sah entsetzlich aus. Entsetzlich assi. Schlimmer als die Kreischmädels, über die sie gestern noch gelästert hatte. Moritz und Rick lachten, als sie Neles schockiertes Gesicht sahen.

»Ich hab dich fotografiert«, erklärte Moritz, »und musste dir das Foto einfach schicken. Du solltest dir vielleicht mal ein Passwort zulegen.«

»Sehr witzig«, zischte Nele, musste aber doch ein wenig

grinsen. Sie mochte die beiden Jungs. Und einen davon mochte sie sogar sehr!

»Okay. Ich muss dann auch wieder. Hausarrest«, sagte Nele und betonte das letzte Wort nicht ohne eine Prise Stolz. Es war der erste Hausarrest ihres Lebens. Ihre erste Bad-Girl-Auszeichnung. Jungs wie Rick liebten Bad Girls, oder? Bad Girls wie Luna …

»Ich bring dich«, sagte Rick.

Nele überlegte, ob sie seine Hand nehmen sollte, während sie die Wege zwischen den Parzellen entlanggingen, ließ es dann aber bleiben. Sie wollte nicht betteln. Stattdessen sprach sie aus, was sie einfach nicht losließ: »Also, was ist mit Luna? Ist sie deine Freundin? Deine feste Freundin?«

Rick rollte mit den Augen, doch Nele ließ nicht locker: »Ich finde, ich hab ein Recht, das zu wissen. Nach gestern.«

Rick atmetet schwer aus und sagte dann: »Nein. Ist sie nicht, okay? Mann, was soll denn das Verhör? Bist du von der NSA?«

»Ist doch nur ’ne simple Frage«, fand Nele. »Ihr scheint ja total … dicke zu sein.«

»Es ist kompliziert, okay?«, sagte Rick.

Schon wieder diese Facebook-Floskel!

»Aber ich mag dich«, fügte er an. »Sehr sogar.«

»Mehr als Luna?«

»Anders.«

Nele zögerte. Das musste wohl reichen. Vorerst. Sie gab ihm einen Kuss auf den Mund und ging davon, bevor er reagieren konnte.

Ihr Herz pochte wie wild.

20

»Wie oft soll ich es denn noch sagen? Es ist eine Überraschung«, sagte Rick und grinste. Er genoss es. Und Nele auch. Dass sie wieder und wieder fragte: »Wo führst du mich denn hin?« und »Was hast du vor?«, war Teil des Spiels.

Es war Freitagabend, kurz nach zehn. Neles einwöchiger Hausarrest war beendet. Sie waren mit der U-Bahn in die Innenstadt gefahren und gingen nun den Holstenwall entlang. Rick trug eine Jutetasche, um deren Inhalt er ein großes Geheimnis machte. Sie baumelte über seiner linken Schulter, seinen rechten Arm hatte er um Nele gelegt.

Als sie an dem Tor vorbeikamen, hinter dem sich die Eislaufbahn befand, blieb Rick stehen. Er stellte den Jutebeutel auf den Boden, lehnte sich mit dem Rücken an das verschlossene Tor und machte wortlos eine Räuberleiter. Nele sah ihn erstaunt an. Was hatte er vor? Wollte er mit ihr in die geschlossene Eisbahn einbrechen? Sie musterte den Jutebeutel. Er war ziemlich voll, aber zwei paar Schlittschuhe waren da ganz sicher nicht drin. Dafür war der Beutel zu klein.

»Na los«, sagte Rick.

Nele zögerte.

»Komm schon. Alles gut. Chill«, beruhigte Rick sie. »Ist ja nicht meine Schuld, wenn sie den Park um zehn zumachen.«

Es ging also nicht um die Eisbahn, sondern um die große Grünanlage Planten un Blomen, in deren Mitte sich die Bahn befand. Nele war erleichtert. Das war nicht so schlimm, oder? Über einen Zaun in einen Park klettern, das war kein richtiger Einbruch, oder? Und überhaupt: Nele fand, sie traute sich ohnehin zu wenig. Außerdem wollte sie Rick nicht enttäuschen: Was immer er da ausgeheckt hatte, war für ihn offenbar eine große Sache.

Und natürlich war sie wahnsinnig neugierig, was er geplant hatte.

Also trat sie auf seine Handflächen und ließ sich von ihm hochheben. Es schien für ihn überhaupt kein Problem zu sein, sie über das Tor zu befördern. Seine Muskeln waren also nicht nur Fitnessstudio-Placebos. Dahinter steckte wirklich Kraft.

Er reichte ihr die Jutetasche – »Nicht reingucken!« – und kletterte dann selbst über das Tor. Sobald er gelandet war, nahm er ihr die Tasche wieder ab, legte ihr erneut den Arm um die Schultern und führte sie dann einen der kleinen Sandwege entlang.

Die Laternen im Park waren eingeschaltet.

»Hier«, sagte Rick nach fünf Minuten. »Hier ist gut.«

Hier war einfach nur eine Wiese.

Rick ließ Nele los und zog eine dünne Decke aus der Tasche, eigentlich eher ein Tischtuch, und breitete sie auf der Wiese aus. Er wischte zweimal vornehm über die Fläche, bevor er sich mit galanter Geste vor Nele verbeugte: »Ihr Picknickplatz ist bereitet, Eure Hoheit!«

Nele konnte die Königin-Sprüche nicht mehr hören, aber

davon wollte sie sich nicht die Stimmung verderben lassen. Ein romantisches Picknick ganz allein in einem großen Park – das war toll.

Nele setzte sich. Es war erstaunlich warm für Mitte Oktober. Perfekt. Rick begann eifrig, den Inhalt der Tasche auf der Decke auszubreiten: eine Flasche Sekt, eine Dose Pringles, eine Packung Kekse, eine Packung HARIBO-Gummis und eine Tüte Mikrowellen-Popcorn. Nele nahm Letztere in die Hand.

»Was sollen wir denn damit? Hast du etwa eine Mikrowelle dabei?«

»Hä?«

»Das sind nur Maiskörner. Die muss man in die Mikro packen, damit sie aufploppen«, erklärte Nele.

»Oh«, murmelte Rick. »Ich hab nur Popcorn gelesen und dachte, Popcorn ist geil.«

Nele schaute ungläubig auf die Tüte. Die war so winzig und flach, dass höchstens drei Stück ausgewachsene Popcorn darin Platz gehabt hätten. Was hatte sich Rick bloß dabei gedacht? Wahrscheinlich gar nichts. Dass die Picknickdecke voller Süßigkeiten war, ließ die Vermutung zu, dass Rick schwer bekifft gewesen war, als er eingekauft hatte.

Egal. Die Geste war süß und Rick war es auch. Und irgendwie war es ja auch witzig.

Rick bemerkte, dass er gepatzt hatte. Er schien enttäuscht.

Nele klopfte neben sich auf die Decke und lächelte ihn an: »Setz dich!«

»Moment noch«, sagte er und ging davon.

»He!«, rief Nele. »Wo willst du denn hin?!«

Rick antwortete nicht und ging noch ein paar Schritte Richtung Parkmauer. Es war zu dunkel, um zu erkennen, was er dort machte.

»Rick?!«

Er kam zurück, setzte sich neben sie und überreichte ihr wortlos eine frisch gepflückte Rose.

Sie küsste ihn: »Vielen Dank!«

»Das Beste kommt ja noch«, sagte er.

»Oh. Was denn?« Nele schaute ihn erfreut an. Es ging also noch weiter.

Rick rollte genervt mit den Augen, grinste Nele aber dabei an: »Mädchen, wie oft soll ich das denn noch sagen: Überraschung! Das Konzept schnallst du irgendwie nicht, oder?«

Sie lachte und küsste ihn erneut.

Sie knutschten eine Weile und Nele fand es sehr aufregend. Waren sie wirklich allein im Park? Gab es Parkwächter? Oder andere Leute, die auch gern über Zäune stiegen? Aber das Aufregendste waren Ricks Hände auf ihrer Haut. Rick zog ihre Bluse hoch und küsste sanft ihre Brüste. Nele fand es erregend und beängstigend zugleich, dass ihnen womöglich jemand dabei zusah.

Aber erwartete Rick, dass sie hier Sex haben würden? Dass sie ihr erstes Mal draußen in einem Park hatte? War sie bereit dafür?

»Ist irgendwas?« Rick lehnte sich zurück und schaute sie fragend an. Er hatte wohl gespürt, dass sie mit den Gedanken abschweifte.

Nele schüttelte lachend den Kopf. »Nein, nein. Alles gut. Mach mal den Sekt auf.«

Rick schaute auf die Uhr auf seinem Handy, nickte zufrieden, öffnete den Sekt und goss sich und Nele jeweils einen der Pappbecher voll, die er aus der Jutetasche hervorgeholt hatte.

»Was soll das eigentlich darstellen?«, fragte Nele und zeigte auf Ricks Tattoo.

»Das ist Felgir. Ein mythischer Drache. Der Bote Odins«, antwortete Rick. »Ich hatte mal so eine Fantasy-Phase. Nordische Sagen und so.«

Nele musterte das Tattoo konzentriert. Es war nicht leicht, bei dem wenigen Licht, das die Parklaterne spendete, etwas zu erkennen.

»Wo ist denn da ein Drache? Ich seh nur Linien.«

Rick nahm Neles Hand und führte ihren Zeigefinger langsam über die Tätowierung: »Hier. Da ist der Kopf. Das ist der Hals, ganz lang und geschwungen, und das sind so kleine Flügel …«

Nele gab sich Mühe zu erkennen, was Rick meinte, aber es gelang ihr nicht.

»Mmh … ja«, murmelte Rick, der Neles Ratlosigkeit bemerkte, »der Typ, der das gestochen hat, war jetzt nicht so der Profi …«

»Sieht trotzdem cool aus«, sagte Nele und küsste seinen Arm.

Rick schaute auf seine Uhr. »Hey! Eine Minute noch!«

»Und dann?«

Rick seufzte theatralisch und Nele lachte: »Ja, ja. Ich weiß. Überraschung.«

Er stellte die Flasche ins Gras, küsste Nele noch einmal und presste sie dann mit sanftem Druck auf die Decke.

Sie schaute in den Himmel. Er war sternenklar.

Rick legte sich direkt neben sie, ganz nah, und nahm ihre Hand.

Und dann krachte und zischte es und eine goldene Raketenkaskade schoss in den Himmel!

»Wow!«, staunte Nele. Dann ging ihr ein Licht auf. »Dom-Feuerwerk!« Das wurde jedes Wochenende über dem städtischen Jahrmarkt abgefeuert.

»Nee. Das hab ich persönlich bestellt. Ist nur für dich«, behauptete Rick und Nele drückte seine Hand.

Schweigend sahen sie dem Feuerwerk zu, das den ganzen Himmel über ihnen wie ein Teppich aus Licht und Farben überzog. Es war wunderschön. Und wahnsinnig romantisch. Zehn Minuten lang sagten sie nichts, schauten einander nicht an, rührten sich nicht, lagen nur da, so nah aneinander, als wären sei eins, ihre Hände ineinanderliegend wie ein Versprechen.

Nele war glücklich.

Als der letzte Funke am Himmel verglühte und die Sterne sich die Hoheit über den Himmel zurückeroberten, flüsterte Nele: »Küss mich.«

Sie war bereit.

Rick beugte sich über sie. Er küsste sie sanft und zugleich ziemlich bestimmt. So als wüsste er genau, was er wollte, und wollte doch sichergehen, dass sie es sich ebenso sehr wünschte wie er. Sie spürte seine Zunge, verspielt zuerst, dann leidenschaftlich. Er schmeckte nach Paprika-Pringles und großer Liebe. Nele schloss die Augen. Seine Hände wanderten genau dorthin, wo Nele sie sich wünschte, und als er vorsichtig ihre Hose öffnete, schlug ihr das Herz bis in den Hals.

Es war perfekt!

Als sie eine Viertelstunde später wieder reglos nebeneinanderlagen, schweigend, Neles Kopf auf Ricks Brust, seine Hand auf ihrem Rücken unter dem T-Shirt, wäre Nele am liebsten für immer so liegen geblieben. *Hin und wieder, ganz selten, gibt es Momente im Leben, an denen man nichts, absolut nichts ändern möchte, die sich genau so auf ewig ins Gedächtnis einbrennen sollen*, dachte sie. Königinnenmomente. Absolut makellose Minuten. Und das, hier und jetzt, war so ein Moment.

Rick hatte nichts gesagt, während sie sich geliebt hatten. Kein Wort. Er war sanft und souverän zugleich gewesen. Er wusste, was er tat, hatte Erfahrung, ganz offensichtlich – und er hatte ein feines Gespür dafür gehabt, was Nele gefiel und was sie wollte. Er hatte sie zu nichts gedrängt, aber er hatte es sich gewünscht und darauf gehofft. Das hatte sie an seiner Lust gespürt, an der Leidenschaft, mit der er sie erkundet hatte. Sie hätte nicht gedacht, dass der coole Rick so sensibel, so aufmerksam, so romantisch sein konnte. Und es war ein wunderbares Gefühl, so von ihm gewollt zu werden.

Neles Finger kreisten sanft auf seiner Brust.

»Rick«, flüsterte sie. Sogar ihre Stimme lächelte.

Keine Reaktion.

»Rick?« Einen Tick lauter jetzt.

Rick schnarchte leise.

Nele atmete amüsiert seufzend aus. Tja – jeder Königinnenmoment hatte ein Ende.

»He!«

Eine laute Stimme! Der Lichtstrahl einer Taschenlampe!

»He! Ihr da! Das darf ja wohl nicht wahr sein!«

Jemand kam auf sie zu. Nele sprang erschrocken auf und rüttelte Rick, der knurrend die Augen öffnete.

»Was soll denn das werden hier?! Das kann ja wohl nicht angehen!«, rief jemand.

Während Rick sich noch sammelte und sich nur langsam erhob, rief Nele aufgeregt: »Ein Parkwächter! Rick! Los! Schnell!«

Sie zerrte an seinem Arm und endlich war auch Rick voll da: »Fuck!«

Sie rannten los – die Tasche, die Decke, die Reste ihres Picknicks ließen sie einfach liegen. Sie liefen, so schnell sie konnten.

»He! Stehen bleiben!«, rief die Stimme hinter dem Lichtstrahl. Doch zum Glück war der Parkwächter weit weniger sportlich als die beiden.

Lachend rannten Nele und Rick über die Wiese, verschwanden auf den Weg hinter der Eisbahn und waren über den Zaun geklettert, bevor der Wachmann auch nur in ihre Nähe kommen konnte.

Sie lachten den ganzen Weg bis zur U-Bahn. Eng umschlungen, aneinandergeschmiegt.

Und dann, völlig unerwartet, sagte Rick: »Ich glaube, ich liebe dich!«

Und Neles Herz setzte für einen Schlag aus.

Er liebte sie!

21

Nele und Rick waren jetzt ein Paar. Ganz offiziell. Er hatte gesagt, dass er sie liebte, und Rick war nicht der Typ Junge, der so etwas leichtfertig herausposaunte. Und Nele hatte geantwortet, sie liebe ihn auch. Und es stimmte. Auch wenn er sie immer mal wieder enttäuschte. Es hatte keinen richtigen Königinnenmoment mehr gegeben seit der wunderbaren Nacht im Park. Es gab viele Prinzessinenmomente, schöne Stunden, ziemlich großes Glück – aber auch einige Dämpfer. Rick konnte in einem Moment der charmanteste, aufmerksamste Mensch der Welt sein – und im nächsten ein völlig unsensibler Klotz. Viele Mädchen an der Schule schwärmten, was für ein cooler, männlicher Typ er sei, aber er hatte auch etwas Sanftes und Zartes an sich, etwas Entrücktes und Verlorenes, das sich einem erst auf den zweiten Blick erschloss. Vielleicht war das aber auch nur der ganze Shit, den er konsumierte. Denn das war das größte Problem zwischen ihnen: Rick kiffte täglich. Nele fand, dass er viel zu oft teilnahmslos wirkte, auf irgendetwas fixiert, was niemand außer ihm sah. Oder er schlief im denkbar unpassendsten Moment einfach ein.

Sechs Wochen war sie nun in Steilshoop. Dass sie zu Rick gehörte, änderte alles. Sie war jetzt jemand. So wie sie es auch in Poppenbüttel gewesen war. Und doch fühlte sich Nele in ihrer neuen Welt noch immer nicht richtig zu Hause. So leicht war es nicht mit dem Ankommen. Zu viel war ganz anders, als Nele es kannte. Aber es gab auch gute Sachen hier, vor allem gute Leute. Da war Ginny, die Neles Beleidigungen auf der Party nicht einmal vierundzwanzig Stunden lang übel genommen hatte und danach sofort wieder so ausgelassen und laut wie immer gewesen war. Was Nele immer seltener peinlich und immer öfter richtig süß fand.

»Wollen wir mal ein Double Date machen – Rick und ich und du und Didi?«, hatte Nele sie gefragt.

Ginny hatte sie nur ungläubig angeschaut.

»Didi? Mit dem mach ich doch keine Dates nicht! Der ist nur mein Boytoy!«

»Dein Toyboy? Im Ernst?« Nele musste lachen.

»Ein Girl wie ich hat Bedürfnisse«, grinste Ginny. »Manchmal braucht die Ginny eben was zum Knuddeln. Aber mehr kannste mit Didi auch nicht machen. Der redet die ganze Zeit nur von seinem blöden Rollenspiel, wo er immer zockt.«

»Na, dann wohl nicht.« Nele grinste.

»Aber falls dein Rick einen guten Freund hat, ’nen richtig geilen Typen, dann kann der sich ja mal bei mir vorstellen. Kann ich mir gern mal angucken«, sagte Ginny und Nele wusste wie so oft bei Ginny nicht, ob das ein Witz war oder Größenwahn. Ginny schien sich selbst tatsächlich rattenscharf zu finden.

»Ich bin wie Rihanna, nur mit was zum Anfassen dran. Da stehen die Typen drauf«, hatte sie neulich behauptet. Und Nele musste zugeben: Zumindest bei Didi schien das ja auch zu stimmen.

Samira zeigte Nele immer noch die kalte Schulter, doch mit Leia hatte Nele sich angefreundet. Leia war ein eher stilles und nachdenkliches Mädchen, das klassische Musik liebte und spielte und Gedichte schrieb. Nele war stolz gewesen, als Leia ihr eines davon gezeigt hatte, ein sehr melancholisches Gedicht über das Glück, morgens die Sonne aufgehen sehen zu dürfen. Und darüber, dass man, wenn man sie mal nicht sah, sich immer wieder vor Augen führen musste, dass die Sonne dennoch da war. Hinter den Wolken.

Ja, die Sonne ließ sich für Nele zunehmend blicken in Steilshoop.

Nele saß in Ricks Zimmer. Er teilte es sich mit seinem kleinen Bruder Jan, der im Moment aber nicht da war. Die Einrichtung des Zimmers war ein kurioser Mischmasch aus Ricks Filmplakaten (*Inglourious Basterds* und *It follows*), einem abgewetzten Sitzsack, einer gemoddeten PlayStation und seiner Matratze auf der einen Seite und Jans Kinderbett in Autoform, einem riesigen Minions-Plüschtier und selbst gemalten Filzstiftbildern von Raketen, Drachen und Ufos auf der anderen.

Das komplette Zimmer hätte in den Flur von Daniels Dachgeschoss-Domizil gepasst. Nele wollte es nicht, aber sie dachte noch oft an Daniel. Sie konnte es auch nicht lassen, sich immer mal wieder seine Facebook-Seite anzuschauen. Sein Status war nach wie vor »Single«. Das freute sie, obwohl es ihr egal sein sollte. Daniel war Geschichte, sie hatte einen neuen Freund. Was war sie bloß für ein furchtbarer Mensch, dass sie ihrem Ex kein neues Glück gönnte?

Rick, bei dem es keinen Tee zu trinken gab und der ihr auch

noch nicht ein einziges Mal das Gesicht gestreichelt hatte, machte Musik an. Seine Augen hatten den leider vertrauten rötlichen Schimmer.

»Musst du eigentlich jeden Tag kiffen?«, fragte Nele, als sie sich an ihn lehnte. Er legte seine Arme um sie. Seine Umarmung war fest, aber nicht grob. Nele liebte es, so von ihm gehalten zu werden.

»Ich muss nicht«, sagte Rick. »Aber ich will.«

»Irgendwann ist dein Gehirn nur noch Pudding.«

»Quatsch. Saufen ist viel schlimmer.«

»Aber warum willst du denn alles immer nur durch einen Schleier sehen?«

Als er nicht reagierte, löste sie sich von ihm und drehte sich zu ihm um. Rick schaute sie nur an, weil die Antwort auf diese Frage für ihn wohl offensichtlich war.

Nele war gekränkt. Wenn er die Welt nicht klar sehen wollte, hieß das, er wollte auch sie nicht klar sehen? Der Gedanke machte Nele traurig. Aber vor allem machte sie sich Sorgen um Rick. Zu viel Kiffen konnte aufs Gehirn gehen, man entwickelte dann womöglich Psychosen und ernsthafte Störungen. Sie hatte das gegoogelt.

»Wie wär's mit einem Deal?«, schlug sie vor. »Eine Woche ohne Kiffen.«

Rick zögerte. Dann schüttelte er den Kopf: »Nö.«

»Komm schon«, sagte Nele und versuchte, möglichst verführerisch zu klingen. »Mir fällt dann garantiert auch eine geile Belohnung ein, Baby.« Sie grinste ihn an.

Rick lachte: »Wie jetzt: Du hast nur noch Sex mit mir, wenn ich wie ein braves, dressiertes Hündchen bin, nee, danke!«

Nele zuckte zusammen. Gerade wollte sie ihm erklären, dass das so nicht gemeint gewesen sei und sie sich nur um ihn sorge, da klingelte Ricks Handy.

Er ignorierte es, beugte sich zu Nele vor und küsste sie. »Aber was hältst du davon: Jedes zweite oder dritte Mal, wenn ich Bock auf 'nen Joint habe, verkneife ich es mir. Klingt das okay?«

Nele nickte. Immerhin besser als nichts.

Auf Ricks Handy war die Mailbox angesprungen. Nele schob ihn ein Stück von sich und richtete sich auf: »Warum gehst du nie ran, wenn Luna anruft?«

»Weil ich gerade mit dir zusammen bin.«

»Aber du rufst sie später zurück?«

»Klar.«

»Warum trennst du das so? Wir könnten doch auch mal zusammen etwas unternehmen?«

Rick schüttelte den Kopf und lachte spöttisch: »Keine gute Idee.«

»Warum nicht?«

»Sagen wir's mal so: Ich glaube nicht, dass ihr euch verstehen würdet.«

»Das kannst du doch gar nicht wissen.«

»Doch. Kann ich.«

Für Rick war das Thema damit beendet. Doch Nele ließ nicht locker: »Erklär es mir bitte.«

Rick seufzte genervt: »Es ist …«

»Wenn du jetzt sagst, dass es kompliziert ist, schreie ich«, unterbrach ihn Nele.

»Dann sag ich es eben nicht«, murmelte Rick.

Wenn Nele nicht mit Rick verabredet war, traf sie sich mit ihren neuen Freundinnen. Sie gingen nicht in teure Coffeeshops oder shoppten in edlen Klamottenläden, so wie Nele es früher mit Svantje und den anderen gemacht hatte. Oft hingen sie einfach nur so ab, irgendwo im Viertel, mit Kartoffelchips und Supermarktgetränken. Einmal war Nele mit Ginny und Leia auf dem Dom gewesen. Samira hatte wegen ihrer strengen Familie nicht mitkommen dürfen. Sie waren extra an einem Mittwoch gegangen, denn da war Familientag. Mittwochs gab es zwar kein Feuerwerk, aber dafür alle Attraktionen zum halben Preis. Früher hatten Nele und ihre Freundinnen auf dem Dom locker jeder einen Hunderter verprasst. Jetzt hatte Nele genau wie Leia und Ginny nur etwas über 10 Euro dafür. Spaß machte es trotzdem – man gewöhnte sich erstaunlich schnell daran, aufs Geld zu achten und es sich einzuteilen.

Als sie feststellte, dass sie sich ein zweites Eis nicht leisten konnte, erinnerte Nele sich, dass Rafael einmal auf einem Klassenausflug in den Hafen ein T-Shirt getragen hatte, auf dem stand: *Eure Armut kotzt mich an*. Nele hatte das damals total ironisch und schräg und frech gefunden. Jetzt fand sie es nur noch ekelhaft.

Timo war nach wie vor kein offizieller Tough Boy. Marcel hatte die dritte und letzte Prüfung immer wieder hinausgeschoben, hatte betont, dass sie etwas ganz Besonderes sein müsste und dass es noch eine ganze Weile dauern könnte, bis Timo die Chance bekäme, sich zu beweisen.

Timo war das nur recht. Tatsächlich bedauerte er es mehr und mehr, sich mit Marcel, Pjotr, Basti und Fresse zusammengetan zu haben. Die vier waren eine verschworene Gemeinschaft, klebten aneinander wie die Kletten und auch Timo sollte nur mit ihnen abhängen. Marcel duldete keine Parallelfreundschaften. Marcel war ein kleiner Diktator.

An manchen Abenden zogen die Tough Boys aber doch ohne Timo los. Sie sagten dann, er wäre noch nicht so weit. Timo war sich nicht sicher, was sie in dieser Zeit anstellten, aber er hatte eine Vermutung. In ihrem Viertel hatte es in der letzten Zeit eine ganze Menge Einbrüche gegeben. Vorwiegend Schreberlauben waren geknackt worden, aber auch in zwei, drei Häuser in der Nähe war jemand eingestiegen. Das könnte auch erklären, warum Marcel, Pjotr, Basti und Fresse so teure Handys und immer Geld in der Tasche hatten.

Die Vorstellung, dass er mit diesem Verdacht recht haben könnte, machte Timo Angst. Mit so etwas wollte er nichts zu tun haben.

Ein paarmal war Timo ins Bricks gegangen, ohne es seinen Kumpels zu erzählen. Marcels Bruder hatte hier Hausverbot, deshalb war der Jugendclub auch für die Tough Boys eine No-go-Area. Aber Timo gefiel es dort. Er hatte mit ein paar Jungs Tischkicker gespielt, einem kleinen Mädchen bei den Mathehausaufgaben geholfen und in der Küche mitgekocht. Einmal war Navid im Aufenthaltsraum direkt an Timo vorbeigegangen, den Gitarrenkoffer geschultert.

»Hallo, Navid!«, versuchte Timo ihn aufzuhalten. »Was geht?«

Navid murmelte nur kurz »Hallo« und wollte ohne Blickkontakt an Timo vorbei in den Übungsraum verschwinden. So lief es auch in der Schule: Navid hielt ängstlich Abstand zu Timo. Doch diesmal stellte sich Timo ihm in den Weg.

»Hör mal«, sagte Timo. »Das ist voll das Missverständnis. Ich weiß nicht, was du über mich gehört hast, aber ich bin kein …«

»Okay. Alles klar«, sagte Navid hastig und schob sich an Timo vorbei, der ihm enttäuscht nachsah.

Zehn Minuten nachdem Navid im Übungsraum verschwunden war, drang Musik aus dem Zimmer. Die Jungs waren richtig, richtig gut! Timo war drauf und dran, die Tür zu öffnen und einfach reinzugehen. Aber er wusste, was passieren würde: Die Jungs würden ihn ängstlich anschauen, und wenn Timo dann nicht gehen würde, würden sie es tun.

Es war zum Kotzen. Timo hatte die falsche Wahl getroffen, als er noch gar nicht wusste, dass er eine Seite wählen musste.

22

Ginny war völlig überdreht. Das war an sich nichts Besonderes, doch so aufgeregt wie jetzt hatte Nele sie noch nie erlebt. Ginnys sechzehnter Geburtstag stand bevor, und es sollte die größte und tollste Party werden, die Steilshoop je erlebt hatte. Ginny, deren Eltern in der evangelischen Kirchengemeinde aktiv waren, hatte es geschafft, für ihre Feier das Gemeindehaus kostenlos zur Verfügung gestellt zu bekommen. Nele vermutete, ihre Freundin hatte immer wieder beim Pastor und der Gemeindesekretärin auf der Matte gestanden und gequengelt, gebettelt und ohne jede Hemmung genervt, bis die armen Christenmenschen irgendwann kapituliert hatten.

Deshalb sah sich Ginny nun mit Nele und Leia in dem geräumigen, aber nicht besonders schönen 70er-Jahre-Bau um, rannte hin und her und schmiedete aufgeregt Pläne. Ginny hatte schon in drei Wochen Geburtstag. Wenn sie auch nur ein Zehntel der Ideen, die Ginny dafür hatte, in die Tat umsetzen wollten, mussten sie sich echt beeilen.

»Hier hängen wir überall Luftballons hin«, rief Ginny, rannte im Kreis durch den Raum und zeigte auf alle Ecken. »Hundert und mehr Luftballons!«

»Wer soll denn das alles bezahlen?«, fragte Nele zaghaft

nach. »Du willst ja auch noch die Lightshow und den DJ und …«

»Da hab ich mich drum gekümmert!«, strahlte Leia. »Mein Vater arbeitet in einer Fabrik für Autoreifen, die hatten letztes Jahr Firmenjubiläum. So ein Sommerfest. Und dafür haben die extra Luftballons gemacht. Es sind noch ganz viele übrig.«

Leia griff in ihre Tasche, zog einen Luftballon hervor und blies ihn auf. Auf dem knallgrünen Ballon stand in roter Schrift: *Sicher auf der Straße. Intertire KG.*

Nele war skeptisch. Geburtstags-Deko mit Reifenwerbung drauf? Doch Ginny konnte sich vor Begeisterung gar nicht mehr einkriegen: »Wie geil ist das denn? Hammerfarbe! Und voll vernünftig, ey, so von wegen: Wenn ihr besoffen seid, rennt nicht einfach so auf die Straße! Damit ihr nicht überfahrt werdet! Seid sicher und so! Das ist doch voll gut!«

Nele schüttelte nur ganz leicht den Kopf.

»Und Punkt Mitternacht machen wir die Ghetto-Bitch-Choreo!«, rief Ginny. »Die müssen wir aber noch voll üben! Nele kriegt das mit dem Arschwackeln ja immer noch nicht richtig hin!«

Nele hob abwehrend die Hände und rief: »Oh nee! Das war doch nur ein Witz!«

Vor einer Woche hatten sie im Bricks zusammengesessen, und Samira hatte wieder einmal darüber gelästert, dass Nele auf *Lisa T.* stand. Samira hielt die nämlich für eine Möchtegern-Gangstabraut. Doch diesmal war Nele der Kragen geplatzt. Sie hatte ihnen auf ihrem Handy ganz laut den Ghetto-Bitch-Song vorgespielt und gerufen: »Was bitte schön ist daran denn uncool?!! Das geht doch total ab!«

»Pffft!«, hatte Samira abfällig geschnauft, aber Ginny war aufgesprungen und hatte gerufen: »Hey, komm schon, Samira! Ja, der Text ist scheiße und die Alte ist voll öde, voll das trockene Weißbrot, aber du musst zugeben, der Groove ist nicht übel!«

Ginny hatte angefangen zu tanzen – wild und ausladend und mit viel Gewackel und Gezucke, tatsächlich ein bisschen wie eine Wuchtbrummen-Rihanna unter Elektroschocks – und hatte nacheinander die anderen auf die improvisierte Tanzfläche gezerrt. Ehe sie sich's versahen, hatten sie zusammen eine richtige Choreografie gebastelt, irgendwo zwischen cool und Verarschung. Selbst Samira hatte mitgemacht, wobei sie aber die ganze Zeit demonstrativ ihren »Was für ein Kacksong!«-Gesichtsausdruck beibehalten hatte.

»Shake your booty! Arsch, Mädchen, Arsch!«, hatte Ginny Nele immer wieder angefeuert. »Vergiss, dass du mal auf 'ne Ballettschule gegangen bist! Lass die Schlampe raus!« Irgendwann waren sie alle vier gackernd auf die Sitzkissen geplumpst.

Seitdem war der Ghetto-Bitch-Tanz ein Running Gag zwischen ihnen. Zweimal noch hatten sie ihn kichernd getanzt, aber da waren sie unter sich gewesen. Wenn sie allein waren, hatte Nele kein Problem damit, so rumzualbern. Aber vor Publikum?!

»Nee! Das mach ich nicht! Ich mach mich doch nicht zum Affen vor all den anderen!«, rief Nele.

»Nix!«, rief Ginny. »Das wird voll geil. Die kleine Königin und die wahren Ghetto Bitches tanzen sich die Jungs heiß. Das wird hammer!«

»Nein!«, bekräftigt Nele noch einmal, doch Ginny zog sie in die Mitte des Saales und fing an, mit kräftiger, lauter Stimme *Lisa T.'s* großen Hit zu singen:

Sie ist die Queen der Hood
Was sie macht, macht sie good
Sie ist tough, sie ist Street
Sie lebt nach ihrem eigenen Beat!

Dabei machte Ginny wieder ihre wilden, ausladenden Bewegungen. Nach ein paar Sekunden stieg Leia mit ein. Nele aber blieb starr stehen, die Arme vor der Brust verschränkt. Doch als ihre Freundinnen an ihr zerrten, einfach nicht lockerließen, kapitulierte sie schließlich lachend und machte mit.

»Mehr Arsch! Wie oft soll ich das denn noch sagen?!«, rief Ginny Nele zu, während sie zu dritt die Schritte absolvierten. »Shake it, kleine Königin! Jungs lieben Arsch. Selbst wenn er so mickrig ist wie deiner!«

»Wo ist eigentlich Samira?«, fragte Leia, als sie fünf Minuten später erschöpft aufhörten.

»Die wollte längst hier sein«, antwortete Ginny. »Die kommt wahrscheinlich gleich.«

Doch Samira tauchte nicht auf. Noch eine Stunde lang inspizierten sie ohne Samira den Raum, überlegten, wo das Getränkebuffet hinsollte und wo der DJ, wo getanzt und wo gechillt werden sollte. Auch ob man vielleicht Lautsprecher in die Klos legen sollte, damit die Gäste, wie Ginny es formulierte, »beim Pissen in Partystimmung bleiben«, diskutierten sie ausführlich.

»Und die Stühle müssen raus!«, verkündete Ginny. »Ich will nicht bei ’ner Party auf’m Scheißstuhl sitzen, der aussieht wie die Stühle, wo wir in der Schule haben.«

»Vielleicht können wir die Sitzsäcke aus dem Kindergarten nebenan leihen«, überlegte Nele, »und so ’ne Art Liegewiese damit bauen.«

»Geil!«, rief Ginny.

»Und am nächsten Tag riechen die Kissen alle nach Bier und Wodka und Kotze und die kleinen Kinder fangen an zu heulen«, merkte Leia trocken an und Nele und Ginny lachten.

Als sie später das Gemeindehaus verließen, versuchte Ginny erneut, Samira zu erreichen, doch wie schon die beiden Male zuvor sprang nur die Mailbox an.

Samira war auch am nächsten Tag nicht in der Schule. Sie hatte sich nicht im Schulbüro krankgemeldet, keiner ihrer Freundinnen eine Message geschickt und ging nach wie vor nicht ans Telefon. Jetzt war sogar die sonst so unerschütterliche Ginny besorgt.

»Meint ihr, die haben sie schon nach Afghanistan gebracht? Zum Heiraten?«, fragte sie in der Pause.

Leia und Nele antworteten nicht. Sie hatten sich dasselbe natürlich auch schon gefragt, aber es auszusprechen machte es unerträglich real. Die Vorstellung, dass ein Mädchen wie Samira, das so alt war wie sie selbst, plötzlich irgendwo in einem Kaff nahe Kabul mit einem Mann verheiratet wurde, der doppelt so alt war wie sie und den sie noch nie in ihrem Leben gesehen hatte – das war so hart, dass sie den Gedanken schnell wieder verdrängten. Aber Gedanken, denen man den Zutritt zu seinem Gehirn verweigern will, werden zu Monstern, die einem im Genick sitzen und sich von hinten mit doppelter Macht in den Schädel bohren.

»Wir müssen irgendwie Hilfe holen«, fand Nele. »Amnesty International oder so was. Oder die Polizei.«

»Und was sollen wir denen sagen?«, fragte Leia. »Wenn Samiras Eltern behaupten, Samira sei bei ihrer Familie zu Besuch oder so, und wir keine Beweise haben, machen die Bullen gar nichts.«

»Und wenn wir mit Samiras Eltern sprechen? Sie zu überreden versuchen, dass sie das doch noch abblasen?«, schlug Nele vor.

Ginnys und Leias Blick war Antwort genug. Sie kannten Samiras Eltern.

Rick ging geistesabwesend an den Mädchen vorbei, das Handy am Ohr. Nele fand es immer noch verblüffend, dass nahezu jeder auf diesem Schulhof mit einem Handy herumhantierte, während in ihrer alten Schule in Poppenbüttel absolutes Handyverbot geherrscht hatte. Ginny hatte ihr erklärt, dass man das an dieser Schule auch versucht habe, aber es einfach nicht durchsetzen konnte. Wenn sich fünfhundert Schüler alle nicht an ein Verbot hielten, war es schlicht und ergreifend kein Verbot mehr.

»Hey, Rick!«, rief Nele ihrem Freund zu, der sie wohl tatsächlich nicht gesehen hatte. Er erschrak regelrecht und nahm hastig das Handy vom Ohr, während er auf sie zukam und ihr einen flüchtigen Kuss gab.

»Mit wem telefonierst du denn da?«, fragte sie.

»Niemandem«, antwortete er.

»Niemandem?«, sagte Nele. »Du führst Selbstgespräche am Handy?«

»Ist nicht wichtig«, sagte Rick. »Ein Kumpel. Olli.«

»Aha.« Nele hob skeptisch eine Augenbraue. »Wir machen uns Sorgen um Samira«, sagte sie dann. »Du hast nicht zufällig etwas gehört, oder?«

»Hä? Was? Wieso sollte ich was von Samira gehört haben? Was hab ich denn mit Samira zu tun?« Rick wirkte fahrig und neben der Spur. Nele betrachtete ihn kopfschüttelnd.

»Alles okay mit dir?«, fragte sie.

»Ja, ja, alles klar. Du, ich muss«, entgegnete Rick und gab ihr noch einen flüchtigen Kuss, bevor er davoneilte.

»Sehen wir uns nachher?«, rief Nele ihm hinterher.

»Nee. Sorry. Keine Zeit heute! Tut mir leid!«, rief Rick, während er um die Ecke bog.

»Boah. Junges Glück in Gefahr?«, spotte Ginny. »Was ist denn mit dem los? Der ist ja völlig durch den Wind.«

»Der kifft einfach zu viel«, befand Leia trocken, was Nele einen Stich ins Herz versetzte.

»So ist er eben«, sagte sie lapidar und wusste selbst, wie blöd das klang.

Während Nele und ihre Freundinnen sich um Samira sorgten, war Timo auf dem Weg zum Kunstraum. Er würde heute seine Collage fertig machen, in der er Kriegsbilder und Werbefotos von glücklichen Bilderbuchfamilien zusammengefügt hatte, die sich über frische Wäsche, ein neues Auto oder eine cholesterinfreie Margarine aus biologischem Anbau freuten. Seine Kunstlehrerin hatte Timo für seinen »tollkühnen Ansatz« gelobt, hatte ihn aber auch ermahnt, dass selbst radikale Kunst sorgfältig ausgeführt werden müsse. Während Timo also überlegte, wie er die hässlichen Klebeflecken und die verkrumpelten Papier-Ränder in seinem Bild beseitigen könnte, sprach ihn plötzlich Navid an. Ja: Navid!

»Timo?«, sagte Navid, der wie aus dem Nichts neben ihm aufgetaucht war.

Timo starrte seinen Klassenkameraden verdutzt an.

»Stimmt es wirklich, dass du kein Tough Boy bist?«, wollte der wissen.

»Ja, ich meine, nein. Ich meine: Ich bin kein Tough Boy. Nicht wirklich, nein«, brabbelte Timo, immer noch völlig perplex, dass Navid ihn tatsächlich angesprochen hatte.

»Hm-m«, murmelte Navid und zögerte. So ganz traute er Timo offensichtlich noch immer nicht.

»Hör zu, ich hab keinen Durchblick bei dem ganzen Kram hier«, sagte Timo. »Ja, ich bin mit Marcel und den anderen befreundet, aber das heißt doch nicht, dass ich ein Problem mit dir haben muss. Wieso sollte ich?«, sagte Timo.

Navid nickte langsam. In seinem Gehirn arbeitete es sichtlich. Dann gab er sich einen Ruck: »Okay. Also: Timo, ich brauche deine Hilfe.«

Um halb vier war Schulschluss. Nele, Ginny und Leia standen am Schultor und redeten, wie schon den ganzen Tag, über Samira. Sie überlegten, was sie tun sollten. Dass Samiras Brüder auf der anderen Straßenseite herumlungerten und offenbar auf jemanden warteten, überraschte sie. Samiras kleiner und ihr großer Bruder, der bereits zwanzig war, schauten grimmig zu ihnen herüber, machten aber keine Anstalten, näher zu kommen.

»Was glotzen die denn so doof?«, fragte Leia.

»Wollen die uns einschüchtern, oder wie?«, wunderte sich Nele.

Ginny ergriff wie üblich die Initiative und ging stampfend über die Straße: »Wo ist Samira! Wo ist sie?!«, rief sie wütend. »Wir holen die Bullen, wenn ihr sie nicht freilasst!«

Die beiden Brüder schauten einander an, wechselten ein paar Worte und gingen dann eilig davon.

»Wichser«, schimpfte Ginny, als sie zurückkam.

»Ich versteh das nicht. Warum waren die hier?«, wollte Leia wissen und schaute Nele an, die sich in diesem Moment jedoch etwas ganz anderes fragte: Was tat Rick dahinten? Neles Freund lief so hastig die Straße hinunter, als ob jemand hinter ihm her wäre oder er auf keinen Fall gesehen werden wollte.

»Wir texten, okay? Bis nachher«, sagte Nele eilig und nahm kurz entschlossen die Verfolgung auf. Ginny und Leia schauten ihr verwundert hinterher. Doch das war Nele egal. Sie würde sich nachher wieder mit dem Thema Samira beschäftigen. Vielleicht würde sie ihre Mutter fragen, was man tun könnte. Oder Frau Zwieriga einweihen, denn die war wirklich cool und engagiert. Jetzt aber, in genau diesem Moment, wollte Nele nur eines: Sie wollte wissen, was mit Rick los war!

Nele musste sprinten, um ihn einzuholen. Als sie um die Ecke bog, sah sie gerade noch, wie er in den Bus einstieg, der dort hielt. Nele war erleichtert und musste lachen. Sie war so paranoid! Es gab kein dunkles Geheimnis. Rick hatte sich beeilt, weil er den Bus erreichen wollte. Völlig banal!

Jetzt fiel es ihr auch wieder ein: Er hatte ja heute irgendeinen Termin und deshalb keine Zeit für sie. Sie musste wirklich aufhören, sich ständig irgendwas einzubilden.

Doch dann sah sie durch die Heckscheibe, neben wem Rick auf der Rückbank Platz nahm: Es war Luna, die ihn mit einem Kuss begrüßte!

•

Der Übungsraum im Bricks war ziemlich klein und vermittelte wenig Rockstar-Feeling. Da er an manchen Tagen auch als Bastelraum für die Vorschulgruppe genutzt wurde, schaute Timo auf allerlei quietschbunte Knetgummifiguren und Basteleien aus Eicheln, Kastanien und Zahnstochern, während er seine Gitarre stimmte. Egal. Im Moment gab es keinen Ort auf der Welt, an dem er lieber gewesen wäre. Navid, der Bassist Idris und Markus, der Drummer, hatten ihm eben die sechs Songs vorgespielt, die sie bislang erarbeitet hatten, und Timo war einfach nur begeistert. Unfassbar, was die Jungs draufhatten! Das Ganze ging total ab! Das Einzige, was den Songs noch fehlte, war die zweite Gitarre.

»Glaubt ihr wirklich, ich kriege das alles in nur drei Wochen auf die Reihe? Das ist echt komplizierter Stoff«, sorgte sich Timo. »Was ist das noch mal für ein Rhythmus bei *Bonebreaker*, nach der Bridge?«

»5 / 4«, antwortete Markus.

»Du musst das schaffen, sonst war alles umsonst«, mahnte Navid und Timo lachte nervös: »Ja. Vielen Dank. Gut, dass du keinen Druck aufbaust. Ich scheiß mir auch so schon in die Hose! Wie viele Leute kommen da?«

»Fünfhundert. Mindestens«, schätzte Markus und rückte die Snaredrum zurecht.

Timo hatte es zuerst kaum glauben können: Navids Band *Dusk Devil* hatte einen Auftritt in der Hamburger Markthalle. In dem Riesenclub, wo auch die ganz großen Stars spielten, waren so ziemlich alle Lieblingsbands von Timo schon aufgetreten. *Dusk Devil* war im Hamburger Bandwettbewerb *Local Heroes* bis in die Endrunde gekommen und musste sich in drei Wochen nun mit neun anderen Bands dort messen. Der Sieger des Abends durfte im deutschlandweiten Finale antreten. Navid und seine Kumpels hatten sich total gefreut und exzessiv geprobt – doch dann hatte plötzlich der zweite Gitarrist verkündet, dass er aussteigen müsste, weil seine Familie nach Karlsruhe umzog! Nach dem ersten Schock hatte die Band beschlossen, das Risiko einzugehen, Timo anzusprechen. *Dusk Devil* musste einfach in der Markthalle auftreten, und Timo war der einzige Gitarrist, den sie kannten, der so kurzfristig einspringen konnte.

Die Skepsis, mit der die drei Timo anfangs begegneten, war unübersehbar. Sie alle hatten anscheinend Angst, sich den Feind in den Übungsraum geholt zu haben. Niemand hier war sich sicher, ob Timo nicht doch mehr mit Marcel und seinen Freunden zu tun hatte, als er zugab. Doch Timos aufrichtige Begeisterung für die Musik schien die drei *Dusk Devils* zu überzeugen. Sie entspannten sich sichtlich.

Timo ließ sich noch einmal die Struktur des ersten Songs – *Dark Continent* – erklären, dann gab Markus vier Schläge vor, und es ging los.

Timo verspielte sich zwar einige Male, aber die Chemie zwischen ihnen stimmte. Und mit zweiter Gitarre klang der Song gleich noch besser! Als der letzte Akkord verhallt war, jubelten alle vier gleichzeitig los. Das war es! Timo gehörte ab sofort zur Band!

Sie probten noch drei Stunden, bis die Leiterin des Bricks sie bat, endlich Ruhe zu geben. Einige der kleineren Kinder hätten zu weinen begonnen, weil sie Angst vor dem Krach hatten.

Die Jungs umarmten einander zum Abschied, wobei sie sich einen Spaß daraus machten, so zu tun, als würden sie sich bei Markus zu sehr ekeln, um ihn anzufassen. Das war nicht komplett gelogen, denn fast vier Stunden Heavy-Metal-Drumming ließen die Schweißdrüsen auf Hochtouren arbeiten. Markus roch wie eine Giftgasfabrik.

Als Navid, Markus und Idris das Bricks verließen, blieb Timo noch ein paar Minuten im Gebäude. Er wollte nicht mit den anderen gesehen werden. Er würde verdammt aufpassen müssen, dass Marcel und die Tough Boys nichts mitbekamen.

Nele saß zu Hause und schickte Rick eine WhatsApp-Nachricht: Wo bist du gerade?

Rick antwortete nicht.

Zwei Stunden später, es war inzwischen kurz vor acht, tippte Nele erneut eine Nachricht. Sie versuchte, lockerer zu klingen, als sie war: Huhu! Bist du auf irgendeinem Geheimtreffen ;-)

Keine Reaktion.

Nele, eine halbe Stunde später: Warum antwortest du mir nicht? Bist du irgendwie sauer? Haben wir ein Problem?

RICK: Bin bschäftigt, Baby. Sorry. Hab dr doch gesagt dass ich heute kein Zeit habe.

NELE: Wo bist du denn?

RICK: Familienangelegnheit. Ist leider wichtig.

NELE: Muss ich eifersüchtig sein? ;-)

Keine Antwort.

Nele, eine Stunde später: Sei ehrlich! Bist du bei Luna?

Keine Antwort.

Nachts um 2:35 wurde Nele von dem Fiepen ihres Handys geweckt. Schlaftrunken griff sie danach.

RICK: Hab deine letzt Message erst jetzt gesehen. Srry. War im Stress. Nein keine Luna. Und dein Hinterhergeschnüffel nervt. Bis morgen.

23

Am nächsten Morgen stand Nele völlig neben sich. Ricks pampige Message hatte sie aufgewühlt, und all die Spekulationen, die sie daraufhin anstellte, hatten sie endgültig um den Schlaf gebracht. Sie war eifersüchtig, ein Gefühl, das ihr bislang fremd gewesen war. Aber sosehr sie auch nach plausiblen Erklärungen suchte, sie kam letztlich immer wieder zu demselben Ergebnis: Rick hatte sie belogen! Er hatte sich mit Luna getroffen, sie geküsst und weiß Gott was noch mit ihr angestellt und es Nele gegenüber dann eiskalt bestritten.

Nele würde sich das nicht gefallen lassen! Das hatte sie ganz sicher nicht nötig! Aber so wütend Nele das Ganze auch machte, vor allem tat es weh.

Kurz vor vier hatte die Müdigkeit sie dann doch übermannt, aber gerade als sie kurz davor war, endlich einzudösen, schreckte sie das Gepolter ihrer Mutter auf. Die musste zu nachtschlafender Zeit hoch, weil sie Frühschicht in der Bäckerei hatte, und machte im Bad und in der Küche so viel Krach, als würde sie nicht duschen und frühstücken, sondern die ganze Bude renovieren.

Nele zog sich das Kissen über das Gesicht und schrie hinein.

Als Nele drei Stunden später mit einem nervtötend gut

gelaunten Timo, der ununterbrochen irgendwelche Melodien vor sich hin summte, am Frühstückstisch saß, hatte sie bereits zwei große Becher Kaffee getrunken. Nele trank eigentlich nie Kaffee, aber irgendwie musste sie der bleiernen Schläfrigkeit ja entkommen. Vergeblich. Der Kaffee machte sie nicht das kleinste bisschen munterer, doch dafür war ihr jetzt übel.

Als sie mit Ginny, die wie meistens vor dem Haus auf sie gewartet hatte, zur Schule ging, sprachen sie kurz über Samira. Es gab keinerlei Neuigkeiten. Danach hörte Nele kaum noch zu, was Ginny so alles aufgeregt von sich gab. Es ging um die Party und um die Ghetto-Bitch-Choreografie, an die Nele im Moment überhaupt nicht denken wollte, und um irgendein Schulprojekt, an dem sie mitwirken würde.

Nele beschäftigten ganz andere Fragen: Gleich würde sie neben Rick sitzen. Wie sollte sie reagieren? Ihm die kalte Schulter zeigen? So tun, als ob nichts wäre? Ihn zur Rede stellen? Ratlos lief Nele neben Ginny her.

Nele blieb mit Ginny im Gang stehen, bis Frau Zwieriga auf sie zukam und die Mädchen ins Klassenzimmer scheuchte.

Nele nahm neben Rick Platz, ohne ihn richtig anzuschauen. Er versuchte, ihr einen Kuss zur Begrüßung zu geben, doch sie drehte abrupt den Kopf zur Seite, und Ricks Lippen landeten, was sicher ziemlich bescheuert aussah, neben ihrem Ohr.

»Was ist denn mit dir los?«, fragte er.

»Das weißt du ganz genau«, zischte Nele leise.

Rick sah nicht so aus, als ob er eine Ahnung hätte, wovon sie sprach. Er glotzte sie bloß mit großen, trüben Augen und halb offenem Mund an und schien rein gar nichts zu kapieren. Es war ein Blick, wie nur Jungen ihn haben konnten, wenn Mädchen sie überforderten.

Frau Zwierigas Stimme drang in Neles Gedanken: »Guten Morgen allerseits. Weiß irgendjemand von euch, wo Samira ist? Sie hat gestern unentschuldigt gefehlt, heute ist sie auch nicht da …«

Ginny, Leia und Nele warfen einander Blicke zu. Sollten sie ihren Verdacht äußern? Wäre das jetzt nicht der perfekte Moment, jemanden einzuweihen? Doch Nele schwieg. Und auch die anderen trauten sich nicht.

»Okay«, sagte Frau Zwieriga und machte einen Eintrag ins Klassenbuch. »Ich werde mal schauen, ob ich Samiras Eltern heute Nachmittag erreiche.«

Sie klappte das Klassenbuch zu und klatschte in die Hände: »Gut. Zurück zur Französischen Revolution. Also: Danton!«, rief sie. »Mein Lieblingsrevolutionär! Das gute Gewissen der Revolution! Einer, der es bis zum Ende gut meinte! Und was passiert manchmal mit Leuten, die ein Herz aus Gold haben und alles richtig machen wollen?«

Die Lehrerin schaute sich fragend um: »Na? Na? Was kriegen gute Menschen? Irgendjemand?«

»Sie kriegen einen Orden?«, schlug jemand vor.

»Nope!«, rief Frau Zwieriga. »Danton bekam keinen Orden. Er bekam die Todesstrafe. Er wurde auf die Guillotine gebracht. Von seinen einstigen Weggefährten. Seine letzten Worte an den Henker waren: ›Und vergiss vor allem nicht, dem Volk meinen Kopf zu zeigen; er ist gut anzusehen!‹ Na, das ist doch mal ein erstklassiger letzter Spruch, oder? Also: Für die nächste Arbeit merken: Danton kämpfte für die Menschlichkeit, wurde hingerichtet und war eine coole Sau.«

Die meisten in der Klasse lachten, nur Ginny, Nele und Leia verzogen keine Miene.

Timo ging über den Schulhof, als er hinten an der Turnhalle Marcel und Fresse um die Ecke biegen sah. Und von der anderen Seite kam gerade ein strahlender Navid auf ihn zu: »Hey, Timo …«

Timo wandte den Kopf hastig zu Navid und riss warnend die Augen auf, während er hinter sich Fresse in dem ihm eigenen albernen Singsang rufen hörte: »Timo Bambino. Was geht?!«

Navid begriff sofort und ging schnell an Timo vorbei, wobei er demonstrativ in eine andere Richtung schaute. Währenddessen wandte sich Timo Marcel und Fresse zu, die nun nur noch wenige Schritte von ihm entfernt waren.

Die drei Jungen schüttelten einander die Hände, und Marcel warf einen verächtlichen Blick zu Navid hinüber, der gerade im hinteren Gebäudetrakt verschwand.

»Was wollte denn der kleine Kanake von dir?«, fragte Fresse.

»Navid?«, stellte Timo sich dumm. »Nichts. Der geht halt in meine Klasse. Sonst nichts.«

Marcel runzelte die Stirn.

»Der ist bei den Fighters«, sagte Fresse.

»*Seine Brüder* sind bei den Fighters«, korrigierte Timo ihn. »Navid hat mit dem ganzen Scheiß nichts zu tun.«

»Was für 'n Scheiß?«, wollte Marcel wissen. Seine Stimme war scharf.

»Na, Drogen, Gangs, das ganze Zeug«, sagte Timo und merkte, dass er einen Fehler gemacht hatte, noch während er es aussprach.

»Gangs sind scheiße?«, fragte Marcel scharf und kniff die Augen zusammen. »Du magst keine Gangs?«

»Gangs wie die Fighters«, beeilte sich Timo zu sagen. »Nicht alle Gangs.«

»Wirst du plötzlich 'ne Pussy, oder was?!«, motzte Marcel. »Willst du deine dritte Prüfung nicht mehr ablegen?«

Nichts hätte Timo in diesem Moment lieber gesagt als: »Ja, schiebt euch eure blöde Prüfung in den Arsch«, aber stattdessen schüttelte er eifrig den Kopf: »Quatsch. Ich bin voll dabei.«

Wann und wie er Marcel und den anderen mitteilen würde, dass er mit diesem ganzen Gang-Kram nichts mehr zu tun haben wollte, musste er sich genau überlegen. Momentan wollte er einfach nur keinen Ärger haben.

»Okay«, sagte Marcel mit skeptischer Stimme, und Fresse, der gar nicht bemerkte, dass etwas in der Luft lag, fragte eifrig: »Wann ist denn jetzt endlich die Prüfung? Und was soll er machen? Wird Zeit, dass er auch ein Tough Boy wird, oder? Damit er auch mitkommen kann und mit uns …«

Marcel drehte sich mit einer abrupten Bewegung zu Fresse um, die den sofort verstummen ließ. Betreten blickte er zu Boden. Marcel schien für einen Moment zu überlegen, ob er seinen beschränkten Kumpel in die Mangel nehmen sollte, ließ es dann aber. Stattdessen legte er den Arm um Timos Schultern.

»Dauert nicht mehr lange. Bald ist Prüfung. Ich suche nur noch die perfekte Aufgabe.«

Marcels Grinsen war falsch und kalt. Timo bekam eine Gänsehaut, doch er versuchte, es sich nicht anmerken zu lassen.

»Cool«, sagte er und blickte Marcel dabei direkt in die Augen. Marcel starrte zurück. Schweigend.

»Ey, ich muss noch mal kacken, bevor der Unterricht anfängt. Bis gleich«, verkündete Fresse beiläufig und schlenderte davon. Und obwohl Marcel und Timo sich eben noch angestarrt hatten wie zwei Desperados bei einem Duell in einem Tarantino-Western, mussten sie nun beide lachen. So was konnte nur Fresse von sich geben!

»Hey!«, rief Marcel Fresse hinterher. »Mach mal 'n Foto von deiner Scheiße. Ob die auch schön fest ist!«

Fresse gackerte los, als ob das der Witz des Jahrhunderts wäre.

»Das ist so ein Vollhorst.« Marcel lachte und schüttelte den Kopf. Dann umarmte er Timo, als ob nichts gewesen wäre.

»Wir sehen uns nachher an der Skaterbahn«, sagte er und wollte gerade gehen, als Timo entgegnete: »Oh. Heute kann ich nicht.«

Marcel blieb stehen.

»Du konntest schon gestern nicht. Ist irgendwas?«, fragte er.

»Ich muss höllisch viel für die Schule aufholen«, sagte Timo, und als er merkte, dass das für jemanden wie Marcel eine denkbar schlechte Erklärung war, fügte er noch an: »Und ich muss zum Zahnarzt.«

Marcel schien zu überlegen, ob er ihm glauben sollte.

»Okay«, sagte er schließlich. »Viel Glück. Beim Zahnarzt.«

»Danke«, murmelte Timo.

Timo ging zum hinteren Schulgebäude, wo Navid auf ihn wartete.

»Wir müssen echt aufpassen, dass die uns nicht zusammen sehen«, sagte Timo. »Marcel ist unberechenbar.«

Navid nickte.

»Aber Probe heute bleibt doch, oder?«, fragte er besorgt. »Wir wollen zwei komplette Durchläufe spielen und du musst bei *Paranoid Penguin* echt noch das Solo üben.«

»Paranoid Penguin.« Timo grinste. »Das ist so ein cooler Titel.«

Navid schaute ihn fragend an.

»Na klar komme ich!«, versicherte Timo.

Ping! Timos Handy meldete eine WhatsApp-Nachricht. Er nahm es aus der Tasche, schaute aufs Display und lachte ungläubig: »Der Typ ist echt ein Fall für die Psychiatrie.«

Navid reckte den Hals und schaute neugierig auf das Foto, das Timo eben geschickt bekommen hatte.

»Ist das Scheiße?«, wunderte er sich. »Scheiße in 'ner Kloschüssel?«

Timo nickte nur.

Navid schaute ihn an.

»Du brauchst dringend neue Freunde, Digga«, sagte er kopfschüttelnd und ging davon.

Nele stand vor dem *Starbucks* in den Colonnaden, eine zweigeschossige Filiale in einem schönen Altbau in der Innenstadt, direkt an der Alster. Hier arbeitete Luna.

Nele hatte Rick in der Pause eine letzte Chance gegeben, ehrlich zu ihr zu sein, doch als sie ihn fragte, wo er gestern Abend gewesen sei, blieb er knurrig bei seiner »Familienangelegenheit«. Nele hatte nicht weiter nachgehakt. Sie wollte nicht die nervige Tusse sein, die stundenlang auf ihren Freund einquatschte. Die Sache musste irgendwie anders zu klären sein!

Nele hatte versucht, mehr über Luna zu erfahren, doch weder Ginny noch Leia wussten viel über sie. Luna war irgendwie schräg, man sah sie im Viertel, auf Partys, ansonsten schien sie aber in einer Paralleldimension zu leben. Sie gehörte nicht dazu.

»Sie ist eben älter«, sagte Leia.

»Älter?«, fragte Nele.

»Luna ist neunzehn«, erklärte Ginny, offenbar überrascht, dass Nele das nicht wusste. »Sie hat schon 'ne eigene Wohnung und so.«

Nele zuckte zusammen. Ihre Konkurrentin war eine fast erwachsene Frau? Quatsch, beruhigte Nele sich! Drei Jahre mehr, was zählte das schon? Das waren nur Zahlen. Und Nele war ja auch kein Kind mehr. Sie hatte in ihren sechzehn Lebensjahren garantiert schon mehr gesehen als Luna, war auf Fotosafari in Afrika gewesen und beim Surfen auf Hawaii. Nele war zwischen Anwälten und Journalisten, Unternehmern und Architekten groß geworden. Sie hatte die tollsten Geschichten gehört und alles Mögliche gelernt. Andererseits: In Steilshoop konnte man auch eine Menge über das Leben lernen. Mehr wahrscheinlich als beim Surfen auf Kahaluu. Das hatte Nele inzwischen begriffen.

Es war kurz vor fünf und das *Starbucks* war gut gefüllt. Als Nele eintrat, sah sie Luna sofort. Sie stand an der Kaffeemaschine und führte die Bestellungen aus, die die Kunden bei einem gut aussehenden Typen vorn am Tresen aufgaben.

Als Nele dran war, bestellte sie einen Latte mit Haselnuss. Eigentlich war ein Kaffee das Letzte, was sie wollte, aber sie musste ja irgendwie an Luna herankommen. Und die stand nun mal an der Kaffeemaschine. Man musste bei der Bestellung seinen Namen angeben, der dann auf dem entsprechenden Becher mit Filzstift notiert wurde. Nele nannte ihren und stellte sich dann in die Schlange an der Ausgabe.

Luna bemerkte sie nicht, da sie mit den Bestellungen beschäftigt war. Nele hatte sich einen theatralischen Moment vorgestellt, in dem Luna aufblickte, Nele erkannte, die cool vor ihr stand, und dann erschrak. Womöglich vor Schreck eine Tasse fallen ließ oder so. Und dann hätte Luna Ausreden gestammelt oder versucht, sich zu verkrümeln, aber Nele hätte sie mit ein paar coolen Sätzen in die Enge getrieben und gezwungen zu gestehen, was zwischen ihr und Rick lief. Tatsächlich aber rotierte Luna hektisch hinter dem Tresen und schaute überhaupt nicht auf. Als sie den Latte mit Haselnuss zubereitet hatte, las sie, was auf dem Becher stand, rief »Nele!« in den Raum und schob das Getränk auf den Tresen.

Nele nahm den Becher, räusperte sich und sagte: »Hallo, Luna.« Sie versuchte, es so cool wie möglich klingen zu lassen, aber sie war so aufgeregt, dass ihre Stimme ein wenig zitterte.

Luna schaute Nele fragend an.

Unglaublich! Sie erkannte sie nicht einmal!

»Hi«, sagte Nele eisig. Jetzt musste sie es aber wirklich schnallen, oder?

»Kennen wir uns?«, fragte Luna.

»Nele!« Sie zeigte unnötigerweise auf den Namen auf ihrem Becher.

Luna wies auf das Namensschild an ihrer Arbeitsbluse und sagte spöttisch: »Luna.«

Ihr Gesichtsausdruck war nun nicht mehr ratlos, sondern genervt. Hinter Nele wartete ein halbes Dutzend Kunden auf seine Getränke. Luna hatte keine Zeit für Spielchen.

»Ich bin Ricks Freundin«, sagte Nele nun.

»Ah, ach so«, antwortete Luna beiläufig. Sie schien desinteressiert.

Das lief alles nicht so, wie Nele es sich vorgestellt hatte! Doch jetzt dämmerte es Luna offenbar: »Du bist die kleine Tussi, die in den Schrebern so besoffen war.«

»Ich bin keine Tussi«, empörte sich Nele.

»Sorry«, sagte Luna mechanisch und schäumte Milch für den nächsten Kunden auf.

»Ich weiß, dass Rick gestern bei dir war«, zischte Nele.

»Kannst du mal einen Schritt zur Seite gehen. Hinter dir warten Leute«, sagte Luna.

Nele rückte automatisch ein Stück nach links und Luna reichte einem Mann einen Cappuccino.

»Ich mach so einen Scheiß nicht mit!«, sagte Nele. »Er muss sich entscheiden.«

»Wer?«, fragte Luna und leerte den Espressobehälter.

»Rick!«, rief Nele nun, die es nicht fassen konnte, wie dieses Gespräch verlief. »Rick muss sich zwischen uns entscheiden!«

Sie war so laut geworden, dass mehrere Kunden sie hören konnten. Zwei Mädchen lachten los und selbst Luna musste plötzlich schmunzeln. Nein, es war kein Schmunzeln. Es war ein arrogantes, hochnäsiges Grinsen, das sich nun auf ihrem Gesicht breitmachte.

»Er muss sich entscheiden«, wiederholte Nele, leiser diesmal.

»Nein. Muss er nicht«, seufzte Luna genervt.

Nele war fassungslos.

»Komm, geh spielen, Kleine«, sagte Luna und reichte einem Mann einen Espresso.

»Wofür hältst du dich?!«, rief Nele.

Wieder schauten die Leute sie an. Auch ein Mann in *Starbucks*-Uniform, der offenbar Lunas Vorgesetzter war, blickte nun zu ihnen herüber. Luna bemerkte den Blick und versuchte, Nele mit einer Geste fortzuscheuchen, als wäre die ein lästiges Insekt: »Schhh. Husch! Verpiss dich!«

Nele erkannte Lunas Schwachpunkt: Sie brauchte diesen Job anscheinend und wollte keinen Ärger. Nele verschränkte die Arme vor der Brust: »Ich bleibe hier so lange stehen, bis du mir sagst, was genau zwischen dir und Rick läuft!«

Es war ihr inzwischen egal, was die anderen Leute im Shop von ihr dachten.

Lunas Chef kam auf seine Angestellte zu. Hastig kritzelte Luna etwas auf eine Serviette und reichte sie Nele. Darauf stand eine Adresse. Fragend sah Nele Luna an.

»Heute Abend um neun«, sagte Luna und wandte Nele demonstrativ den Rücken zu. Während sie Sojamilch aus dem Kühlschrank holte und ihrem Chef signalisierte, dass alles okay sei, verließ Nele den Laden. Ihren Haselnuss-Latte ließ sie einfach stehen.

Nele saß in der U-Bahn und grübelte weiter. War Rick das alles überhaupt wert? Sollte sie da nicht eigentlich drüberstehen? Warum kämpfte sie um einen Kiffer, der am liebsten rumhing und sich einen Joint nach dem nächsten baute?

Aber dann stellte sie sich vor, dass Rick nicht mehr Teil ihres Lebens wäre. Nicht mehr richtig jedenfalls. Nur noch ein Mitschüler. Der Gedanke machte sie traurig. Ricks Ruhe, seine Gelassenheit, seine breiten Schultern, an die man sich anlehnen konnte, würden ihr unfassbar fehlen. Dass er ihr zuhörte, ohne ihr irgendwelche Ratschläge zu geben, dass er ihre Sorgen ernst nahm, ohne sich als ihr Retter aufzudrängen, darauf wollte sie nicht verzichten. Außerdem war er zärtlich. Und er konnte witzig sein, auf eine ganz trockene Art.

Aber was sollte dann das mit Luna! Warum machte er so was? Er hatte Nele gesagt, dass er sie liebte. Und sie hatte ihm geglaubt.

Neles Handy klingelte. Es war Ginny.

»Wir waren bei der Polizei!«, trompetete Neles Freundin unverzüglich heraus.

»Was?!«

»Ich hab das meinen Eltern erzählt mit Samira, und die waren total geschockt, von wegen Zwangsehe und so, und das ist unchristlich und so und voll die Scheiße, und Samira ist doch ein Kind und so, und dann sind wir zusammen zur Polizei gegangen und haben das erzählt, und dann sind die zu Samiras Eltern, aber die haben gesagt, Samira ist nur bei Verwandten, keine große Sache, und die Polizei will jetzt gucken, was sie machen kann, und die haben Samiras Eltern gedroht, weil Zwangsehen sind ja verboten, aber die haben gesagt, die machen gar keine Zwangsehe mit Samira, und das ist alles voll Quatsch, und die Polizisten wollen jetzt schauen, ob die am Flughafen an der Grenze was wissen, ob Samira ausgereist ist und so. Jedenfalls ist das jetzt voll der Krimi. Und ich hoffe, sie finden sie!«

Ginny hatte ohne Punkt und Komma geredet. Jetzt war sie fertig und wartete offensichtlich auf eine Reaktion.

»Gut«, war alles, was Nele sagte.

»Meinst du, die finden sie?!«, fragte Ginny.

»Dafür ist die Polizei doch da. Wir können jedenfalls nichts machen.«

»Gut«, befand Ginny. »Die finden die. Voll sicher!«

»Ja«, stimmte Nele zu, obwohl sie alles andere als optimistisch war. Was sollte die deutsche Polizei in Afghanistan schon ausrichten?

»Nele?« fragte Ginny nun plötzlich in einem süßlichen Singsang.

»Ja?«

»Wann üben wir den Ghetto-Bitch-Tanz?«

»Ich muss los, Ginny«, sagte Nele und legte auf.

24

Nele klingelte. Lunas Wohnung war im sechsten Stock eines Hochhauses, das dringend einen neuen Anstrich bräuchte. Das Treppenhaus war hässlich gekachelt und roch nach Reinigungsmittel. Als die Wohnungstür sich öffnete, war Nele erstaunt, nicht Luna zu sehen, sondern eine andere Frau. Sie war Anfang zwanzig, schätzte Nele, und hatte einen raspelkurz rasierten Schädel. Die Frisur stand ihr gut. Sie betonte ihre schönen dunkelbraunen Augen, die Nele nun musterten.

»Du bist Lene?«, fragte die Frau.

»Nele.«

»Ich bin Jackie. Komm rein.«

Nele trat in die Wohnung. Eine Wand des kleinen Flures war mit unzähligen Seiten eines Taschenbuchs tapeziert. Auf diesen Untergrund war mit schwarzer und gelber Farbe eine Banane gemalt. Nele versuchte zu erkennen, was auf den einzelnen Seiten stand.

»Banana Yoshimoto«, sagte Jackie, die Neles Blick bemerkte.

Nele vermutete, dass das eine Autorin war, fragte aber nicht nach. Sie folgte Jackie ins Wohnzimmer, wo Luna und Rick nebeneinander auf dem Sofa saßen.

Das hatte Nele nicht erwartet.

Rick schaute sie kühl an. Er war sauer auf sie. Unübersehbar.

Ein Teil von Nele wollte sich entschuldigen. Aber wieso sollte sie? Nein, sie würde sich nicht dafür entschuldigen, dass sie sich nicht alles gefallen ließ! Sie war im Recht! ER hatte sich zu entschuldigen!

»Willste was trinken?«, fragte Jackie.

»Nein, danke.«

Jackie setzte sich in einen alten Ohrensessel. Da niemand Nele einen Platz anbot, schaute sie sich suchend um. Sie entdeckte ein kreisrundes Sitzkissen im orientalischen Design, auf das sie sich nun hockte. Das Ganze fühlte sich völlig falsch an: Sie saß angespannt auf einem kleinen Kissen, während ihr Freund sich gechillt auf dem Sofa neben der Frau lümmelte, mit der er sie betrog. Nele hatte das Gefühl, bereits verloren zu haben.

Niemand sagte etwas.

»Also?«, fragte Nele nach einer Weile tapfer.

Rick setzte sich auf. »Ich finde es scheiße, dass du mir nicht vertraust. Und dein Geschnüffel, das ist kindisch.«

»Du bist doch nur sauer, dass ich dir auf die Schliche gekommen bin«, sagte Nele. »Was genau geht denn hier ab? Gleich ein flotter Dreier, oder wie?«

Nele machte sich keine Illusionen mehr: Sie hatte Rick verloren. Oder besser: Sie hatte ihn nie wirklich gehabt. Das wurde ihr jetzt klar. Sie musste nun nur noch einigermaßen würdevoll aus der Sache herauskommen, nicht das völlige Opfer sein. Weinen, schreien, leiden konnte sie später.

»Du hast gesagt, du liebst mich!«, rief sie nun, was alles andere als würdevoll war. Es war jämmerlich. Und bedürftig.

Jackie lachte. Luna seufzte kopfschüttelnd. Und Rick erhob

sich. Er kam auf Nele zu und kniete sich vor sie. Er nahm ihre Hand, was sie sich zögernd gefallen ließ. Es sah aus, als würde er ihr einen Heiratsantrag machen wollen. Eine vollkommen absurde Situation.

»Du verstehst überhaupt nichts«, sagte er. »Du hast keine Ahnung, worum es hier geht.«

»Pffft«, machte Nele. Sie würde sich jetzt keinen Vortrag anhören, dass Treue überschätzt sei und dass man das cool sehen müsse oder so einen Scheiß. Aber Rick sagte nichts dergleichen. Stattdessen rief er: »Komm raus! Es ist okay.«

Nele war verwirrt. Mit wem sprach er da bloß?

Die Tür neben dem Sofa, die offenbar ins Schlafzimmer führte, öffnete sich. Und heraus trat … Samira!

Nele stand der Mund offen. Sie hörte nur zu, fassungslos, während ihr die vier alles erklärten.

»Jackie und ich engagieren uns in einem Frauenhaus«, begann Luna. »Wir helfen Frauen, die von ihren Männern geschlagen werden, und Mädchen, die sexuell missbraucht werden. Die finden dort Unterschlupf. Und als Rick uns von Samira erzählt hat und sagte, wir müssen ihr helfen …«

Nele wandte sich Rick zu. Sie hatte gar nicht gewusst, dass Rick Samira so gut kannte. Doch als sie ihn fragend ansah, zuckte er nur mit den Schultern. Nele schaute Samira an, die ernst und wütend auf dem Sofa saß. Ihr war es offenkundig alles andere als recht, dass Nele sie hier aufgespürt hatte.

»Samira ist ein besonderer Fall«, erläuterte nun Jackie weiter. »Sie muss regelrecht verschwinden. Ihre Familie hat jemanden vor dem Frauenhaus postiert, die schieben richtig

Schichten und beschatten das Tag und Nacht. Deshalb kann sie dort nicht wohnen.«

Jetzt begriff Nele, warum Samiras Brüder neulich vor der Schule gestanden hatten. Sie wollten nicht Samiras Freundinnen einschüchtern, sondern sie waren auf der Suche nach ihrer Schwester gewesen!

»Rick hat Samira in einer totalen Nacht-und-Nebel-Aktion zu uns gebracht. Fast wären sie erwischt worden«, erklärte Luna.

»Die bringen mich um«, sagte Samira, und ihre zitternde Stimme verriet, dass ihr grimmiger Gesichtsausdruck nur Fassade war. Sie hatte Todesangst. Nele erfasste eine Woge von Mitleid. Sie selbst hatte auch ein neues Leben beginnen müssen, aber das war nichts im Vergleich zu dem, was Samira bevorstand. Die verlor gerade alles, was sie hatte, auf einen Schlag: ihre Freunde, ihre Familie, ihr Zuhause, ihre Stadt, ihre Sicherheit, alles, was sie kannte. Und von jemandem bedroht zu werden, den man liebte … Nele konnte sich nicht wirklich vorstellen, was das für ein entsetzliches Gefühl sein musste.

»Wo wirst du hingehen?«, fragte Nele.

Samira zögerte und schaute Jackie und Luna fragend an.

»Sie zieht in eine andere Stadt. Wir sagen niemandem, in welche«, sagte Luna. »Wir haben eine Familie gefunden, die sie Gott sei Dank aufnimmt. Es sind auch Afghanen.«

»Rein rechtlich könnte das als Kindesentführung ausgelegt werden, was wir hier machen«, erläuterte Jackie. »Polizei und Behörden sind leider nicht auf unserer Seite, denn wir können nicht beweisen, was Samiras Familie vorhat. Wir sind auf uns gestellt. Wenn Samira volljährig ist, kann sie ihren Namen ändern lassen. Bis dahin muss sie untertauchen. Kein Facebook. Kein Instagram. Kein Skype. Kein Kontakt. Mit niemandem.«

»Wie bei einem Zeugenschutzprogramm, verstehste?«, mischte sich Rick nun doch ein.

Nele konnte es immer noch nicht glauben. Rick, der Kiffer, hatte es auf sich genommen, gemeinsam mit diesen beiden jungen Frauen ein Mädchen zu retten, und hatte sich selbst dabei in Gefahr gebracht. Richtig heldenhaft. Etwas, was Nele ihm nicht zugetraut hätte. Andererseits: War es wirklich so selbstlos? Vielleicht hatte er das nur gemacht, um Luna zu beeindrucken. Nele schämte sich, dass sie sogar in diesem Moment ihre Eifersucht nicht unterdrücken konnte. Was war sie doch für ein furchtbar egoistischer Mensch!

»Am scheißesten ist, dass ich mich von niemandem verabschieden kann«, sagte Samira. »Von Ginny und so.«

Ihr standen Tränen in den Augen und Luna nahm ihre Hand.

»Es ist zu gefährlich«, sagte sie. »Darüber haben wir doch geredet.«

Samira nickte widerwillig und zog Rotz hoch. Luna schaute Nele an: »Und du sagst auch kein Wort. Zu niemandem! Verstanden?!«

Nele nickte eifrig, doch Luna schien das nicht zu genügen.

»Kann sie die Schnauze halten?«, fragte sie Rick. »Oder twittert die das alles den anderen Barbies, sowie sie hier raus ist?«

Rick musterte Nele. Es kränkte sie, dass er darüber offenbar nachdenken musste. Dann aber nickte er: »Ja. Nele ist cool. Sie weiß, wie wichtig es ist, dass niemand etwas erfährt.«

Nele lächelte. Sie wollte auch Samira aufmunternd anlächeln, doch die schaute zu Boden, das Gesicht in den Händen vergraben.

»Es tut mir so leid«, sagte Nele stattdessen, während sie sich erhob. »Samira?«

Samira blickte auf.

»Es tut mir so furchtbar leid«, wiederholte sie und sah Samira dabei in die rot geweinten Augen. Samira schaute sie lange nachdenklich an, stand auf und ging wortlos zurück ins Nebenzimmer.

»Tja. Äh …«, stammelte Nele. »Ich geh dann mal.«

Jackie und Luna nickten. Rick und Nele erhoben sich gleichzeitig, als Samira plötzlich noch einmal die Tür öffnete, zu Nele herüberblickte und sagte: »Kommst du mal?«

Nele war erstaunt. Dann sagte sie »Ja, klar« und ging zu Samira. Die schloss die Tür hinter ihnen.

Nele schaute sich um. Es war wie vermutet ein Schlafzimmer. Entweder von Jackie oder von Luna. Statt eines richtigen Betts stand nur ein sehr großer Futon in der Mitte des Raumes. An der Wand hingen zwei Bilder – abstrakt, sehr wild.

Samira setzte sich auf den Futon und Nele nahm neben ihr Platz. Sie war nervös. Was sagte man zu einem Menschen, der in so einer schrecklichen Lage war? Einem Mensch obendrein, der einen nicht leiden konnte.

»Nele«, sagte Samira, »du darfst nichts verraten, bis ich in Sicherheit bin. Aber danach … Versprichst du mir, dass du Ginny und Leia erzählst, dass es mir gut geht? Nichts Genaues, weil, du kennst ja Ginny, die kann nichts für sich behalten.«

»Kann man … kann man mit deiner Familie nicht reden? Die müssen doch begreifen, dass … das hier nicht so läuft«, wandte Nele ein.

»No way«, sagte Samira. »Meine Mutter ist total fertig. Die will gar nicht, dass ich verheiratet werde. Und mein mittlerer Bruder, Amit, der findet das auch scheiße. Der hat versucht, meinen Vater zu überreden, dass er es nicht macht. Die haben sich richtig gefetzt, aber mein Alter ist echt ganz krass oldschool. Und mein großer Bruder Faruk, der ist voll der Macho. Und Zoran …«

Samiras Stimme brach. Nele legte ihr vorsichtig den Arm um die Schultern und zu ihrer Überraschung lehnte Samira sich bei ihr an.

»Zoran. Das ist dein kleiner Bruder?«

Samira nickte, ohne aufzuschauen: »Ja. Der ist total süß eigentlich. Als er noch kleiner war, hat er mich richtig angehimmelt. Aber … jetzt will er ein Mann werden. Wie Faruk.«

Samira weinte. Sie hatte versucht, es zurückzuhalten, doch jetzt, in Neles Arm, brach es aus ihr heraus. Nele drückte sie etwas fester. Selten hatte sie sich so unsagbar hilflos gefühlt. Samira schluchzte.

»Du versprichst mir, dass du Ginny und Leia sagst, dass sie sich keine Sorgen um mich machen müssen, ja?«

»Ja. Natürlich«, antwortete Nele. »Aber … gibt es nicht irgendeine Chance, dass du dich noch selbst verabschieden kannst? Vielleicht können die beiden herkommen? Heimlich?«

Samira schüttelte traurig den Kopf: »Zu viel Risiko. Meinem Bruder wäre es sogar zuzutrauen, dass er Ginny beschattet.«

»Okay«, seufzte Nele. »Kann ich sonst irgendetwas tun? Brauchst du etwas? Klamotten? Geld hab ich keines, aber ich könnte …«

Samira schüttelte den Kopf: »Danke. Nicht nötig. Jackie und Luna und Rick haben sich um alles gekümmert.« Sie nahm Neles Hand. »Rick hatte recht«, sagte sie. »So scheiße bist du gar nicht.«

»Danke«, antwortete Nele, weil ihr nichts Besseres einfiel. »Du und Rick – ich wusste gar nicht, dass ihr etwas miteinander zu tun hattet.«

»In letzter Zeit nicht mehr so, das stimmt«, sagte Samira. »Aber früher, als Kinder, da hingen wir ständig zusammen. Wir waren in derselben Krippe.«

Samira lachte wehmütig, als sie sich daran erinnerte: »Otto … Rick … also, damals war er echt noch 'n Otto, da war er sechs oder so … Der konnte stundenlang im Sandkasten sitzen und aus Blättern und Sand und Stöckchen und Wasser ganze Städte bauen. Und dann hat er mir das alles erklärt, wo das Schloss ist und wo der Stall und so und wer da lebt, und ich hab immer gesagt: ›Toll, Otto, so eine schöne Stadt‹, und dann war er immer superstolz! Ich glaub, ich hab damals echt gedacht, dass er das voll gut gemacht hat.«

Nele lächelte. Rick als kleiner Sandkasten-Baumeister? Das konnte sie sich kaum vorstellen.

»Er war auch oft bei uns zu Hause. Seine Eltern waren ja nicht so der Bringer. Sein Alter ständig besoffen und so …«

Nele horchte auf. Ricks Vater ein Säufer? Schlagartig wurde ihr klar, wie wenig sie über ihren Freund wusste – wenn er denn überhaupt noch ihr Freund war. Rick redete ja generell nicht viel und noch weniger über sich und seine Familie.

»Er hat ganz oft bei uns gegessen und gespielt«, fuhr Samira fort. »Alle fanden ihn voll niedlich. Otto … Rick … der hat total zu Faruk aufgeschaut und fand den ganz toll. Und jetzt hilft er mir, mich vor Faruk und meinem Vater zu verstecken. Ist doch verrückt, oder?«

Samira lächelte tapfer, doch ihr Schmerz war nicht zu übersehen. Nele konnte sich nicht mal ansatzweise vorstellen, wie sich das anfühlen musste: alles zurückzulassen! Nicht nur ihr Haus, ihre Freunde, ihren Wohlstand, wie Nele es erlebt hatte, sondern wirklich alles. Samiras Leben war über Nacht eine weiße Leinwand geworden, die ganz neu bemalt werden musste. Nele wäre an ihrer Stelle vor Angst gestorben!

»Ja. Also … Diese Familie, die dich aufnimmt …«, fragte Nele. »Kennst du die?«

»Wir haben zweimal geskypt. Der Vater ist Arzt, und die Mutter kommt nicht aus Afghanistan, sondern aus dem Iran. Sie haben vier Töchter und sind auch voll gläubig, aber eben auch modern. Die sind cool, glaub ich …«

Nele nahm Samiras Hand: »Dann wird ja jetzt alles besser!«

»Ich wär lieber bei meiner Familie geblieben«, sagte Samira. »Ich liebe meine Familie, weißt du. Trotz allem. Auch meinen Vater. Der ist kein schlechter Mensch, der ist nur alt. Und schnallt nicht, dass die Welt hier anders ist …«

Nele nickte und Samira stand auf: »Also: Sag Ginny und Leia, sie sind meine besten Freunde. Auf ewig. Und dass ich sie nie vergesse. Aber sag's ihnen erst, wenn ich weg bin. Versprochen?«

Nele erhob sich ebenfalls und nickte feierlich.

»Ich finde das toll, was ihr … was du da machst«, sagte Nele, als sie allein mit Rick im Flur stand. Er zuckte wie so oft nur mit den Schultern.

»Bist du sauer auf mich?«, fragte sie ängstlich.

Rick überlegte. »Nein. Du bist nur … Das ist mir nur alles zu … ich weiß nicht: dieses Hinterhergeschnüffel und so, Luna im Coffeeshop zu stellen wie in so einer Hollywood-Schnulze – das ist alles so girlie … so needy.«

Nele schluckte. War das wirklich das Ende? Nein, denn jetzt küsste Rick sie. Er nahm sie in den Arm, drückte sie fest und presste seine Lippen auf ihre.

Neles Herz schlug schneller und sie küsste ihn zurück. Als sie sich voneinander lösten, lächelte sie ihn an.

»Also ist da nichts zwischen Luna und dir …?«, fragte sie.

Rick stieß ein missbilligendes Stöhnen aus und rollte genervt mit den Augen.

Verdammt. Das war schon wieder zu girlie gewesen!

»Ich will's ja nur wissen«, sagte sie dennoch.

»Luna und Jackie sind seit zwei Jahren zusammen. Alles klar?«, knurrte er. »Luna und ich sind nur sehr gute Freunde.«

»Oh. Okay«, stammelte Nele. Jetzt, wo sie es wusste, schien es total offensichtlich. Sie kam sich unsagbar blöd vor und traute sich kaum, Rick in die Augen zu schauen. Aber als sie dann doch zu ihm aufblickte, sah sie, dass er grinste.

»Aber warum wolltest du auf keinen Fall, dass wir uns treffen? Denkst du, ich hab ein Problem mit ihr, weil sie lesbisch ist, oder wie? Da solltest du mich doch echt besser kennen!«

»Quatsch! Es ist nur … Ich will das nicht vermischen. Das ist ’ne andere Welt hier. Hier bin ich irgendwie ein bisschen … ein anderer als zu Hause. Und mit dir bin ich wieder jemand anderes. Und Luna und Jackie … hast ja gesehen … die denken, du bist so ’ne Barbie. Die kennen dich nicht so, wie ich dich kenne. Na ja, bei der Nummer jetzt haste dich ja wirklich auch ganz schön danebenbenommen. Die können ehrlich gesagt ganz schön arrogant sein, die beiden. Mit denen hättest du es nicht leicht. Und das muss ja nicht sein.«

»Du brauchst mich nicht zu beschützen«, protestierte Nele. »Damit wäre ich schon klargekommen.«

»Ja, wahrscheinlich hast du recht«, gab Rick zu. »Du kannst selbst auf dich aufpassen.«

»Also: Alles wieder gut mit uns?«, wollte Nele wissen.

Rick antwortete nicht. Sie sah ihn ängstlich an.

»Bis morgen, kleine Prinzessin«, sagte er grinsend und küsste sie noch einmal.

Sie war degradiert worden. Königin war gestern.

25

Timo wartete darauf, dass Herr Ludewig sich dem Whiteboard zuwandte, damit er das Papierknäuel unbemerkt werfen konnte. Jetzt! Das zusammengeknüllte DIN-A4-Blatt traf Navid am Hinterkopf. Der bückte sich eilig und hob es auf – gerade noch rechtzeitig, bevor Herr Ludewig sich wieder zur Klasse umdrehte.

Navid las, was Timo ihm da eben an den Kopf geworfen hatte, überlegte, machte dann mit dem Kugelschreiber ein paar Änderungen und wartete nun seinerseits darauf, dass Herr Ludewig sich wieder abwandte.

So ging es schon seit fünfzehn Minuten. Die beiden warfen eine Tracklist hin und her. Sie konnten sich einfach nicht einigen, welche Songs sie in welcher Reihenfolge bei dem Konzert spielen sollten. Jede Band hatte bei diesem Wettbewerb nur zwanzig Minuten, um das Publikum von sich zu überzeugen, da musste alles sitzen und perfekt durchdacht sein. Timo wollte mit dem relativ ruhigen und bedrohlichen »Dark Dreams« einsteigen und sich dann zu den harten Kracher-Songs vorarbeiten, um als Knalleffekt mit dem mitsingtauglichen »Paranoid Penguin« aufzuhören. Navid dagegen fand, dass man mit dem größten Ohrwurm anfangen müsste, damit das Publikum gleich in Stimmung war.

Es war keine leichte Entscheidung, aber es machte auch einen Mordsspaß, das Konzert wieder und wieder durchzuplanen. Alle vier Mitglieder von *Dusk Devil* platzten fast vor Aufregung und Vorfreude. Navid und Timo verstanden sich inzwischen super, nicht nur in musikalischer Hinsicht. Navid war ein echt guter Typ, sehr witzig und clever, und seit er sicher war, dass Timo kein echter Tough Boy war, hatte er sich auch endlich entspannt. Die beiden wären richtig gute Freunde geworden und würden ständig miteinander abhängen – wenn nicht die Aufnahmeprüfung für die Tough Boys ihren langen, bedrohlichen Schatten über Timo werfen würde.

Doch daran dachte er in diesem Moment nicht. Ebenso wenig wie an den Kram, den Herr Ludewig da vorne von sich gab. Er dachte an paranoide Pinguine und düstere Träume. In a-Moll. Und dann dachte er plötzlich, dass er halluzinieren müsse! Die beiden, die da draußen vor dem Fenster vorbeigingen … waren das wirklich …?!

Unmöglich!

Nele zerriss es fast. Sie war verdammt dazu, stumm dabeizustehen, während Ginny und Leia unermüdlich Samiras Verschwinden diskutierten, die schlimmsten Horrorvisionen durchspielten, was ihr geschehen sein könnte, und besonders Ginny vor Sorge um Samira fast durchdrehte.

Inzwischen hatte niemand in der Klasse mehr Zweifel daran, dass Samira irgendetwas zugestoßen war. Samiras Eltern beharrten darauf, dass ihre Tochter bloß auf Verwandtenbesuch sei und dass es keinen Handyempfang gebe in dem afghanischen Dorf, in dem sie sich aufhielte. Die Polizei konnte nichts tun, weil Samira nicht mehr schulpflichtig war. Und offenbar war die Polizei auch nicht besonders interessiert. Nur Nele wusste, dass Letzteres eigentlich ein Glück war. Ohne Polizisten im Genick würde Samira hoffentlich unbehelligt in einer anderen Stadt untertauchen können.

Nele hätte ihre Freundinnen zu gern beruhigt, doch sie verkniff es sich.

»Dir scheint das ja nicht viel auszumachen mit Samira«, hatte Ginny Nele in der ersten großen Pause angegiftet. »Du bist total gechillt. Als ob gar nix wäre.«

»Doch. Mir macht das sehr wohl etwas aus! Total. Aber ich glaube irgendwie daran, dass es ihr gut geht«, hatte Nele geantwortet.

»Ja. Träum weiter«, hatte Ginny geseufzt.

»Vielleicht ist sie nur weggelaufen«, sagte Nele. »Vielleicht versteckt sie sich irgendwo, weil sie nicht heiraten will. Irgendwo, wo sie sicher ist.«

Das war nun wirklich das Äußerste, was sie sagen durfte!

»Bullshit!«, zischte Ginny Nele an. »Sei nicht so nativ!«

»Naiv«, wagte Leia zaghaft einzuwenden.

»Ihr seid beide scheiße!«, rief Ginny und stapfte davon.

»Sei nicht sauer«, sagte Leia zu Nele. »Ginny ist völlig fertig. Sie meint das nicht so. Samira ist ihre beste Freundin.«

»Ich weiß«, seufzte Nele.

Sie holte ihr Handy hervor und schrieb eine Nachricht an Rick. Der hatte seinen Eltern heute Morgen eine Magenverstimmung vorgegaukelt, damit sie ihn in der Schule krankmeldeten. Sowie die beiden zur Arbeit gegangen waren, hatte Rick sich mit Samira in Lunas Wohnung zusammengesetzt, um weitere Vorbereitungen für ihre Flucht zu treffen. Luna würde die Klamotten und Utensilien, die verschiedene Leute aus der Hilfsorganisation gespendet hatten, abholen. Auch Nele hatte, obwohl Samira gesagt hatte, es wäre nicht nötig, ihren Schrank durchwühlt und alles herausgesucht, was Samira vielleicht gebrauchen könnte. Sie hatte ihr einige ihrer schönsten Stücke geschenkt. Nele tippte: Alles klar bei euch?

Rick schickte das Daumen-hoch-Icon.

Nele wählte das Herzsymbol aus. Doch kurz bevor sie auf *Senden* drückte, überlegte sie es sich anders. Ein Herzchen? Zu girlie. Sie schrieb: Bis nachher.

RICK: CU.

Als Nele fünf Minuten später den Klassenraum betrat, kam Ginny sofort auf sie zugelaufen und umarmte sie so kräftig, dass Nele keuchte.

»Sorry, Sista! Tut mir leid!«, sagte sie, und Nele keuchte »Schon okay, alles gut«, während sie versuchte, sich aus Ginnys Klammergriff zu winden. Kaum hatte sie sich befreit, zuckte sie erneut zusammen! Sie stand offenbar unter Schock! Hatte sie Halluzinationen, weil ihr bei Ginnys Umarmung fast die Luft weggeblieben war? Es musste eine optische Täuschung sein! Denn das Erste, was Nele sah, nachdem Ginny sie losgelassen hatte, war … Svantje! Und Daniel!

Die beiden traten gerade mit Frau Zwieriga in den Raum.

Nele schrie laut und schrill auf. Alle Augen wandten sich ihr zu – auch die von Svantje und Daniel.

»Nele?!«, rief nun Svantje, während Daniel Nele nur anstarrte. Wortlos glotzte er sie an. Doch dann ging er auf sie zu, zögernd, als fürchtete er, dieses zitternd dastehende Mädchen könnte eine Fata Morgana sein, und streckte die Hand aus. Nele konnte sich immer noch nicht rühren, als Daniel ihr mit der Hand übers Gesicht strich.

»Nele?«, flüsterte er fassungslos.

Es war völlig still im Klassenraum, alle glotzten ungläubig auf das bizarre Schauspiel, das sich ihnen da bot – bis Ginny den Bann brach, indem sie laut rief: »What the fuck?!?!«

Frau Zwieriga schob Daniel und Svantje resolut in Richtung Lehrerpult.

In der Klasse wurde es laut. Alle wunderten sich, spekulierten, lachten, riefen der immer noch zitternd dastehenden Nele etwas zu – bis Frau Zwieriga zwei Finger in die Mundwinkel steckte und einen schrillen Pfiff ausstieß, der unverzüglich alle verstummen ließ.

»So! Klappe halten jetzt! Was immer hier los ist, ihr könnt das in der Pause klären. Jetzt ist Unterricht!«, rief sie. »Also: Wir haben heute Besuch. Das sind Daniel und Svantje aus Poppenbüttel. Die beiden sind für ein Schulprojekt hier.«

Ein Schulprojekt? Nele, die wie in Trance Platz genommen hatte, erinnerte sich dunkel, dass Ginny ihr irgendetwas von einem Projekt erzählt hatte, aber Nele hatte nicht richtig zugehört. Wenn man sich wirklich konzentriert alles anhörte, was Ginny so von sich gab, würde einem mit großer Wahrscheinlichkeit der Kopf explodieren.

Frau Zwieriga schaute nun Nele an: »Und ihr drei kennt euch? Sehe ich das richtig?«

Nele wurde rot und nickte. Alle starrten sie neugierig an, daher schaute sie schnell zu Boden. Wie sollte sie das erklären?!

Frau Zwieriga bemerkte Neles Verlegenheit und erlöste sie, indem sie sich ihren Gästen zuwandte: »Ist ja auch egal. Also: Daniel, Svantje – dann erzählt mal, warum ihr hier seid.«

»Ja. Äh … Also … Wir sollen untersuchen, wie das den Unterricht beeinflusst, wenn in einer Klasse mehr als fünfzig Prozent Auslä… äh … Schüler mit Migrationshintergrund sind und …«, begann Svantje.

Sie wirkte unkonzentriert, starrte immer noch ungläubig Nele an.

»Wieso sollte der Unterricht denn anders sein, nur weil in einer Klasse eine größere ethnische Vielfalt herrscht?«, unterbrach sie Frau Zwieriga.

Daniel übernahm und las von seinen Notizen ab: »Äh … ja, zum Beispiel wegen … Sprachproblemen …«

»Aha? Kann irgendjemand hier kein Deutsch?«, fragte Frau Zwieriga in die Klasse.

»Ja! Dennis!«, lachte Ayse. »Aber der ist Deutscher!«

»Fick disch!«, motzte Dennis. »Ich mach dir platt!«

Die Klasse brach in Gelächter aus.

Frau Zwieriga schaute Daniel und Svantje amüsiert grinsend an. Es war offensichtlich, dass sie dieses Projekt für Schwachsinn hielt.

»Äh …«, stammelte Daniel. »Und außerdem … äh …«, er

las weiter ab: »Unterschiedliche kulturelle Sozialisierung, unterschiedlicher Bildungsstand …«

»Okay«, unterbrach ihn Frau Zwieriga. »Dann setzt euch mal dahinten hin und schaut zu, wie ich die asoziale Kanakenbande hier in den Griff bekomme.«

Die Klasse lachte. Nur eine coole Lehrerin wie Frau Zwieriga durfte sich so einen Spruch erlauben. Daniel und Svantje setzten sich. Die beiden wirkten nervös, kleinlaut, fast ängstlich. So hatte Nele Daniel noch nie gesehen. Im Gegensatz zu seinen Abenteurer-Eltern fühlte er sich in fremden Gegenden offenbar nicht besonders wohl. Vielleicht war das aber auch unfair, denn Daniel stand sicher unter Schock, weil er ohne jede Vorwarnung seine verschollene Exfreundin wiedergefunden hatte. An einem Ort, wo er sie niemals vermutet hätte.

Ihre Blicke trafen sich. Nele lächelte ihn nervös an. Daniel lächelte nicht zurück.

Als es zur Pause läutete, stürmten alle auf Nele los – Daniel und Svantje ebenso wie Ginny und Leia und einige andere Mitschüler. Alle waren neugierig, was Nele zu verbergen hatte.

Massoud und Mohammed, die Klassenclowns, hüpften vor Daniel und Svantje herum, machten »Uhuhuh«-Geräusche wie Schimpansen, kratzten sich am Kopf und unter den Armen. »Weiße Mann gekommen, um Eingeborene anzuschauen, ja? Uh uh uh!«, quietschte Massoud und viele aus der Klasse lachten.

Daniel wurde knallrot und Svantje stammelte: »So ist das nicht gemeint … Wir … äh … wollten nur … eine Arbeit über soziokulturelle Unterschiede, äh …«

»Kümmer dich nicht um die Spacken!«, sagte Nele resolut, schnappte sich Svantjes Hand und zog ihre perplexe Freundin hinter sich her, während sie zur Tür eilte. Daniel schloss sich ihnen an.

Massoud und Mohammed grunzten und quietschten hinter ihnen her, einige andere aus der Klasse stimmten mit ein, es war ein großes, albernes Kreischen und Zappeln. Doch niemand folgte ihnen. Niemand außer Ginny, die aufgeregt plappernd hinterherstiefelte: »Hey, Sista. Woher kennst du die? Was geht denn hier ab?!«

»Lass uns allein, okay?«, rief Nele ihr über die Schulter zu und Ginny blieb stehen. Beleidigt verschränkte sie die Arme vor der Brust und blickte Nele grimmig an.

Nele bugsierte Daniel und Svantje in die hinterste Ecke des Schulhofs und atmete tief aus. Die beiden schauten sie erwartungsvoll an.

Und dann erzählte ihnen Nele alles. Na ja, fast alles. Rick erwähnte sie mit keinem Wort.

Daniel und Svantje unterbrachen Nele nicht ein einziges Mal. Während sie sprach – erst zögernd, dann immer schneller, erleichtert, ihr Geheimnis nicht länger mit sich herumtragen zu müssen –, versuchte Nele, in ihren Gesichtern eine Reaktion abzulesen. Doch sie sah nichts als pure Ungläubigkeit.

Als sie fertig war, spürte sie, dass sie wieder zu zittern anfing. Auch wenn sie sich eingeredet hatte, dass Svantje und Daniel ihr egal waren, hatte sie jetzt doch große Angst. Sie hatte keine Ahnung, wie Daniel und Svantje reagieren würden. Sie könnte es ihnen nicht verübeln, wenn sie stinksauer wären. Denn während Nele ihnen alles gebeichtet hatte, hatte sie zum ersten Mal vollständig begriffen, wie absurd es gewesen war, was sie da abgezogen hatten. Es war peinlich. Und feige.

Daniel und Svantje waren immer noch sprachlos, doch dann breitete Daniel plötzlich die Arme aus und schlang sie um Nele. Er hielt sie fest, drückte sie an sich und sagte: »Es tut mir so leid.«

Nele konnte es nicht fassen. Was musste ihm denn leidtun?

»Was du durchgemacht hast. Wie du jetzt leben musst …«, sagte Daniel.

Svantje hatte offenbar geschwankt, war zwischen Verständnis und Wut hin- und hergerissen gewesen, folgte nun aber zögernd Daniels Beispiel. Sobald der sich von Nele gelöst hatte, umarmte Svantje sie. Wortlos.

»Du bist nicht sauer?«, flüsterte Nele mit belegter Stimme.

»BFF«, sagte Svantje.

Und Nele heulte los. Sie war so glücklich wie schon lange nicht mehr!

Die Pausenglocke schellte. In zwei Minuten begann der Unterricht.

»Sehen wir uns nach der Schule?«, fragte Daniel.

Nele wischte sich die feuchten Augen und nickte: »Es gibt einen Bäcker mit Kaffee-Ecke, im Supermarkt, da runter, zweite Straße rechts …«

Nele hatte extra nicht den Bäcker vorgeschlagen, bei dem ihre Mutter arbeitete. Der wollte sie das Ganze lieber schonend beibringen.

»Oh. Okay …«, sagte Svantje.

Nele begriff, dass die beiden nicht damit gerechnet hatten, dass sie sich hier treffen würden. Im Ghetto. Vermutlich hatten sie an einen Coffeeshop irgendwo in der Stadt gedacht oder in Poppenbüttel.

»Wir können aber auch woanders …«, begann Nele eilig, doch Daniel unterbrach sie: »Nee. Bäcker im Supermarkt ist okay. Um halb drei?«

Nele nickte. Svantje und Daniel verließen das Schulgelände, während Nele zum Klassenraum zurückging. Das Handy in ihrer Hosentasche vibrierte. Eine WhatsApp von Rick: Hey, Baby. Alles erledigt. Um 3 im Bricks?

26

Als Nele kurz vor halb drei mit pochendem Herzen die kleine Bäckerei betrat, saß Daniel bereits an einem der vier kleinen Tische. Er trank einen Tee. Natürlich.

»Wo ist Svantje?«, fragte Nele, während sie sich ihm gegenübersetzte.

»Die konnte doch nicht bleiben. Sie hatte ganz vergessen, dass sie einen Termin hat«, antwortete Daniel. Er versuchte nicht einmal, es glaubwürdig klingen zu lassen.

Die Verkäuferin schaute zu den beiden herüber und Nele bestellte einen Cappuccino.

»Tja …« Sie lächelte nervös und schaute Daniel an. Er sah anders aus, als sie ihn in Erinnerung hatte. Irgendwie … weicher.

»Ich hab mir furchtbare Sorgen um dich gemacht«, sagte Daniel.

Nele nickte bloß schuldbewusst. Sie wollte Daniel einfach nur anschauen – und gleichzeitig traute sie sich nicht, ihm in die Augen zu blicken.

»Wir alle haben uns Sorgen gemacht. Wir hatten mit ein paar Leuten sogar überlegt, einen Privatdetektiv zu engagieren«, sagte er und nun musste Nele lachen. So eine absurde Vorstellung!

»Das ist nicht witzig.« Daniel war sehr ernst. »Versetz dich mal in unsere Lage. Du bist völlig abgetaucht, als ob du in eine Sekte geraten wärst oder entführt wurdest oder …«

Daniel sah immer noch erschüttert aus, und für einen kurzen Moment fürchtete Nele, er würde anfangen zu weinen.

Die Verkäuferin brachte den Cappuccino und schaute Daniel interessiert an, der sich nun tatsächlich verstohlen ein wenig Feuchtigkeit aus dem Augenwinkel wischte. Nele war das irgendwie peinlich.

»Es tut mir echt leid …«, sagte Nele, als die Verkäuferin wieder gegangen war.

Daniel nickte und nahm ihre Hand. Nele zuckte zusammen, als hätte sie einen Stromschlag bekommen, und zog die Hand hastig weg. Daniel starrte sie erschrocken an.

»Entschuldige«, stammelte er.

Nele war selbst verblüfft von ihrer Reaktion. Warum hatte sie das getan?

»Es tut mir leid …«, flüsterte sie. »Es ist nur … Es ist alles so verwirrend …«

»Hast du einen Neuen?«, fragte Daniel.

»Nein«, log Nele.

Daniel nickte.

»Und du? Ich wette, Svantje hat sich sofort auf dich gestürzt, oder?«

Noch während sie es aussprach, merkte sie, wie zickig das klang. Daniel reagierte dementsprechend heftig.

»Das ist nicht fair«, sagte er. »Svantje war auch total fertig. Und: Nein. Wir haben nichts … mehr … miteinander. In Thailand hat sich schnell herausgestellt, dass …«

»Was?! Ihr wart zusammen in Thailand?! In unserem Resort?!«, rief Nele. Die Verkäuferin schaute zu ihnen herüber, ebenso wie eine alte Dame, die gerade Laugenstangen kaufte.

»Das war nicht mehr *unser* Resort!«, zischte Daniel. Für einen winzigen Moment hatte seine Stimme tatsächlich eine gewisse Schärfe, aber ganz schnell kehrte er zu seinem sanften Tonfall zurück. »Wäre doch Schwachsinn gewesen, das alles zu stornieren. Das Geld für den Flug hätten wir nicht zurückbekommen und da haben wir umgebucht. Und Svantje brauchte jemanden, der … und ich auch …«

»Du hast mit ihr geschlafen?!« Nele war lauter geworden, als sie es beabsichtigt hatte.

Die Verkäuferin schaute weiterhin neugierig zu ihnen herüber und grinste nun sogar. Die Laugenstangen-Oma ging kopfschüttelnd zum Ausgang.

Daniel nickte zögernd.

Nele starrte ihn an. Er wich ihrem Blick aus.

»Es war nur … Wir waren beide irgendwie … verloren«, murmelte er.

Nele stellte sich die beiden zusammen im Bett vor. In einem Bungalow am Strand. Unter Palmen. Ihr war plötzlich übel.

»Ich muss los«, sagte sie und stand hastig auf.

»Das ist nicht dein Ernst?!« Daniel schaut sie nun ungläubig an

»Ich hab … ganz vergessen, dass ich einen Termin habe«, sagte Nele grimmig und ging davon.

»Hey!«, rief die Verkäuferin ihr hinterher. »Du hast den Cappuccino noch nicht bezahlt!«

»Nele!«, hörte sie Daniels Stimme. »Nele! Warte!«

»Hallo! Junger Mann! Dein Wechselgeld!«, sagte die Verkäuferin. Daniel hatte das Bezahlen offenbar übernommen.

Nele eilte durch die Schiebetür des Supermarkts, die sich zischend für sie öffnete, und drehte sich nicht um, als sie auf den Parkplatz trat. Sie zitterte und versuchte schneller zu gehen, ohne den Eindruck zu erwecken, sie würde vor ihm davonrennen, doch Daniel holte sie ein. Er packte sie an der Schulter und Nele zuckte zusammen.

»Du hast kein Recht, mir das vorzuwerfen!«, sagte er.

Nele sah ihn an. Erst jetzt merkte sie, wie sehr sie ihn vermisst hatte. Sie hatte gedacht, sie würde ihn nie wiedersehen! Nele hatte sich solche Mühe gegeben, nicht mehr an ihn zu denken. Und die Erinnerung an ihn hatte ja auch schon begonnen, zu verblassen. Denn es gab ja jetzt Rick. Und ihr neues Leben. Doch als Daniel nun leibhaftig vor ihr stand, direkt vor ihr, da kam so viel zurück, so viele Erinnerungen, so viele Gefühle! Große Gefühle! Verdammte Scheiße! Warum tat er ihr das an? Warum hatte er nicht eine Erinnerung bleiben können?!

»DU bist einfach abgehauen! DU hast das entschieden, nicht ich!«, sagte Daniel nun. »Du hast kein Recht, sauer auf mich zu sein!«

»Ich weiß«, flüsterte sie. Ihre Unterlippe zitterte. Sie schämte sich. Und sie schämte sich noch mehr, als ihr nun Tränen aus den Augen schossen. Nicht ein verstohlenes feuchtes Zwinkern wie eben noch bei Daniel, ihr quollen die Tränen regelrecht aus den Augen und liefen ihr über die heißen Wangen. Und dann tropfte ihr auch noch der Rotz aus der Nase, den sie vergeblich hochzuziehen versuchte. Da stand sie also, zitternd, sicher puterrot, schnaubend wie ein Nilpferd, mit aufgequollenen Augen, flüsterte »Es tut mir so leid …«, und Daniel umschlang sie mit beiden Armen und murmelte: »Es ist gut. Jetzt haben wir uns ja wieder. Alles ist gut.«

Nele stand ganz starr da, wollte tatsächlich von ihm gehalten werden, die letzten Wochen ungeschehen machen, wieder die alte Nele werden. Gleichzeitig aber wollte sie wegrennen, zu Rick, in die Realität, aufwachen, als wäre das alles nur ein Traum. Als wäre Daniel gar nicht da.

»Alles ist gut«, beteuerte der leider ziemlich reale Daniel noch einmal, als müsse er nicht nur sie, sondern auch sich selbst überzeugen.

In Neles Tasche vibrierte ihr Handy. Sicher Rick, der vor dem Bricks auf sie wartete. Rick, dem sie vorhin gesimst hatte, dass es später werden könnte. Rick, der von nichts wusste.

»Ich bin so froh, dass ich dich wiedergefunden habe«, flüsterte Daniel. »Ich liebe dich.«

Und er küsste sie auf die Wangen, die von Tränen und Eyeliner verschmiert waren.

Und das Handy summte.

Und Nele wusste, dass gar nichts gut war.

•

Timo ging mit seinem Gitarrenkoffer in der Hand über die Skaterbahn zum Bricks, als er eine Stimme hinter sich hörte: »Hey. Neles Bruder!«

Timo drehte sich um und sah Rick, der mit einigen anderen Jungen und Mädchen auf einem Mauervorsprung saß.

»Ja?«, wunderte sich Timo.

Rick sprang von der Mauer und kam auf ihn zu.

»Hey. Du kennst mich, oder? Ich bin Neles …«

»Ja, ja, weiß Bescheid«, unterbrach ihn Timo.

»Cool. Seid ihr schon zurück von der Behörde?«

»Hä?«

»Ihr musstet doch eure Persos ändern lassen heute, neue Adresse und so – du, deine Mutter und Nele.«

»Nö. Wie kommst du denn darauf?«

»Mmmh …«, Rick kratzte sich am Kopf. »Dann hab ich wohl was durcheinandergekriegt. Alles klar.«

»Okay.« Timo nickte ahnungslos und wollte weitergehen, als Rick ihn aufhielt.

»Ist 'ne Gitarre, ne?«, sagte er und zeigte auf den Koffer.

Timo schaute Rick an. Er hatte rote Augen und seine Pupillen waren tiefschwarz. Neles Freund war total stoned.

»Nee. Das ist mein Maschinengewehr«, sagte Timo trocken. »Ich bin Teilzeit-Söldner.«

Rick lachte schallend los – »Geil! Teilzeit-Söldner! Geil!« – und ging zurück zu seiner Clique.

Timo schaute ihm halb verwirrt, halb amüsiert hinterher. Erstaunlich, dass so einer der Freund seiner Schwester war. Die Poppenbüttler Nele hätte ihn noch als asozialen Loser abgetan.

Timo sah, dass eines der Mädchen aus der Clique nah an Rick heranrückte, sobald er sich gesetzt hatte. Rick schien es nicht zu interessieren. Er tippte etwas in sein Handy.

Timo ging ins Bricks. Im Übungsraum warteten bereits Navid und die anderen auf ihn.

Timo bemerkte nicht, dass etwas entfernt hinter einem Baum Marcels Bruder Atze stand und beobachtete, wie Timo und Navid einander zur Begrüßung umarmten.

Daniel war zurück nach Poppenbüttel gefahren. Sie hatten verabredet, dass sie später noch einmal texteten. Um zu klären, wann sie sich wiedersehen würden. Nele hatte gesagt, sie brauche jetzt ein wenig Zeit. Zum Nachdenken. Daniel hatte das verstanden. Natürlich hatte er das. Er war der verständnisvollste Mensch der Welt!

Nele ging schnell in Richtung Bricks. Wenn sie sich beeilte, würde sie Rick noch erwischen, es war erst zwanzig nach drei. Sie schrieb im Gehen eine SMS.

NELE: Hey. Ging schneller bei der Behörde, als ich dachte. Bin gleich beim Bricks.

Die Antwort kam blitzschnell.

RICK: Behörde am Arsch. Erst schnüffln dan lügen. Was ist dein problem?

Nele erschrak und schrieb schnell zurück: Ich verstehe nicht.

RICK: Ich auch nicht.

NELE: Bist du noch beim Bricks? Ich komme gleich.

RICK: Nee. Lass stecken. Kein Bock auf dich grade.

Nele hatte das Gefühl, ihr Herz würde mehrere Schläge aussetzen. Was wusste Rick? Wie hatte er herausgefunden, dass sie nicht bei der Behörde gewesen war? Und warum war er deswegen so tierisch sauer? Das war doch nur eine kleine Notlüge. Oder wusste er von Daniel? Hatte es ihm irgendjemand erzählt? Sollte sie trotzdem zum Bricks gehen und mit ihm reden? Nein. So, wie er jetzt drauf war, hatte das sicher keinen Sinn.

Nele machte widerwillig kehrt und ging heim. Was für ein Scheißtag! Alles kam plötzlich auf einmal! Und sie machte alles falsch.

Sie schloss gerade die Haustür auf, als ihr Handy schon wieder klingelte. Vielleicht war es Rick? Nele blickte hoffnungsvoll aufs Display, doch es war nur Ginny. Nele zögerte, dann drückte sie auf *Ablehnen*.

Eine Minute später traf eine WhatsApp-Nachricht ein.

GINNY: Was is los mit dir? Du machst voll die bitch! Fuck U!

27

Als Timo am nächsten Morgen das Schulgelände betrat, spürte er, dass er alle Blicke auf sich zog. Gleich mehrere Leute starrten ihn an. Feindselig. Zwei Mädchen tuschelten. War irgendwas? Ein Junge aus der Sechsten zeigte ihm den Mittelfinger. Was war bloß los? Ein Typ aus Neles Klasse, den Timo nicht mit Namen kannte, rief ihm zu: »Hey! Hackfresse! Sorry, dass wir keinen roten Teppich für dich und deine verfickte Schwester ausgerollt haben!« Timo ging verwirrt weiter. Er zog die Schultern hoch, wollte sich in sich selbst verkriechen. So war er in Poppenbüttel oft über den Schulhof gelaufen, aber seit er hier in Steilshoop lebte, war das nicht mehr nötig gewesen. Doch jetzt war es schlagartig wieder da, dieses Gefühl, den anderen ausgeliefert zu sein. Und er hatte keine Ahnung, wieso.

Noch mehr Blicke. Getuschel. Gelächter. Hinter seinem Rücken rief irgendjemand: »Kannst du gut poppen, kleiner Fettsack? Kommst doch aus Poppenbüttel!« Timo zuckte erschrocken zusammen. Das war es also: Ihre Geschichte war aufgeflogen! Aber wie?

Und dann dämmerte es ihm: Es waren tatsächlich Daniel und Svantje gewesen, die er gestern auf dem Schulhof gesehen hatte! Irgendwie hatten die beiden offenbar seine Schwester aufgespürt. Jetzt verstand er auch, warum Nele gestern Nachmittag mit verheultem Gesicht in die Wohnung gestürmt war, sich in ihrem Zimmer verschanzt hatte und nicht einmal zum Abendessen herausgekommen war.

Warum hatte sie ihm nichts gesagt? Wieso hatte sie ihn nicht gewarnt? Hatte sie also mal wieder auf große Drama Queen gemacht und sich nur mit sich selbst beschäftigt.

Als Timo die Klasse betrat, starrten ihn ebenfalls alle an, nur Navid kam auf ihn zugelaufen: »Alter! Was ist denn das für eine Geschichte?!«

»Ich verstehe gar nichts!«, stammelte Timo.

Navid holte sein Handy hervor. Er hatte eine Facebook-Seite geöffnet. »Die ganze Schule hat sich das schon angeschaut. Alle reden drüber. Die Tussi hat alles auf ihrer Seite öffentlich.« Timo überflog die Seite. Es war Svantjes. Darauf fanden sich Dutzende von Posts. Der erste lautete: »Gute Nachricht: Wir haben Nele gefunden! Sie lebt jetzt in Steilshoop! Voll das Schicksal! Wir sollten jetzt alle für sie da sein!« Darunter wurde in unzähligen Kommentaren ihre Geschichte aufgerollt und absurd überdramatisiert. Etliche ehemalige Mitschüler waren voller Mitleid, dass Nele nun unter den »Assis« und »Hartz IVlern« leben musste. Es klang, als wären Nele und Timo geradewegs in die schlimmsten Slums gezogen. Als lebten sie zwischen Höhlenmenschen, Vergewaltigern und Totschlägern in einem versifften Kriegsgebiet. Kein Wunder, dass alle an ihrer neuen Schule sauer waren. Es würde nicht leicht werden, die Leute davon zu überzeugen, dass diese Typen nicht für Timo sprachen. Niemand würde Timo glauben, dass er sich hier viel wohler fühlte als in Poppenbüttel.

»Irgendein Arsch von deiner alten Schule hat den Link

zu dem Post auf die Facebook-Seite unserer Schule gestellt. Mit dem Spruch: ›Gebt unsere Nele frei, ihr Assis!‹«, erklärte Navid.

»So eine Scheiße«, stöhnte Timo. »Dann wissen jetzt alle Bescheid!«

Und dann durchfuhr es Timo wie ein Blitz! Verdammt! Der Stress mit seinen neuen Mitschülern war im Moment sein kleinstes Problem! Er riss Navid das Smartphone aus der Hand und scrollte panisch durch die Nachrichten auf Svantjes Seite. Und da war er, der Kommentar den er gefürchtet hatte:

KING RAFAEL: Ich freue mich vor allem für Timo, dass es ihm gut geht. Er ist so ein sensibler und verletzlicher Junge. Alles Gute, Timo!

Timo wurde kreidebleich.

Nele war gewarnt. Daniel hatte ihr gesimst, dass Svantje die Bombe hatte platzen lassen, und Nele hatte die halbe Nacht alles gelesen, was im Netz über sie geschrieben worden war. Nicht nur Svantje, sondern auch ein halbes Dutzend anderer Freunde hatten dazu gepostet. Sie war hin- und hergerissen. Es rührte sie zu lesen, dass sich offenbar wirklich sehr viele Leute große Sorgen um sie gemacht hatten und nun darauf brannten, sie wiederzusehen und für sie da zu sein. Gleichzeitig machte es ihr Angst, dass nun alle über ihre peinliche Lüge Bescheid wussten und sie sich ihren alten Freunden früher oder später würde stellen müssen. Und dann entdeckte sie, dass jemand Svantjes Post auf der Seite der Gesamtschule Steilshoop verlinkt hatte. Scheiße! All ihre Mitschüler hatten diese hochnäsigen Postings gelesen!

Nele hatte Rick zwei WhatsApp-Nachrichten geschickt und ihn gebeten, sie anzurufen. Er hatte sie gelesen, das konnte sie an den beiden blauen Häkchen erkennen, aber er hatte nicht reagiert.

Nele betrat die Klasse zwei Minuten nach Unterrichtsbeginn. Sie hatte es extra so getimt, dass sie vorher mit niemandem sprechen musste. Frau Zwieriga warf ihr nur einen mild vorwurfsvollen Blick zu, staunte dann aber sichtlich, als Nele nicht zu ihrem Platz ging, sondern nach vorn zum Lehrerpult.

»Ich möchte gern kurz etwas sagen«, verkündete sie. Ihre Stimme war fest. Sie hatte diese Rede heute Morgen eine Stunde lang vor dem Spiegel geübt.

»Ihr kennt jetzt meine Geschichte. Auch wenn sie nicht ganz so spektakulär war, wie sie sich im Netz liest, und ich möchte mich entschuldigen, dass ich nicht ehrlich zu euch war. Ich hab ja nicht direkt gelogen. Ich hab nur einfach nicht erzählt, wo genau ich herkomme. Ich … hab ja nur gesagt, ich komme aus so einem kleinen Kaff, das ihr eh nicht kennt. Und das stimmt ja auch fast.«

»Und wieso? Warum hast du das gesagt?«, fragte jemand dazwischen.

»Ich … ich hab mich geschämt.«

»Du hast dich geschämt, dass du scheißreich warst?«, wunderte sich eine Klassenkameradin.

»So reich waren wir gar nicht«, sagte Nele, zögerte und ergänzte: »Aber ziemlich reich. Das schon. Ja. Und ich habe mich nicht geschämt, dass wir Geld hatten, sondern … na ja … ich wollte einfach nicht … auffallen … hier … ich wollte einfach Nele sein, einfach nur ›die Neue‹ und nicht ›die reiche Zicke‹ …«

»Bist du aber!«, rief Ginny.

Nele schaute sie traurig an und nickte. Diesen Kommentar hatte sie verdient.

Erst jetzt wandte sich Nele Rick zu, dessen Blick sie bislang ausgewichen war. Nele konnte nichts in seinen Augen erkennen außer echtem Interesse. Keine Verachtung, keine Wut – aber auch keine Zuneigung.

»Ich … Es tut mir leid, was einige Leute da gepostet haben«, schloss Nele. »Das ist nicht meine Meinung. Die kennen euch nicht. Und ihr sollt wissen, dass ihr meine Freunde seid. Dass ich euch mag. Dass ich mich nicht für etwas Besseres halte …«

»… sagte die kleine Königin«, knurrte jemand.

Ein paar Mitschüler lachten. Nele wurde rot.

»Und … also … ja … das war es, was ich sagen wollte.«

Niemand reagierte. Kein Lächeln, keine bösen Kommentare. Einfach nur Schweigen. Nele blieb noch einen Moment stehen, hatte das Gefühl, dass irgendetwas kommen müsste, aber es kam nichts.

»Na, dann setz dich mal«, sagte Frau Zwieriga und wandte sich der Klasse zu, während Nele Platz nahm: »Und wir reden jetzt passenderweise über die Situation des französischen Hochadels nach der Revolution. Jene Mitglieder der Oberschicht, die nicht geköpft wurden oder rechtzeitig außer Landes fliehen konnten, wurden vom gemeinen Volk enteignet, gedemütigt und teilweise gezwungen, auf Bauernhöfen zu arbeiten …«

»Es tut mir leid«, flüsterte Nele über die Reihe hinweg Ginny zu.

Ginnys Blick war alles andere als freundlich: »Kein Wunder, dass du nicht mit uns die Ghetto-Bitch-Choreo machen wolltest. Bist du dir zu fein für, wa?«

»Nein«, flüsterte Nele. »Natürlich mach ich die. Ich helfe Samstag mit aufbauen, wir feiern und Punkt Mitternacht tanzen wir …«

Ginny schwieg.

»Wenn du mich noch dabeihaben willst«, flüsterte Nele ängstlich.

Ginny schwieg eine ganze Weile. Dann atmete sie tief aus, als hätte sie eine unfassbar schwere Entscheidung treffen müssen: »Wehe, du übst die Schritte nicht! Ich hab keinen Bock, dass wir die Choreo wegen dir verkacken!«

Nele lächelte erleichtert. »Ich werde üben, bis meine Füße bluten«, versprach sie.

»Du bist so eine Kackbratze, ey«, sagte Ginny. Aber sie grinste dabei ein wenig.

Ginny hatte ihr einmal mehr großzügig vergeben, doch Nele spürte, dass das jetzt ihre letzte Chance war. Irgendwann wäre selbst bei Ginny Schluss mit der Nachsicht.

In der Pause hatte Nele mit Rick das Schulgelände verlassen, weil sie ungestört reden wollten. Und Rick gesagt hatte, er müsse unbedingt eine rauchen. Daher saßen sie nun in einer kleinen Nebenstraße auf einer Bank.

Nele erwartete einen Anschiss. Einen Vorwurf. Womöglich sogar Eifersucht. Zumindest aber Fragen. Doch Rick drehte sich nur cool eine Kippe und zündete sie an. Wortlos saß er neben ihr und nahm tiefe Züge.

»Ich weiß nicht, wo ich anfangen soll«, seufzte Nele.

»Du könntest mich fragen, wie es Samira geht und ob alles gut läuft bei ihr«, sagte Rick.

»Natürlich«, flüsterte Nele. »Wie geht es Samira?«

»Scheiße geht's ihr. Sie heult die ganze Zeit. Würdest du auch, wenn du alles zurücklassen müsstest.«

»Das musste ich ja«, sagte Nele.

»Mmmh. Aber du hast jetzt ja einen Großteil davon zurückgekriegt, ne?«, antwortete Rick sarkastisch.

»Nur einen kleinen Teil«, korrigierte ihn Nele.

»Ist der Typ, der gestern in der Klasse war, dein Stecher?«

»Sei doch nicht so vulgär!«

»Vulgär!«, wiederholte Rick und verzog das Gesicht. »Redest du jetzt wieder Poppenbüttlerisch, oder wie?«

Nele ignorierte die Bemerkung: »Daniel ist mein Exfreund, ja. Mit der Betonung auf Ex.«

»Massoud sagt, der hätte voll Schiss gehabt, als er die Affennummer abgezogen hat. Der Typ ist voll das Weichei«, sagte Rick.

»Kommt drauf an, mit wem du ihn vergleichst«, antwortete Nele.

Rick lachte, aber es klang nicht echt.

»Hör zu. Es tut mir leid. Ich hätte ehrlich zu dir sein müssen«, sagte Nele. »Aber ich war total überrumpelt gestern. Das kam so voll aus dem Nichts. Ich wusste überhaupt nicht, was ich tun soll. Ich weiß es ja immer noch nicht.«

»Wieso? Was tun?«, wunderte sich Rick.

»Äh …«, begann Nele.

»Was gibt's denn da zu tun?«, hakte er nach.

»Äh … nichts. Also … nur generell … so … Ich dachte, mein altes Leben hätte sich erledigt, und jetzt ist es irgendwie doch wieder da, zum Teil zumindest, also … ich meine, ich gehöre da ja nicht mehr hin, aber trotzdem sind das ja meine … Freunde … aber ich lebe jetzt hier, hier ist auch irgendwie … also …«

Nele stammelte hilflos vor sich hin und kam sich völlig bescheuert vor. Mit dieser Einschätzung war sie offenbar nicht allein, denn Rick erhob sich nun, knurrte: »Na, dann sag mal Bescheid, wenn du weißt, wo du hingehörst«, und ging davon.

Nele blieb sitzen und ließ den Kopf in die Hände sinken.

Rick drehte sich noch einmal kurz um: »Andere Leute haben auch Gefühle, weißt du?«

»Hör zu, was da steht bei Facebook, das sind Neles blöde Freunde. Mit denen habe ich nichts zu tun. Das ist alles nur …«, versicherte Timo eifrig. Er steckte in der Klemme. Marcel, Pjotr und Fresse hatten ihn abgefangen, sowie er aus der Klasse gekommen war, und in die Ecke hinter der Sporthalle geführt. Hier schaute so gut wie nie ein Lehrer vorbei.

Seine Kumpels blickten ihn wütend an. Timo wollte den

dreien so schnell wie möglich den Wind aus den Segeln nehmen: »Das sind Arschlöcher. Poppenbüttel halt. Die haben keine Ahnung. Was die da posten, das ist voll …« Doch Marcel hörte gar nicht hin. Stattdessen schlug er Timo mit voller Wucht in die Magengrube!

Timo ging zu Boden, er würgte und krümmte sich. Als Marcel ihm kräftig in den Bauch trat, floss Timo ein kleiner Schwall Kotze aus dem Mund.

»F…uck!«

»Ist mir doch scheißegal, was die Freunde deiner Schwester in ihrem Golfclub für 'n Scheiß reden!«, zischte Marcel.

»Aber … wieso …?«, ächzte Timo. Er blieb am Boden liegen. Wenn er versuchen würde aufzustehen, würde Marcel ihm mit Sicherheit den nächsten Kick verpassen.

»Du hängst mit den Fighters ab!«, rief Pjotr.

Marcel warf Pjotr einen wütenden Blick zu. Das war sein Verhör hier, seine Strafmaßnahme. Da hatten sich seine Minions nicht einzumischen. Pjotr kniff schuldbewusst die Lippen zusammen.

»Ich hab mit den Fighters nichts zu tun«, versicherte Timo.

»Mein Bruder hat dich mit dem Kanaken gesehen, mit dem Typen mit den Locken …«, sagte Marcel.

»Navid ist kein Fighter. Das sind nur seine Brüder!«

»Navid … Der kleine Wichser hat sogar 'nen Namen …«, sagte Marcel sarkastisch.

»Wir machen Musik zusammen. Das hat doch nichts mit der Gang zu tun. Und mit uns …«

»Bullshit!« Marcels Augen waren nur noch zwei Schlitze. Er wirkte wie eine tickende Bombe.

Timo richtete sich nun doch stöhnend auf.

»Ich kann doch mit Navid und der Band spielen und trotzdem mit euch abhängen. Wo ist das Problem?«

»Entweder bist du ein Tough Boy oder ein Kanakenfreund – das ist das Problem!«

»Ich will keinen Ärger …«, sagte Timo und hob beschwichtigend die Hände.

»Hast du aber!«, rief Pjotr.

»Einmal Tough Boy, immer Tough Boy«, sagte Marcel. »Entweder bist du für uns oder gegen uns!«

»Ich will einfach nur in Frieden …«

»Scheiß auf Frieden!«, rief Marcel. »Du bist einer von uns. Und es wird Zeit, dass du das beweist!«

»Die letzte Prüfung!«, quietschte Fresse begeistert und schlug die Hände zusammen.

»Ich möchte aber nicht … ich würde lieber …«, stammelte Timo.

»Was würdest du lieber? Dich verpissen? Mit diesen Pissern abhängen?«

»Können wir nicht einfach … das alles beenden? Freunde bleiben? Ohne Gang?«

Marcels Faust traf Timos Gesicht, bevor der auch nur blinzeln konnte. Der Schmerz war enorm. Vor Timos Augen flimmerten kleine Sternchen.

»Bei uns steigt man nicht aus!«, rief Marcel.

»Und du weißt auch zu viel! Das mit den Einbrüchen und so!«, rief Fresse.

Marcel und Pjotr wandten blitzschnell den Kopf zu ihm und brüllten ihn an.

»Du Spasti!«, schrie Pjotr.

»Was denn?!« Fresse verstand nicht, was los war.

»Er hatte keine Ahnung von den Einbrüchen. Bis du es ihm eben erzählt hast. Du Schwachkopf!«, rief Marcel.

»Ups!«, war das Einzige, was Fresse dazu einfiel.

»Ich sage nichts!«, beeilte sich Timo zu versichern. »Echt nicht! Das geht mich überhaupt nichts an! Wir sind doch Buddies!«

»Und ob wir das sind«, zischte Marcel. »Allerbeste Buddies. Und Samstag kannst du das beweisen. Da wirste nämlich endgültig einer von uns! Dann kannste zeigen, wo du stehst!«

»Marcel! Bitte!«, flehte Timo.

»Samstagnacht!«, verkündete Marcel dramatisch. »Oder wir machen dich und die kleinen Kanaken platt!«

»Marcel …« Timo zitterte. Sein Kopf tat weh und ihm war übel.

»Jetzt verpiss dich. Und besorg dir ’nen Fisherman. Du stinkst nach Kotze«, sagte Marcel.

Timo schlich davon.

28

»Ist irgendwas?«

Henriette musterte ihre Kinder, die schweigend am Abendbrottisch saßen. Sie hatte erkennbar gute Laune gehabt, als sie Platz genommen hatte, denn sie würde, wie sie ihren Kindern gleich erzählt hatte, ab dem nächsten Monat in einer anderen Schicht arbeiten können, für die sie nicht mehr so früh aufstehen musste. Aber Nele und Timo hatten kaum reagiert.

»Ist irgendetwas passiert?«, hakte Henriette nach. »Etwas Ernstes?«

Timo schüttelte den Kopf und brummelte: »Nee. Bin nur müde.«

Und Nele sagte: »Alles okay. Ist nur so Scheiß. In der Schule. Ist egal.«

Henriette nickte. Sie wusste offenbar, wann es keinen Sinn mehr machte, auf einem Gespräch zu bestehen.

»Ich fühle mich nicht so gut. Ich geh ins Bett«, sagte Nele und stand auf.

Henriette schaute auf ihre Uhr. Es war erst kurz vor acht. »Möchtest du eine Aspirin?«, fragte sie, während Nele kopfschüttelnd in ihr Zimmer verschwand.

»Ich guck noch ein bisschen Netflix«, brummelte Timo und schlurfte ebenfalls in sein Zimmer.

Nele ließ sich aufs Bett fallen. Sie wusste nicht, ob sie weinen oder schreien sollte. Alles war so verwirrend, und sie hatte niemanden, mit dem sie darüber reden konnte. Das hier war eine Nummer zu groß für ein Mutter-Tochter-Gespräch. Henriette würde es nicht verstehen. Und selbst wenn: Sie würde nicht helfen können. Da musste Nele allein durch. Doch wie sollte sie das anstellen? Gerade hatte sie hier halbwegs ihren Platz gefunden, hatte sich eingerichtet in ihrem neuen Leben, hatte Freundschaften geschlossen … und sie hatte Rick gefunden. Rick, der total süß und romantisch sein konnte und viel sensibler war, als er zugeben mochte.

Aber das Widersehen mit Daniel hatte sie völlig aus der Bahn geworfen. Nele hatte es nicht gewollt, aber ihr Herz hatte ihr bis in die Kehle gepocht, als sie ihn wiedergesehen hatte. Sie hatte sich eingeredet, dass sie über ihn hinweg war. Doch als sie da zusammensaßen, in der blöden Bäckerei, und er ihre Hand genommen hatte, ganz selbstverständlich, als bestünde nicht der geringste Zweifel, dass sie wieder ein Paar werden würden, dass sie nahtlos dort anschließen könnten, wo sie aufgehört hatten – das war wunderschön gewesen. Und furchtbar. Und verwirrend. Einfach too much.

Warum hatte sie Daniel nicht gesagt, dass es Rick gab? Warum hatte sie nicht gleich klare Verhältnisse geschaffen? Kaum war sie bei einer Riesenlüge ertappt worden, da log sie schon wieder.

So würde dieses Chaos niemals enden!

Währenddessen saß Timo nebenan am Schreibtisch und studierte King Rafaels Facebook-Seite. Und was er da entdeckte, verursachte ihm eine Gänsehaut. Rafael hatte zwei Artikel gepostet, die scheinbar nichts miteinander zu tun hatten. Doch Timo verstand die Botschaft: Der erste Artikel zeigte das Foto eines lächelnden sechzehnjährigen Jungen im Rollstuhl. Darunter wurde beschrieben, wie dieser Junge von Unbekannten zusammengeschlagen worden war. Seitdem war er querschnittsgelähmt, gab aber den Mut nicht auf. Der zweite Post war ein kurzer YouTube-Zeichentrick-Clip, der davor warnte, zu dicht an einer Straßenkante oder einem U-Bahn-Gleis zu stehen, weil man nie sicher sein konnte, dass man nicht stolperte oder versehentlich angerempelt wurde. Beide Artikel hatte Rafael mit der Überschrift Total interessante Messages, oder? versehen. Timo erkannte sofort, welches Wort es ergab, wenn man die Anfangsbuchstaben dieser vier Wörter aneinanderreihte.

Was war los mit diesem Typen? Das war kein böser Scherz mehr, das war pervers. Rafael war ein echter Sadist. Ein Soziopath. Ein eiskalter, herzloser, grausamer Freak, verkleidet als netter Typ von nebenan. Timo traute ihm alles zu. So wie er auch Marcel einiges zutraute.

Wie hatte er es bloß geschafft, sich gleich zwei so gefährliche Feinde zu machen?!

Timo hatte Angst. Wie lange würde es dauern, bis Rafael ihn aufspürte? Und was war mit der Prüfung der Tough Boys? Was würde Marcel von Timo verlangen? Hoffentlich ließen die Tough Boys Navid und die anderen *Dusk Devils* in Ruhe. Vielleicht sollte er Navid warnen? Nein. Damit würde er ihn vermutlich erst recht in Gefahr bringen. Womöglich würde Navid sogar seinen Brüdern davon erzählen und dann gäbe es einen richtigen Bandenkrieg!

Timo überlegte, ob er die Polizei anrufen sollte. Aber was sollte er denen sagen? Die würden doch denken, er sei ein kleiner dummer Junge, der zu viele Gangsterfilme guckt. Und gegen Rafael konnte er erst recht nichts unternehmen. Egal, was er machen würde, Rafael könnte jederzeit Timos Handystreich auffliegen lassen. Einen Amoklauf anzukündigen, war keine Kleinigkeit. Dafür würde Timo einen Riesenärger bekommen.

Nein, an beiden Fronten war Timo ein Einzelkämpfer. Das Problem war nur, dass Timo überhaupt nicht wusste, wie man kämpfte.

•

Und plötzlich war da dieser Sturm! Nele wurde völlig von ihm überrascht. Die Wettervorhersage hatte nicht einmal Nieselregen angedeutet, und abgesehen von einer leichten Brise, einem kleinen grauen Unbehagen, das sich zuvor über Nele zusammengezogen hatte, hatte es auch keine Vorboten gegeben. Doch jetzt tobte der Sturm über ihr! Unerbittlich. Es heulte und dröhnte. Mehrere Äste krachten zu Boden, nur ein paar Schritte von Nele entfernt. Ein Mülleimer wurde aus seiner Verankerung gerissen und schepperte über den Beton. Nele zog den Kragen ihrer Jacke hoch und lief los. Der Regen prasselte herab wie Maschinengewehrsalven, weichte ihre Jacke binnen Sekunden völlig durch.

Nele schaute sich hektisch um. Es war niemand auf der Straße. Anscheinend hatten alle Leute das Unwetter kommen sehen und sich rechtzeitig in Sicherheit gebracht. Nur ihr hatte niemand Bescheid gesagt. Die Kleidung klebte ihr am Leib, kalt und beklemmend, die Haare hingen nass und schwer auf ihrem Kopf, der Regen peitschte ihr grausam ins Gesicht.

Sie stand auf einer völlig freien Fläche, nirgendwo gab es Schutz.

»Nele!«

Die Stimme drang nur leise zu ihr vor. Wo kam sie her?

»Nele! Komm! Los!«

Da, auf der anderen Straßenseite stand jemand! Er winkte ihr von einer überdachten Bushaltestelle aus zu! Dort würde sie Unterschlupf finden! Aber wer war das, der sie da rief? Die Stimme kam ihr bekannt vor! Ein Mann. Ein Junge. Daniel? Rick?

»Nele! Komm schon! Hier bist du sicher!«, rief die Stimme, und Nele eilte, die Sicht verschmiert von Wind und Regen, los. Und dann war da plötzlich ein lautes Kreischen, quietschende Bremsen, ein Auto, das wie aus dem Nichts aufgetaucht war, als Nele auf die Straße lief. Ein Auto, das viel zu schnell fuhr und nun beim Versuch, Nele auszuweichen, ins Schlingern geriet, bevor es mit einem ohrenbetäubenden Krachen in die Bushaltestelle donnerte.

»Nein!«, schrie Nele. »Neiiiin!!!!«

»Neiiiiiiin!!!«

Nele riss die Augen auf. Sie erschrak über die Lautstärke ihrer eigenen Stimme. Ein schriller Schrei, der in der Stille nachzuhallen schien. Neles Hand berührte ihre Bettdecke, sie strich sich verwirrt durchs Gesicht. Kalter Schweiß stand ihr auf der Stirn, aber kein Regen. Nele atmete erleichtert aus. Es war nur ein Traum gewesen.

Dann sah sie Rick an ihrem Bett stehen! Er grinste. Und hinter ihm stand Timo und schaute verwirrt.

War der Traum immer noch nicht vorbei?

»Wow! Alles klar bei dir?!« Rick lachte, setzte sich auf die Bettkante und nahm ihre Hand. »Das muss ja ein Hammertraum gewesen sein.«

»Alles okay, Nele?«, fragte Timo fürsorglich vom Türrahmen aus und zog sich diskret zurück, nachdem Nele verwirrt genickt hatte.

»Rick?«, stammelte Nele. »Was machst du denn hier? Wie spät ist es? Wie bist du hereingekommen?« Nele schaute sich um. »Wo ist meine Mutter?«

»Dein Bruder hat mich reingelassen«, sagte Rick. »Ich hab draußen gewartet, bis deine Mutter zur Arbeit gegangen ist.«

Nele griff nach ihrem Handy und schaute aufs Display. Es war kurz nach fünf.

Ihr fiel ein, dass sie ungeschminkt war und ihre Haare entsetzlich aussehen mussten. Und sie hatte das lange Schlaf-T-Shirt an, das mit dem kitschigen Comicpferd. Nele zog verschämt die Decke bis zum Hals hoch.

»Rück mal ’n Stück«, befahl Rick und Nele machte ein wenig Platz. Er streifte seine Sneakers ab und legte sich neben sie. Seinen Arm legte er über ihren Kopf, den Nele nun zögernd ein wenig anhob, sodass Rick seinen Arm darunterschieben konnte. Sie schmiegte sich an ihn, den Kopf halb auf seiner

Brust. Rick roch nach Zigarettenqualm und einem herben Duschgel. Sie liebte diesen Geruch inzwischen.

Eine Weile lagen sie einfach nur so da.

»Es tut mir echt leid, dass ich so eine Bitch bin«, sagte Nele schließlich.

»Na ja«, beschwichtigte Rick. »ich hab auch Fehler gemacht. Ich hätte dir das von Samira erzählen sollen. Schließlich gehören wir zusammen. Und dass du eifersüchtig bist und dass das alles hart für dich ist, mit deinem toten Vater und so ... na ja, das ist ja verständlich. Ich war da ein bisschen tough mit dir. War unfair von mir. Sorry.«

Für Ricks Verhältnisse war das eine richtige Grundsatzrede. Ein Großereignis. Und, wie Nele nun begriff, wahrscheinlich die größte Liebeserklärung, die sie je von ihm erwarten durfte.

Es war nicht die schlechteste aller Liebeserklärungen!

Rick hatte wer weiß wie lange vor ihrem Haus ausgeharrt, bis die Luft rein war und er zu ihr gehen, sich entschuldigen und ihr aufrichtig seine Liebe gestehen konnte.

Wenn Nele so darüber nachdachte, war das ziemlich romantisch. Sie hob den Kopf und küsste Rick.

Sein Kuss war leidenschaftlich und zärtlich zugleich. Einfach schön.

»Mit deinem Ex, läuft da noch was?«, fragte Rick.

»Nein«, versicherte Nele. »Bis gestern hab ich ja sogar gedacht, ich sehe ihn nie wieder.«

»Was ist das eigentlich für einer? So ein Ich-werd-mal-Banker-Bubi?«

Nele wollte Daniel nicht schlechtmachen, aber sie wollte Rick auch keinen Grund geben, eifersüchtig zu sein.

»Daniel ist voll nett«, sagte sie. Wohl wissend, dass »nett« für Rick die kleine Schwester von scheiße war. »Aber keine Angst: Gegen dich hat er keine Chance.«

Und jetzt, wo sie es aussprach, wurde ihr klar, dass es stimmte. Nele wusste jetzt, wo sie hingehörte. Sie lag neben dem richtigen Jungen. Alles würde gut werden.

Sie hörte Timo in der Küche hantieren und ergriff die Chance, das Gespräch zu beenden.

»Frühstück?«, fragte sie. »Hast du Hunger?«

»Ich könnte auch dich vernaschen.« Rick grinste sie an.

»Später«, sagte Nele lächelnd.

Rick rührte sich nicht.

»Geh schon mal zu meinem Bruder in die Küche. Ich komm gleich nach.«

»Nee. Ich guck dir lieber beim Anziehen zu. Find ich sexy.«

»Geh in die Küche«, sagte Nele mit gespielter Strenge.

»Musst dich nicht schämen.« Rick grinste. »Ich hab dein Bibi & Tina-Shirt schon gesehen. Kann ich mit leben. Mich interessiert sowieso mehr, was drunter ist.«

»Geh in die Küche.« Nele lachte und Rick stand auf und verließ das Zimmer.

»Habt ihr Eier?«, hörte sie ihn Timo fragen. »Hab voll Bock auf 'n Spiegelei.«

Als Nele zehn Minuten später angezogen, geschminkt und frisiert in die Küche kam, war Timo gerade dabei, die Spiegeleier auf Teller zu verfrachten.

»Wo ist Rick?«, fragte Nele.

»Balkon«, antwortete Timo.

Nele ging in das Schlafzimmer ihrer Mutter, von dem der kleine Balkon zum Hinterhof abging. Rick saß auf dem Boden, geschützt vor der Kälte und den neugierigen Blicken der Nachbarn, und rauchte einen Joint.

Nele war enttäuscht. Rick schaute mit seinen geweiteten tiefschwarzen Pupillen zu ihr hoch: »Hey. Sind die Eier schon fertig?«

29

Nele, Rick und Timo gingen gemeinsam zur Schule, doch Nele hätte sich nicht einsamer fühlen können. Rick hatte während des Frühstücks noch ziemlich herumgealbert, wobei sich die Pointen seiner Witze meist nur ihm selbst erschlossen hatten. Doch dann war er schlagartig still geworden und hatte nur noch durch Nele hindurchgeschaut. Und Timo wirkte sowieso die ganze Zeit, als wäre er nur noch eine leere Hülle. Völlig geistesabwesend.

Jetzt latschten die drei schweigend nebeneinanderher. Rick holte sein Handy hervor, machte Musik an und steckte sich einen der Kopfhörerstöpsel ins Ohr. Den anderen bot er Nele an. Die schüttelte den Kopf, worauf Rick bloß mit einem Achselzucken reagierte und auch sein zweites Ohr versiegelte. Nele sah ihn ungläubig an.

Wie konnte jemand in einem Moment so wunderbar, so spannend und hinreißend sein und im nächsten Augenblick solch ein total unsensibler Klotzkopf? Nele war ratlos. Waren das nur die Drogen oder war es Rick selbst? War das seine wahre Persönlichkeit? Nele wurde einfach nicht schlau aus ihm! Eben noch war sie so glücklich gewesen. Für einen kurzen Moment schien alles richtig, alles gut. Alles war mit einem Mal so klar gewesen. So eindeutig.

Doch jetzt war Nele wieder verwirrt.

Als sie das Schulgelände betraten, verabschiedete sich Timo mit einem kurzen »Tschüss« von den beiden und schlurfte zu seiner Klasse. Rick nahm den Kopfhörer ab und gab Nele einen Kuss, bevor er zu seinen Homies stapfte und sie lautstark begrüßte. Nele ging zu Ginny und Leia.

»Die Polizei hat gesagt, Samira hat nicht das Land verlassen!«, begrüßte Ginny Nele prompt mit der wichtigsten Information des Tages. »Deshalb hab ich dich heute auch nicht abgeholt. Weil meine Eltern mit denen telefoniert haben, und da wollte ich hören, was abgeht und so.«

»Die Polizei hat die Flughäfen gecheckt«, führte Leia aus. »Ob Samiras Reisepass da gescannt wurde. Kann aber natürlich auch sein, dass Samira von ihren Eltern in Dänemark oder Holland oder so in ein Flugzeug gesteckt wurde. Das können die nicht kontrollieren, glaub ich.«

Nele nickte nur gedankenverloren.

»Ob wir sie jemals wiedersehen?«, fragte Ginny besorgt.

Nele schluckte. Noch konnte sie Ginny und Leia die Wahrheit nicht erzählen.

Nele war froh, als die Schulklingel das Gespräch beendete.

Navid starrte Timo ungläubig an: »Was soll das heißen? Es ist dir was dazwischengekommen? Du bist doch von uns allen am geilsten auf das Konzert gewesen!«

»Ja. Tut mir auch echt voll leid. Aber ich kann nicht …«, murmelte Timo.

»Was ist denn das für ein Scheiß?!«, rief Navid. »Ich dachte, wir haben da voll was Gutes am Laufen!«

»Sorry …«

»Ja, sorry am Arsch! Ich will 'ne Erklärung! Du kannst doch nicht einfach so aussteigen, zehn Tage vorm Konzert!«

»Es ist … schwierig …« Was sollte er Navid nur erzählen? Die Wahrheit durfte er ihm nicht sagen. Und lügen wollte er nicht.

»Hör zu. Sag mir, was los ist. Dann fällt uns schon irgendwas ein …«, wechselte Navid nun in einen versöhnlicheren Tonfall.

»Es ist …«, hob Timo an, verstummte dann aber wieder.

»Was?! Was ist los, verdammt noch mal?!« Navid platzte der Kragen.

»Englisch ist los«, sagte die gut gelaunte Frau Plambeck, die gerade den Klassenraum betreten hatte. »Take a seat, Navid. Grab your book. Everybody: Sit down!«

Als es zur Pause klingelte, stürmte Timo aus dem Klassenraum. Er lief buchstäblich vor Navid davon. Auch wenn Timo eigentlich größere Probleme hatte, war er kurz davor loszuheulen, wenn er daran dachte, dass er nun doch nicht mit seinen Freunden auf der Bühne der Hamburger Markthalle stehen würde. Noch nie hatte sich Timo auf etwas so sehr gefreut wie auf dieses Konzert. Aber waren die *Dusk Devils* überhaupt noch seine Freunde? Nein. Das war vorbei! Timo musste den Tatsachen ins Gesicht sehen: Navid und die anderen waren keine Freunde mehr. Er hatte es verkackt! In diesem Moment sah Timo Marcel und Fresse auf sich zukommen.

»Hey, Timo Bambino.« Marcel lachte und gab Timo die Hand. »Was geht?«

»Hallo!« Fresse grinste dümmlich.

»Hi«, sagte Timo nervös.

»Wir haben beschlossen, was du als Prüfung machen musst!«, verkündete Marcel stolz. »Hab ich mir zusammen mit meinem Bruder ausgedacht!«

Timo sagte nichts, sondern wartete ab.

»Gar nicht neugierig?«, fragte Marcel nach einer Weile und lächelte den schweigenden Timo giftig an.

»Erzähl«, seufzte Timo.

Doch jetzt war es Marcel, der nichts sagte. Er genoss Timos Nervosität. Und die Spannung.

Fresse allerdings konnte nicht an sich halten: »Du sollst das Bricks anzünden!«, quietschte er begeistert.

»Was?!«, rief Timo entsetzt.

Marcel drehte sich zu Fresse um und schlug ihm ohne jede Vorwarnung mit der Faust ins Gesicht. Fresse schrie auf.

»Halt die Schnauze!«, zischte Marcel.

Fresse wimmerte »Entschuldigung« und wischte sich Blut von der Nase.

Timo stand immer noch unter Schock.

»Mein Bruder hat noch 'ne Rechnung mit den Fotzen im Bricks offen«, erklärte Marcel. »Und du musst beweisen, dass du mit den kleinen Kanaken nichts mehr zu tun hast. Deshalb zündest du ihren Übungsraum an.«

»Das könnt ihr doch nicht machen!«, rief Timo.

»*Wir* machen das ja auch nicht, *du* machst das«, entgegnete Marcel mit einem fiesen Lächeln.

»Nee! Echt! Das geht zu weit!«, protestierte Timo.

Marcel kam nun ganz nah an ihn heran. Sein Blick war eisig. Und seine Hand, die nun vorschoss und Timos Kehle umfasste, drückte kräftig zu. Timo röchelte.

»Samstag um Mitternacht«, sagte Marcel. »Du machst die Prüfung oder wir machen dich platt. Und die kleinen Kanaken auch. Denk nicht mal dran, zu den Bullen zu gehen. Du hast keine Beweise. Wenn du redest, dann kommen mein Bruder und seine Kumpel zu dir nach Hause. Und die ficken deine Schwester. Und die ficken deine Mutter. Und dann ficken die dich!«

Marcels Griff löste sich und Timo musste husten.

»Wir sehen uns Samstag«, sagte Marcel cool und ging davon.

»Tschüss«, sagte Fresse, als wäre nichts Besonderes passiert. Das Blut aus seiner Nase tropfte ihm auf die Jacke, während er Marcel »Hey! Warte auf mich!« hinterherrief und ihn mit hastigen Schritten einzuholen versuchte.

Es war ein langer, qualvoller Schultag, an dem Timo kein Wort von dem mitbekam, was die Lehrer sagten, so sehr war er damit beschäftigt, Navids Blicken auszuweichen und sich den Kopf zu zermartern, wie er aus dieser Sache wieder herauskommen könnte. Das Bricks anzünden?! Das war doch Wahnsinn!

Als um vierzehn Uhr das erlösende letzte Klingeln ertönte, eilte Timo zum Ausgang. Vor sich im Gang sah er seine Schwester, die mit Ginny und Leia auf das Haupttor zusteuerte. Zuerst spürte Timo nur eine merkwürdige Unruhe. Doch dann sah er, fast gleichzeitig mit Nele, was sich vor dem Schulgelände abspielte: Über dreißig Jungen und Mädchen mit Luftballons und Vuvuzelas wuselten dort herum!

Nele erstarrte. Sie entdeckte Daniel! Und Svantje! Und viele andere ehemalige Mitschüler. Fast ihre gesamte Poppenbüttler Clique hatte sich vor der Schule versammelt. Jemand rief: »Da ist sie!«, und prompt brach ein Tumult aus. Drei Dutzend Teenager lachten und tröteten. Zwei von ihnen hielten ein Transparent hoch, auf dem stand: *Welcome back, Nele! BFF!*

»Was geht denn hier ab?!«, kreischte Ginny ungläubig, und Leia fragte Nele: »Sind das die Ärsche von Facebook? Deine alten Freunde?«

Nele nickte nur apathisch.

Daniel, Svantje und einige andere kamen auf Nele zugelaufen und umarmten sie. Leia wurde dabei förmlich zur Seite geschubst. Es war ein riesiges Durcheinander und Nele war völlig überrumpelt. Die ganze Aktion war ihr maßlos peinlich. Daniel küsste die überraschte Nele und sagte: »Wir wollen, dass du weißt, wie wichtig du uns bist. Wir lassen dich nicht fallen!«

»Best Friends Forever!«, kreischte ein Mädchen, mit dem sie im Hockeyverein höchstens mal ein paar Worte gewechselt hatte, direkt in Neles Ohr.

Nele wäre am liebsten im Erdboden versunken.

»Wir machen 'ne Riesenparty für dich! Am Samstag! Bei mir zu Hause!«, rief Svantje.

»Was?!«, kreischte Ginny. »Das geht nicht! Nele?! Samstag ist *meine* Party!!«

»Ja«, stammelte Nele. »Das stimmt, Svantje. Samstag hab ich … äh … schon was vor.«

»Kann man das nicht verschieben? Wir haben schon alle eingeladen. Wird ein ganz großes Ding!«, ereiferte sich Svantje. Sie starrte die empörte Ginny an und wandte sich dann wieder Nele zu: »Deine … äh … Freundinnen können ja auch kommen. Ist kein Problem.«

»Ich weiß nicht …«, murmelte Nele.

»Na, nun lass sie doch erst mal Luft holen«, sagte Daniel lachend und küsste und umarmte Nele noch einmal. Seinen Arm ließ er auf Neles Schultern liegen. Nele schaute sich nervös um. Und als wäre das Ganze noch nicht übel genug, bemerkte sie nun, dass Rick etwas abseits an einer Mauer lehnte und alles beobachtete. Nele zog eine Grimasse und schaute ihn hilflos an. Er verzog keine Miene, drehte sich um und ging.

Timo beobachtete das peinliche Schauspiel aus dem Hintergrund. Damit wollte er nichts zu tun haben. Das Letzte, was er jetzt noch gebrauchen konnte, waren Schlagschatten aus seiner Vergangenheit. Timo verbarg sich hinter einem Pfeiler und scannte ängstlich die Menge. Und wie er es befürchtet hatte, entdeckte er Rafael darin! Der stand etwas abseits und hatte kein erkennbares Interesse an Nele. Er suchte stattdessen konzentriert das Schulgelände ab. Timo versteckte sich hastig hinter einem Pfeiler.

Fuck!

»Was sind das denn für Homos?«

Fresses Stimme schreckte Timo auf. Der Tough Boy war plötzlich neben ihm aufgetaucht. In seiner Nase steckte ein rot gefärbtes Stück Taschentuch. »Mit so was hast du abgehangen früher?«, staunte Fresse.

»Nele. Ich nicht«, murmelte Timo.

Er blickte vorsichtig um die Ecke. Als Rafael ihm den Rücken zuwandte, nutzte Timo die Chance und eilte los.

»Hey, Timo! Timo! Warte mal!«, rief Fresse und rannte ihm hinterher.

Verdammt! Timo konnte nur hoffen, dass Rafael das in dem Trubel nicht gehört hatte. Jetzt nur schnell weg!

Mit dem eifrig plappernden Fresse im Schlepptau war Timo schon bald aus dem Pulk heraus und auf der Straße. Er traute sich nicht, sich umzudrehen.

»Sei nicht sauer auf uns, okay«, brabbelte Fresse. »Wir mögen dich echt. Marcel ist nur angepisst, weil du ihn verraten hast.«

Timo hätte viel dazu sagen können. Er hätte Fresse erklären können, dass es kein Verrat war, mit mehreren Leuten gleichzeitig befreundet zu sein. Und dass man Freundschaften nicht einforderte, sondern sich verdiente. Aber momentan war es Timo völlig egal, was in Fresses unterentwickeltem Hirn vor sich ging. An den meisten Tagen tat Fresse ihm leid. Er war auch ein Opfer. Aber heute hatte Timo nicht die Energie für Mitgefühl. Gerade musste er aufpassen, dass er nicht selbst zum größten aller Opfer wurde.

Timo war nervös. Hatte Rafael ihn gesehen? Oder war er

davongekommen? Doch selbst wenn: Rafael brauchte nur Nele zu folgen, um herauszufinden, wo sie wohnten. Er würde ihm früher oder später auflauern. Vermutlich eher früher. Es gab kein Entkommen vor Rafael.

Timo ging jetzt auf den türkischen Kiosk zu. Die Scheibe, die er neulich zertrümmert hatte, war längst gegen eine neue ausgetauscht worden. In deren spiegelnder Oberfläche sah Timo nun Rafael! Er folgte ihnen und war nur noch wenige Schritte entfernt.

Timo vergaß vor Panik fast zu atmen.

Was jetzt?! Sich nichts anmerken lassen! Rafael war allein. Das war immerhin etwas. Er würde Timo ganz sicher nicht ohne seine Speichellecker angreifen. Er brauchte Backup und er brauchte Publikum.

»Die eine Sache noch, dann gehörst du voll zu uns!«, brabbelte Fresse – und Timo kam eine Idee!

Sehr laut sagte er: »Ja! Wir sehen uns Samstag um Mitternacht beim Bricks! Da sind wir allein! Niemand ist um die Zeit im Bricks!«

Gott, das war überdeutlich gewesen. Selbst Fresse schaute ihn etwas verwirrt an. Würde Rafael das schlucken?

Es war in jedem Fall ein Vorteil für Timo, wenn er wusste, wann und wo ihm Rafael auflauern würde. Aber wie er das Ganze überstehen sollte, wusste er damit noch lange nicht.

Timo bückte sich und tat so, als würde er sich die Schnürsenkel zubinden. Dabei schaute er unauffällig in die Scheibe. Er sah, wie Rafael kehrtmachte und davonging.

Angebissen!

»Eine tolle Freundin bist du!«, zischte Ginny. »Kaum tauchen deine Freunde von früher auf, kennst du uns nicht mehr!«

Nele seufzte. Es war kurz nach acht. Sie saß mit Ginny auf der Bank am Spielplatz. Bis um sechs hatte sie mit ihren früheren Freunden auf einer Wiese am Bramfelder See abgehangen. Die hatten dort ein Picknick vorbereitet. Mit Sekt und Häppchen.

»Du hättest doch mitkommen können«, sagte Nele. »Wir haben dich extra gefragt.«

»Ich bin doch nicht bescheuert! Als ob ihr mich wirklich dabeihaben wollt. Den Freak aus dem Ghetto. Ich mach mich doch nicht zum Affen!«

»Mir war das auch total peinlich«, sagte Nele.

»Quatsch!«, empörte sich Ginny. »Das fandst du voll geil! Deine Untertanen haben dir zugejubelt. Das macht man doch so bei kleinen Königinnen!«

»Ich hab das nicht gewollt«, murmelte Nele defensiv.

»Jetzt hast du endlich auch 'ne Ausrede, warum du nicht mit uns tanzen musst. Hattest du ja eh keinen Bock drauf!«, schimpfte Ginny weiter. »Aber weißt du was: Wir brauchen dich nicht! Wir haben geile Partys gefeiert, bevor du da warst! Und wir werden geile Partys feiern, wo du wieder weg bist! Mach doch deine Schickimickiparty und friss Kaviar, is mir doch egal!«

Ginny stand auf.

»Ich komme doch zu deiner Party!«, rief Nele. »Hab ich doch gesagt! Und wir machen auch die Choreo. Die andere

Party fängt schon um zwanzig Uhr an. Ich muss da hingehen, die haben sich so viel Mühe gegeben. Das sind ja auch meine Freunde. Aber ich gehe da einfach früher, so kann ich locker vor Mitternacht bei dir sein. Und dann feiere ich mit euch!«

»Oh, wie großzügig! Die kleine Königin kommt zum Ende noch mal kurz vorbei! Weiß du was: Fick dich! Du gehörst sowieso nicht zu uns! Ich hatte Mitleid mit dir, wo du hier angekommen bist. Du hast immer ausgesehen, als ob du gleich losflennst. Hab gedacht, ich kümmere mich 'n bisschen um dich. Aber du willst ja sowieso nur wieder weg!«

Nun wurde auch Nele sauer. »Das ist scheißegal, ob ich wegwill oder nicht! Ich *kann* gar nicht weg! Das ist echt nicht fair!«

»Tja, Püppi. Das Leben ist nicht fair. Hol dir 'ne Tüte Mitleid bei deinen richtigen Freunden ab!« Damit stapfte Ginny davon.

»Ich komme zu deiner Party! Versprochen! Wir machen den Tanz!«, rief Nele ihr hinterher.

Ginny zischte nur verächtlich und drehte sich nicht einmal mehr um.

Nele hätte schreien können! Sie holte ihr Handy aus der Tasche, das die ganze Zeit vibriert hatte. Svantje hatte eine *Welcome back, Nele*-Gruppe bei WhatsApp eingerichtet, in der inzwischen hundertvierunddreißig Nachrichten darauf warteten, von Nele gelesen zu werden. Aber die interessierten sie im Moment wenig.

Sie las stattdessen noch einmal die letzte Message von Daniel: Ich bin immer für dich da! Egal wo. Egal wann. Du wirst immer zu mir gehören.

Das war schön. Etwas dick aufgetragen vielleicht, aber schön.

Aber war es das, was sie wollte?

Nele schickte eine Nachricht an Rick.

NELE: Bitte lass uns reden! Es ist nicht, wie es aussieht!

Die Antwort kam zwei Minuten später:

RICK: Lass stecken. Das ist mir alles zu blöd.

Dreißig Sekunden später folgte noch:

RICK: Grow up!

30

Nele hatte das schöne Kleid angezogen, das sie sich neulich auf der Feier im Schrebergarten nicht zu tragen getraut hatte. Schon als sie beim Bahnhof Poppenbüttel aus dem Bus stieg, ergriff sie eine enorme Wehmut. Wie oft hatte sie hier mit Freundinnen Fahrten in die City gestartet und beendet? Wie oft waren sie im Einkaufszentrum nebenan durch die Gänge gestreift, hatten unzählige Klamotten anprobiert, Smoothies getrunken und im Coffeeshop gesessen und getratscht? Als Nele im Bus durch halb Poppenbüttel fuhr, bis sie schließlich in dessen vornehmstem Teil ankam, fühlte sich das total unwirklich an. Wie eine Zeitreise.

Nele trat durch das Tor auf Svantjes Anwesen. Es war Punkt zwanzig Uhr. Normalerweise wäre sie nie so ultrapünktlich zu einer Feier erschienen, aber Nele hatte sich vorgenommen, frühzeitig wieder aufzubrechen, um es noch zu Ginnys Party zu schaffen. Ginny hatte ihr die letzten beiden Tage die kalte Schulter gezeigt. Zum ersten Mal war ihre Wut auf Nele nicht sofort wieder verpufft. Es war also wirklich ernst – und Nele war fest entschlossen, das wieder in Ordnung zu bringen. Ginny fehlte ihr. Doch Nele war guter Hoffnung, dass sich alles wieder einrenken würde, wenn sie Ginny heute beweisen könnte, dass sie eine echte Freundin war.

Mit Rick war es sehr viel komplizierter. Nele drang einfach nicht zu ihm durch. Er schien nicht richtig sauer zu sein, sonst hätte eine Entschuldigung vielleicht geholfen. Rick war eher genervt. Und enttäuscht. Offenbar war Nele doch nicht die, die er in ihr gesehen hatte. Wenn sie ihn ansprach, ließ er sie maulfaul abblitzen. Nele wusste nicht mal, ob sie nur eine Krise hatten oder nicht mehr zusammen waren. Es machte sie wütend, dass Rick sie einfach so in der Luft hängen ließ, nichts erklärte und auch keine Erklärungen von ihr haben wollte.

»Nele!«, hörte sie Daniels Stimme. Er kam auf sie zugeeilt, umarmte sie und küsste sie auf den Mund.

»Hi!« Nele lächelte.

Jetzt liefen auch Svantje und drei, vier andere Leute auf sie zu, umarmten sie und freuten sich, sie zu sehen.

»Komm rein! Was willst du trinken?«, fragte Svantje.

»Ein Bitter Lemon«, sagte Nele. Sie würde sich heute nicht betrinken, denn sie wollte auf keinen Fall Mist bauen.

Svantje zog sie an der Hand ins noch fast leere Wohnzimmer. Svantjes Eltern hatten sich diskret in den hinteren Teil der Villa zurückgezogen. Auf einem langen Tisch stand ein Buffet: Blätterteighäppchen, vegetarisches Sushi, Mangosalat, Ruccola-und-Parmaschinken-Wraps, Teriyaki-Spießchen.

Wenn Ginny hier wäre, würde sie sich den Finger in den Hals stecken und so tun, als ob sie kotzen müsste. Sie würde so etwas sagen wie »Wer hat denn das Food hier hingestellt? Deine Oma und ihr Butler?« und dabei vielleicht einen der Wraps hochhalten und skeptisch mustern, als wäre es ein radioaktiver Brennstab.

»Geiles Buffet, oder?«, sagte Svantje, die Neles Blick zum Essenstisch falsch interpretiert hatte. »Meine Mutter kennt diesen Typ, der voll das angesagte Catering macht. Das sind die gleichen Sachen, die die auch bei der Premiere von dem neuen Til-Schweiger-Film serviert haben!«

»Cool«, murmelte Nele.

»Alle werden kommen!«, sagte Svantje strahlend. »Nicht einer hat abgesagt! Doch, einer: Rafael. Der hat irgendeinen wichtigen Termin. Egal. Aber sonst wollte echt keiner die Chance verpassen, dich zu sehen! Du bist Talk of the town, Baby!«

Nele kam sich vor wie eine Zirkusattraktion. Erwartete man irgendwelche Kunststückchen von ihr? Oder zumindest einen Haufen lustige Anekdoten aus Schmuddelhausen?

Jetzt bemerkte Nele den Beamer, der eine Abfolge von Fotos und Videoschnipseln auf die Stirnwand des Zimmers projizierte. Und auf den Bildern: Nele, nichts als Nele! Eine Nele-Endlosschleife! Ihre Freunde mussten alle ihre Handys und Festplatten durchsucht haben und irgendjemand hatte daraus dann eine große Nele-Show gebastelt. Nele sah sich auf dem Hockeyfeld und bei der Skireise in Arosa. Sie sah sich tanzen, lachen, sie sah sich auf der Bühne bei der Schulaufführung von *Ein Sommernachtstraum*, auf Partys und Ausflügen. Alte Grundschulbilder mit ihren Freunden und Fotos von ihrer Abschiedsfeier.

Sie lachte fast auf jedem Bild. Nele schluckte. Mit Entsetzen stellte sie fest, dass ihre Augen feucht wurden. Das hatte ihr gerade noch gefehlt, dass sie jetzt zu flennen anfing!

»Bin gleich wieder da«, sagte sie und eilte zum Gästeklo.

Dort putzte sie sich die Nase, trocknete sich die Augen und reparierte ihr Make-up.

Dann betrachtete sie sich im Spiegel. Sie kam sich fremd vor in diesem Haus.

Zwei Stunden später war die Villa rappelvoll. Mindestens sechzig Jungen und Mädchen tummelten sich hier.

Nele hatte Angst gehabt, dass sich einige über sie lustig machen würden. Wenn man ehrlich war, dann war diese New-York-Lüge ja auch voll peinlich. So peinlich, dass Neles Mutter, seit Timo und sie ihr gebeichtet hatten, dass sie aufgeflogen waren, nicht mehr als Telefon ging. Früher oder später würde auch Henriette sich ihren früheren Freunden stellen müssen, aber noch traute sie sich nicht. Dabei wäre es vermutlich nur halb so schlimm, denn ganz Poppenbüttel war offenbar voll auf dem Verständnis-Trip. Niemand machte Nele blöd an. Auch wenn sich Nele sicher war, dass hinter ihrem Rücken über die Familie Brüggemann durchaus gelästert und gekichert wurde, waren zumindest ihre Freunde alle total nett und süß zu ihr und wollten alles über ihr neues Leben wissen.

»Das ist alles voll mit verschleierten Frauen da, oder? So mit Burkas und so. Da sind doch voll viele Muslime in Steilshoop, oder?«, fragte Jana.

Bevor Nele antworten konnte, dass zwar einige ihrer Nachbarinnen mit Kopftuch herumliefen, aber keine einzige mit Komplettverschleierung, rief Paul lachend dazwischen: »Nee! Da gibt's doch auch Chantals und Kevins, oder? Chantal hat schon zwei Kinder, aber noch keinen Schulabschluss, und Kevin hat 'nen Pitbull!«

Allgemeines Gelächter.

»Oh, das muss voll gruselig sein, wenn einem einer so mit 'nem Pitbull entgegenkommt!«, sagte Sophie nun ernst. »Wechselst du dann die Straßenseite, Nele? Oder provoziert das die Typen nur, wenn du Angst zeigst, und die gehen dann erst recht auf dich los?«

»Es ist noch keiner mit einem Pitbull auf mich losgegangen«, sagte Nele kopfschüttelnd. Langsam wurde es echt ein bisschen albern. »Ich hab bisher überhaupt keine Kampfhunde gesehen. Aber ein Mann, eine Straße weiter, hat einen Dobermann. Der sieht auch voll fies aus und hat so ein krasses Stachelhalsband, aber eigentlich ist er richtig süß. Total verschmust.«

»Der Typ oder der Dobermann?«, kicherte Paul und alle lachten mit.

»Was habt ihr denn so in der Schule?«, wollte dann Lisa-Amélie wissen. »Sind das so mehr oder weniger dieselben Fächer wie bei uns, auch mit zweiter Fremdsprache und so, oder habt ihr mehr so praktische Sachen wie Kochen und Hauswirtschaft?«

Nele seufzte: »Ich glaube, ihr stellt euch das alles ein bisschen sehr …«

»Ist der Straßenstrich direkt bei dir am Haus oder mehr so versteckt?«, unterbrach sie Janus.

»Äh. Es gibt da keinen Straßenstrich«, antwortete Nele.

»Doch, das weiß ich ganz genau! Das hab ich gelesen. Da wird auch mit Crystal Meth gedealt!«

Nele musste lachen: »Digga! Jetzt geht's aber echt mit dir durch, wa?«

Alle starrten sie an.

Fuck. Sie hatte wie eine echte Ghetto Bitch geklungen!

»Ich brauche ein bisschen frische Luft«, sagte Nele zu Daniel.

»Es ist ziemlich kalt draußen«, wandte der ein, doch Nele war schon unterwegs zur Garderobe und nahm sich ihre Jacke.

»Dann musst du mich halt wärmen«, rief sie ihm zu.

Daniel lächelte und griff ebenfalls nach seiner Jacke.

Die beiden gingen in den Garten, der eher einer Parkanlage glich. Nele setzte sich auf eine Bank unter einer Eiche. Es war wirklich zu kalt für ihr dünnes Kleidchen, aber das konnte sie jetzt nicht mehr zugeben.

Daniel setzte sich neben sie und zog sie an sich. Seine Umarmung tat gut und fühlte sich gleichzeitig falsch an.

»Ich komme mir irgendwie doof vor. Als ob ich hier für etwas gefeiert werde. Dabei hab ich doch totale Scheiße gebaut«, sagte sie.

»Wir sind einfach alle wahnsinnig froh, dass du wieder da bist«, sagte Daniel. »ICH bin froh, dass du wieder da bist!«

Er legte seine Hand auf ihre Wange, strich mit dem Daumen über ihre Nase. Dann küsste er sie. Und Nele küsste zurück. Daniel küsste anders als Rick, sanfter, vorsichtiger, fragend irgendwie. Nele löste sich langsam von ihm, lächelte ihn an und drehte sich dann zur Seite. Er sollte ihre Verwirrung nicht sehen. Sie fragte sich, was sie hier eigentlich machte. War das richtig?

Sie sah durch die Fensterfront ihr früheres Leben auf der Leinwand vorbeiflimmern. Gerade war ein Foto zu sehen, das sie und Svantje vor der Barclaycard-Arena zeigte. Max hatte es an dem Abend des *Lisa T.*-Konzerts gemacht.

War das wirklich erst ein paar Monate her?! Nele kam es vor wie eine Ewigkeit.

»Ich hab mit meinen Eltern gesprochen«, sagte Daniel. Er klang irgendwie feierlich. »Ich würde dir gern etwas vorschlagen.«

Nele schaute ihn fragend an.

»Sie haben gesagt, es wäre okay, wenn du bei uns wohnst. Dann kannst du wieder hier zur Schule gehen. Und bei deinen Freunden sein. Bei uns.«

»Was?!« Nele konnte es nicht glauben. Hatte er das eben wirklich gesagt?!

»Na, wir haben doch reichlich Platz. Weißt du ja. Und ich würde mich total freuen. Dann wären wir zusammen. *Richtig* zusammen. Und du wärst endlich wieder raus aus diesem …«

Nele stand der Mund offen. Sie wusste nicht, was sie sagen sollte.

»Nele?«

»Ich soll meine Familie verlassen?!«

»Quatsch! Verlassen! Du kommst einfach wieder zurück zu uns, hierher nach Poppenbüttel, in dein Zuhause, wo du hingehörst. Deine Mutter und deinen Bruder, die kannst du ja jederzeit besuchen. Aber du musst … das ist doch nicht deine Welt da! Dort bist du chancenlos. Wir können dich doch nicht vor die Hunde gehen lassen! Ich liebe dich, ich will für dich da sein, dir helfen, dich ret…«

Daniel biss sich auf die Zunge.

»Mich retten?!« Nele starrte ihn ungläubig an. »Du glaubst, dass ich gerettet werden muss?!«

»Nein! Natürlich nicht! Das ist mir nur so rausgerutscht! Aber ... helfen! Wir ... Ich will dir helfen. Du gehörst zu uns, nicht ... dahin.«

Nele konnte es nicht fassen! Daniel schaute sie erwartungsvoll an.

»Mir ist kalt«, sagte sie.

»Äh. Ja. Klar. Lass uns wieder reingehen.« Daniel nickte und reichte ihr die Hand. Ganz der Kavalier.

»Denk drüber nach, ja?«, bat er sie, während sie auf das Haus zugingen.

Nele nickte gedankenverloren.

Als sie ins Wohnzimmer traten, rief jemand: »Da ist sie!!«

Oh Gott, was denn jetzt noch?!

Svantje schlug mit einem Löffel leicht gegen ihr Glas, das Stimmengewirr erstarb. Sie räusperte sich.

»Also! Ich möchte ein paar Worte sagen!«

Svantje schaute Nele an, die neben Daniel stand und verlegen lächelte. Es war unfassbar anstrengend, stundenlang im Mittelpunkt zu stehen.

»Als Daniel und ich Nele wiedergefunden haben, war das echt ein Schock! So total aus dem Nichts! Wir sind ja nach Steilshoop gefahren wegen dieses Projekts und das war sowieso schon ziemlich krass alles und abgefuckt und so. Und die Schule dort, also, das ist schon No-go-Area – ein Haufen Jogginghosen und Bling-Bling. Und dann steht mittendrin plötzlich Nele! Wie ein Geist! Ich hab gedacht, ich werde ohnmächtig!«

Ein paar Leute lachten. Nele lächelte gequält.

»Liebe Nele!«, sprach Svantje sie nun direkt an. »Das war schon schräg und ehrlich gesagt auch ein bisschen derbe, was du uns allen vorgemacht hast. Mit New York und so, aber du sollst wissen, dass wir dir das nicht übel nehmen. Bei so einem Schock, wie du ihn erlebt hast, ist es ja verständlich, wenn man sich ein bisschen danebenbenimmt.«

Svantje schaute sie gönnerhaft an, während Neles Lächeln immer mehr einer Grimasse glich. Oh Gott, hoffentlich war diese Ansprache gleich vorbei!

»Ich will mir gar nicht vorstellen, was du da alles durchgemacht hast. Das muss echt übel gewesen sein, so ohne Freunde, ohne irgendjemanden, der auf deinem Niveau ist. Aber das ist ja jetzt vorbei. Wir sind soooo happy, dich wiederzuhaben! Wir lieben dich, Nele! Du gehörst zu uns!«

Svantje hob ihr Glas und rief: »Auf Nele!«

Alle im Raum brüllten: »Auf Nele!«, und Nele wurde knallrot. Sie schaute Daniel an. War der auch so peinlich berührt? Nein, er strahlte über das ganze Gesicht.

Svantje kam auf sie zugeeilt, breitete die Arme aus und drückte Nele so fest, als würde sie Abdrücke auf ihr hinterlassen wollen. Neles Hand ruhte eher schlaff auf Svantjes Rücken. Ihr war das alles zu viel. Es war rührend. Es war wahnsinnig lieb gemeint. Aber es war too much.

»Oh, fast hätte ich es vergessen!«, rief Svantje jetzt laut und ließ Nele endlich los. Alle Augen wandten sich ihr zu. »Das Wichtigste überhaupt! Der totale Hammer! So ungefähr um Mitternacht kommt eine ganz große Überraschung für dich, Nele! Du wirst begeistert sein!«

»Was?«, stammelte Nele.

»Lass dich überraschen!« Svantje lachte.

»Nee. Das geht nicht. Das ist … Ich hab einer Freundin versprochen … Um Mitternacht muss ich …«, stammelte Nele.

»Mach dir keine Gedanken um den Rückweg. Du kannst hier pennen!«

»Nein. Das geht nicht. Ich meine …« Neles leiser Protest war in dem Trubel kaum zu hören.

»Wart's ab! Das wird die Überraschung des Jahrhunderts! Das wird sooooo geil!!« Svantje kreischte fast. Und ehe Nele noch etwas sagen konnte, war sie auch schon wieder im Getümmel verschwunden.

Nele schaute hilflos Daniel an.

»Ich kann nicht«, flüsterte sie. »Ich kann nicht so lange bleiben.«

»Wenn du wüsstest, was die Überraschung ist, dann würdest du nicht eine Sekunde zögern!« Daniel strahlte immer noch.

»Nein. Im Ernst. Ich muss allerspätestens um Mitternacht wieder in Steilshoop sein!«

»Sonst verwandelst du dich in einen Kürbis wie bei Aschenputtel, oder wie?« Daniel lachte.

»Sonst verwandle ich mich in ein arrogantes Miststück«, sagte Nele ernst. »Ich hab's jemandem versprochen. Es ist wirklich wichtig!«

Daniel zögerte. Dann nahm er Neles Hand und zog sie zur Seite. Er schaute sich um, ob auch niemand sie hörte.

»Okay«, sagte er dann in verschwörerischem Tonfall. »Du darfst niemandem sagen, dass ich es dir verraten habe! Und du musst total überrascht tun, wenn es so weit ist! Versprichst du das?!«

Nele nickte nervös.

»Um Mitternacht kommt *Lisa T.* hier vorbei! Höchstpersönlich!«, verkündete er.

Nele starrte ihn fassungslos an.

»Doch! Echt!«, ereiferte sich Daniel. »Svantjes Vater ist total dicke mit dem Anwalt von *Lisa T.'s* Agenten. Er hat dem bei irgendeinem Immobiliendeal geholfen oder so und deswegen schuldet der ihm noch einen Gefallen. Und *Lisa T.* ist heute sowieso in Hamburg, in irgendeiner Talkshow, und irgendwie hat Svantjes Vater es geschafft, dass sie danach hier vorbeikommt und vielleicht sogar einen Song singt. Unplugged. Auf jeden Fall kannst du sie persönlich kennenlernen! Ist das nicht geil?!«

»Wow!«, staunte Nele. »Hammer!«

Ihr schwirrte der Kopf. Was war das bloß für eine Party?! *Lisa T.* höchstpersönlich?! Unglaublich! Nele wusste überhaupt nicht mehr, was sie noch denken oder fühlen sollte.

»Ich muss auf Klo«, stammelte sie.

Daniel nickte: »Bis gleich.«

Sie schob sich durch den Raum und ignorierte die unzähligen Blicke, die sich auf sie richteten, die Hände, die nach ihr griffen, und die Leute, die sie ansprachen. Sie ging einfach freundlich lächelnd weiter.

Irgendwann stand sie draußen auf der Terrasse. Mit nichts als ihrem dünnen Kleid am Leib. Als sie zu zittern anfing, sah sie sich suchend um. Ein Stück entfernt war ein Gartenschuppen, dessen Tür halb offen stand. Nele schaute hinein und entdeckte an einem Haken eine zerschlissene und schmutzige Daunenjacke, die offenbar dem Gärtner gehörte. Nele zog sie an. Sie roch muffig und war so groß, dass Nele darin fast verschwand.

Nele ließ sich auf den Boden vor dem Schuppen gleiten. Da saß sie nun. Ein zitternder Hauch von Mädchen in einem großen Klumpen Klamotte. Sie schaute durch das Fenster des Schuppens in die beleuchtete Fensterfront der Villa, zu all diesen Menschen, mit denen sie einmal befreundet gewesen war.

Nele verspürte nicht das geringste Bedürfnis, wieder hineinzugehen.

Hieß das, sie gehörte nicht mehr dazu?

»Du bist eine undankbare Zicke, Nele«, murmelte sie.

Das waren doch ihre Freunde! Sie hatten ihr nichts getan. Im Gegenteil! Sie hatten sogar ein großes Fest für sie organisiert. Sie hatten sie trotz ihrer Lügen mit offenen Armen empfangen. Sie hatten eine Überraschung geplant, über die man in Poppenbüttel wahrscheinlich noch jahrelang reden würde. *Lisa T.*! Wahnsinn!

»DA bist du! Was machst du denn hier draußen?«

Nele schaute auf. Daniel blickte besorgt zu ihr hinunter. »Ich hab dich gesucht.«

»Ich … ich kann das nicht«, sagte sie.

Daniel schaute sich um, nahm eine Plastikplane aus dem Regal, mit der die Gärtner bei Nachtfrost wohl die empfindlichen Pflanzen abdeckten, legte sie auf den dreckigen, kalten Boden und wartete, dass Nele sich daraufsetzte. Als sie jedoch keine Anstalten machte, auf die Plane zu rücken, nahm er selbst darauf Platz.

»Das geht so nicht, wie du dir das vorstellst«, sagte Nele. »Es hat sich eine Menge verändert.«

Er nahm ihre Hand: »Nichts hat sich verändert, Nele. Ich liebe dich immer noch.«

Nele schüttelte den Kopf: »Du liebst eine Nele, die es nicht mehr gibt.«

»Das stimmt nicht! Du bist immer noch dieselbe.«

»Du hast mich nicht mal gefragt, was ich will. Du hast alles beschlossen. Du willst einfach so tun, als wären die letzten Monate nicht geschehen.«

»Ja. Warum auch nicht? War doch super vorher.«

»Ich hab mich aber verändert«, sagte Nele.

»Klar hast du das. Ein bisschen bestimmt. Da bin ich cool mit«, sagte Daniel. »Aber nur weil du ein paar Monate bei diesen … in Steilshoop … leben musstest … das war natürlich scheiße, aber jetzt kannst du zurück …«

Nele seufzte und zog ihre Hand weg: »Vielleicht will ich das gar nicht mehr.«

»Quatsch«, sagte Daniel. »Natürlich willst du das. Klar, bei uns ist einiges auch nicht so toll. Ich bin ja nicht blöd. Ich seh ja auch, was in Poppenbüttel nervt. Aber das ist dein Zuhause. Hier gehörst du hin. WIR gehören hier hin. Du und ich. Ich will dich nicht verlieren!«

Nele schaute ihn traurig an und Daniel begriff: »Du hast einen neuen Freund?«

»Ja«, antwortete Nele. »Das heißt: nein. Ich … ich weiß es nicht.«

»Was soll denn das heißen?«

»Ich hatte einen neuen Freund. Aber ich hab's verkackt. Und jetzt weiß ich nicht, ob er mich noch will.«

Daniel schaute ihr tief in die Augen: »Dann ist er ein Idiot. Ich will dich. Ganz sicher. Für immer!«

»Nichts ist sicher, Daniel«, sagte Nele und stand auf. »Das hab ich in den letzten Monaten gelernt.«

»Nele …« Er war verzweifelt.

»Es tut mir leid. Wirklich«, sagte sie, während Daniel sich ebenfalls erhob.

Die beiden standen sich nun gegenüber, ganz nah, und Nele war kurz davor zu weinen. Es war verdammt schwer und tat furchtbar weh. Aber sie hatte sich entschieden.

»Was ist besser an ihm als an mir?«, fragte Daniel.

Nele war überrumpelt von der Frage. Sie überlegte lange. Dann sagte sie: »Wahrscheinlich nichts. Aber … er will mich nicht retten, weißt du. Er will, dass ich selbst meine Sachen auf die Reihe kriege.«

Sie sah, dass Daniel nicht verstand, was sie meinte, und es war auch nicht leicht zu erklären. Rick war einfach Rick. Er war der, den Nele jetzt brauchte. Und wollte. Und wenn er *sie* nicht mehr wollte, dann würde sie um ihn kämpfen. Sie erwartete nicht mehr, dass sie alles serviert bekam. Sie würde ihren Arsch hochkriegen.

»Es tut mir leid«, sagte sie.

»Nele …«, stammelte er. Seine Augen waren feucht, aber er gab auf und versuchte nicht mehr, sie umzustimmen, als er ihren entschlossenen Blick sah: »Bleib wenigstens noch eine Weile hier, ja? *Lisa T.* und so …«

Nele schüttelte bedauernd den Kopf.

Daniel schaute auf seine Uhr: »Okay. Bis Mitternacht? Ich ruf dir ein Taxi.«

»Ich hab kein Geld für ein Taxi«, sagte Nele.

Daniel griff in seine Tasche und holte wortlos sein Portemonnaie hervor.

»Ich nehm den Bus.« Sie öffnete die Schuppentür.

»Aber … ich … Seh ich dich wieder?«, stammelte Daniel.

»Klar«, nickte Nele. »Ich hoffe doch, dass wir immer noch Freunde sind!«

Daniel nickte und schaffte sogar ein kleines, tapferes Lächeln.

Und dann ging Nele. Als sie auf der Terrasse an einem Eiskübel mit Flaschen vorbeikam, schnappte sie sich kurz entschlossen zwei Pullen Sekt.

Nele standen Tränen in den Augen. Es tat weh zu gehen. Es tat weh, sich zu entscheiden. Und es tat gut.

Sie schaute auf ihr Handy, als sie den Weg zum Haupttor entlangging. Es war kurz nach elf. Knapp, aber sie würde es noch rechtzeitig zu Ginnys Party schaffen. Ihr Handy blinkte alarmierend: Akku fast alle.

Als Nele die Straße zur Bushaltestelle entlangging, rollte ihr ein fetter BMW mit getönten Scheiben entgegen. Der Wagen hielt an und der Fahrer kurbelte die Scheibe herunter.

»Entschuldigung«, sagte der Mann, »ich suche die Nummer 19. Stötzner.«

Nele neigte den Kopf ein wenig, um durch den offenen Fensterschlitz ins Innere des Wagens schauen zu können. Tatsächlich: Auf dem Rücksitz saß *Lisa T.*! Für einen kurzen Moment trafen sich ihre Blicke.

»Hi!«, lachte Nele ihr Idol an.

Lisa T. nickte fast unmerklich, einer ihrer Mundwinkel zuckte halb belustigt, halb verächtlich, dann wandte sie sich wieder ihrem Smartphone zu.

Bitch!

»Stötzner ist da runter. Drittes Tor rechts«, sagte Nele zum Fahrer und lief weiter.

31

Timo saß im Dunkeln auf der kleinen Mauer hinter dem Kiosk und schaute auf die Uhr. Noch knapp eine Stunde bis Mitternacht. Er hatte seiner Mutter erzählt, dass er bei einem Freund übernachten würde, und die hatte natürlich keine Einwände gehabt. Henriette konnte es wohl immer noch nicht glauben, dass ihr Sohn endlich Freunde hatte, und lebte deshalb in dem Irrglauben, er wäre glücklich.

Timo fror, doch er musste noch eine Weile in seiner dunklen Nische ausharren. Die letzten beiden Tage hatte er sich den Kopf zermartert, wie er aus der Klemme, in der er steckte, wieder herauskommen könnte. Aber ihm war nichts eingefallen. Musste er wirklich das Bricks anzünden? Für so etwas kam man in den Jugendknast! Das könnte sein ganzes Leben ruinieren! Auch für sein Problem mit Rafael hatte Timo keine Lösung gefunden. Er war sich ziemlich sicher, dass Rafael mit seinen Schlägern heute ebenfalls beim Bricks auftauchen würde, und Timo hatte den vagen Plan, Marcel und die anderen gegen seine Poppenbüttler Peiniger aufzuhetzen. Wie er das anstellen sollte, wusste er noch nicht, und er war sich auch nicht sicher, wer bei solch einem Kampf den Kürzeren ziehen würde. Aber so würde er vielleicht wenigstens einen seiner Feinde loswerden.

Immer wieder drangen laute Musik und lachende Stimmen zu Timo herüber. Im Gemeindehaus, nur zwei Straßen vom Bricks entfernt, fand irgendeine Party statt.

•

Nele lief, so schnell sie konnte, doch der Bus fuhr ihr direkt vor der Nase weg. Eine Minute früher, dann hätte sie ihn noch erwischt! Die Minute, die sie mit *Lisa T.'s* Fahrer verplempert hatte.

»Scheiße«, fluchte Nele, »verdammte Scheiße!!!«, und sprang dabei wütend auf und ab. Ein älteres Ehepaar, das aus dem Bus gestiegen war, schaute sie skeptisch an und machte einen deutlichen Bogen um sie. Vermutlich dachten sie, ihr schönes Viertel gehe nun endgültig vor die Hunde. Ein hysterisches Mädchen mit nackten Beinen, in einer stinkenden Jacke, die selbst die Altkleidersammlung nicht mehr akzeptieren würde, und zwei Pullen Alkohol in der Hand – so was gehörte hier nicht her! Nele waren die Blicke der beiden egal. Sie stapfte zur Haltestelle und versuchte, den Fahrplan zu studieren. Es war zu dunkel. Sie stellte die Sektflaschen auf den Boden, holte ihr Handy aus der Tasche und schaltete die Taschenlampen-App ein. Der nächste Bus kam erst in vierzig Minuten!

»Verfluchte Scheiße!!! Scheiße! Scheiße! Scheiße!«

Nele brüllte jetzt hemmungslos herum. Das ältere Ehepaar beschleunigte seine Schritte.

»Schneller, Horst«, hörte sie die Frau ihrem Gatten zuzischen. »Nicht dass uns diese Verrückte noch überfällt! Die bedrohen Leute mit infizierten Haschischspritzen, hab ich gelesen!«

Es wäre komisch gewesen, wenn Nele nicht so verzweifelt gewesen wäre. Okay. Ganz ruhig. *Nachdenken*, befahl sie sich selbst. Sie würde doch ein Taxi nehmen müssen! Früher hatte sie das ständig gemacht. Inzwischen erschien es ihr total großkotzig. Aber heute musste es sein! Allerdings …

Nele schaute in ihr Portemonnaie. Es waren noch knapp 20 Euro darin. Damit würde sie es nicht bis nach Steilshoop schaffen, aber zumindest bis zum Poppenbüttler Bahnhof, wo sie hoffentlich schnell ihren Anschlussbus erwischen würde.

Nele drückte die »My Taxi«-App ihres Handys. Das Display flackerte. Kurz blinkte das Symbol auf, das ihr verriet, dass der Akku endgültig leer war, dann wurde das Display dunkel.

»Neiiiiiiinn!!! Fuck! Fuck! Scheiße! Ich hasse dich! Ich mach dich platt!!!«, schrie Nele ihr Handy an.

»Lauf, Horst! Lauf!«, hörte sie in der Ferne die Seniorin hysterisch rufen. Und während hinter ihr hektische, trappelnde Schritte davoneilten, ging Nele weiter. Was blieb ihr anderes übrig?

Nele ging vorbei an den Villen ihrer früheren Freunde und Nachbarn, vorbei an der Baustelle, auf der ursprünglich das Asylbewerberheim gebaut werden sollte, das Rafaels Vater per Gerichtsbeschluss verhindert hatte, vorbei an erleuchteten Fensterfronten und parkenden SUVs. Nele spürte ihre Beine kaum noch, so kalt war es.

Sie schaute auf die Uhr …

Viertel vor zwölf. Timo konnte sich nicht länger verstecken. Er musste sich der Sache stellen, auch wenn er noch immer nicht wusste, wie er da heil rauskommen sollte.

Er sprang von der Mauer und machte sich langsam auf den Weg zum Bricks. Es fühlte sich an, als ginge er zu seiner eigenen Hinrichtung.

Zehn vor zwölf stand er an der Ecke des Jugendzentrums. Von hier aus hatte er einen halbwegs guten Blick über das Gelände, ohne dass er selbst so leicht zu sehen war.

Es war niemand da.

Timo zögerte …

Nele hörte ein Auto im Schritttempo hinter sich fahren. Ein Streifenwagen rollte langsam an ihr vorbei. Eine Polizistin kurbelte die Scheibe herunter und sagte: »Hey! Stehen bleiben.«

Nele erstarrte. Der Wagen hielt und zwei Beamte stiegen aus. Ein dicklicher Mann und eine dünne Frau mit einem Pferdeschwanz.

»Kann ich mal deinen Ausweis sehen?«, fragte die Polizistin.

Neles Hände zitterten entsetzlich, als sie die Sektflaschen abstellte und ihr Portemonnaie aus der Handtasche fingerte, wofür Kälte und Angst gleichermaßen verantwortlich waren.

Sie reichte der Beamtin schlotternd ihren Ausweis. Die Frau schaute kurz auf das Kärtchen, dann auf Neles nackte Beine.

»Was machst du hier? So allein zu dieser Uhrzeit?«, fragte sie.

»Ich war auf einer Party«, flüsterte Nele. »Hab den Bus verpasst.«

Ihr war schwindelig. Sie hatte es doch eilig und nun auch noch so was.

»Jemand hat die Polizei gerufen und gesagt, sie wären bedroht worden. Die Täterin sah angeblich so aus wie du.«

Nele lachte schallend los. Hysterisch, total überdreht. »Was?! Quatsch!«, rief sie schrill, und die beiden Ordnungshüter sahen sie an, als wäre sie geradewegs einer psychiatrischen Klinik entlaufen.

»Was ist mit dem Sekt? Du bist zu jung, um Alkohol zu trinken«, sagte der Polizist.

»Ich trink den ja auch nicht. Ich trag den nur«, entgegnete Nele.

Die beiden Polizisten wechselten einen Blick – und da brach es plötzlich aus Nele heraus! Sie heulte los! Hemmungslos! Sie schluchzte und wimmerte, die Tränen schossen ihr nur so aus den Augen. Die Polizistin kam auf sie zu. Sie überlegte offenbar kurz, Nele tröstend einen Arm um die Schultern zu legen, ließ es aber bleiben, nachdem sie an der Jacke gerochen hatte.

»Was ist denn los, Mädchen? Was hast du?«, fragte sie fürsorglich.

Nele schniefte ihre Antwort heraus, haspelte hektisch und wimmerte: »Die sind bescheuert, die Oma und der Opa. Ich hab niemanden bedroht. Und meine alten Freunde sind auch total bescheuert! Obwohl die das ganz lieb meinen! Die sind echt voll lieb! Aber auch voll bescheuert! Die denken, ich lebe auf einer Mülldeponie zwischen Koranschule und Kampfhunden!«

Die Polizisten sahen einander an. Was, um Himmels willen, ist los mit diesem Mädchen?, schienen sie sich zu fragen.

»Aber die haben keine Ahnung, wie es in Steilshoop wirklich ist! Da ist es nämlich gar nicht so schlimm. Aber ICH bin schlimm! Ich bin voll schlimm!« Nele kreischte jetzt regelrecht. »Ich hab meine beste Freundin, meine neue beste Freundin, total mies behandelt! Ich war voll die Bitch! Voll die kleine beschissene Scheißkönigin! Deshalb ist auch mein Freund oder mein Exfreund oder … Fuck! Was weiß ich, was Rick jetzt ist?! … Angepisst ist er! Ja! Und zu Recht! Weil ich so scheiße bin! Deshalb ist Ginny auch angepisst! Und ich muss das jetzt wiedergutmachen! Ich muss in ein paar Minuten in Steilshoop sein, sonst hab ich voll verkackt! Dann geht gar nichts mehr!«

Ein breiter Streifen Schnodder lief ihr aus der Nase, aber das war Nele gerade egal.

Die beiden Beamten wechselten erneut einen Blick. Einen Blick, der zu fragen schien: Verhaften? Eltern anrufen? Oder gleich in die Psychiatrie?

Timos Herz pochte wie wahnsinnig. Am liebsten wäre er einfach weggerannt, hätte sich irgendwo verschanzt, so getan, als gäbe es ihn nicht. Aber vor diesem Problem konnte er nicht wegrennen.

Der Platz vor dem Bricks war leer und von hohen Bäumen umgeben. Timo ging mit wackligen Knien auf den Eingang des Gebäudes zu und sah sich um. Schweiß stand auf seiner Stirn. Er lehnte sich an die Mauer und wartete.

»Hallihallo, wen haben wir denn da?!«, erklang die spöttische Stimme von Rafael, der mit Maximilian und Jonas aus einem Gebüsch kroch. Jonas schwang einen Baseballschläger!

»Long time no see, mein kleines Moppelchen«, sagte Rafael und strahlte Timo an. Er hatte lange auf diesen Moment warten müssen und wollte ihn ganz offensichtlich genießen. Er schien verblüfft, dass Timo nicht überrascht war, ihn zu sehen.

»Rafael«, sagte Timo. »Hör zu. Es tut mir leid. Ich bin zu weit gegangen. Aber wir können das alles klären. Ich kann öffentlich zugeben, dass ich das war mit deinem Handy und …«

»Wer hier was klärt, Timo, das bestimme ich. Verstanden?«, unterbrach ihn Rafael. Er stand jetzt direkt vor Timo. Und dann, ohne jede Vorwarnung, schlug er ihm mit voller Wucht gegen die Stirn. Timos Hinterkopf krachte gegen die Mauer.

Timo schrie auf und Rafael hielt ihm eilig den Mund zu.

»Psssscht!«, säuselte er. Dann schob er die Hand höher, sodass auch Timos Nase bedeckt waren. Rafael drückte fest zu und Timo bekam keine Luft mehr. Er begann hektisch zu zappeln und versuchte, Rafaels Arm zu packen, doch Rafaels Minions hielten Timos Handgelenke fest. Timos Lunge begann zu schmerzen. Sein Blick verschwamm. Wollte Rafael ihn wirklich umbringen?

Plötzlich schrie Jonas auf. Jemand war unbemerkt von hinten an ihn herangetreten, hatte ihm den Baseballschläger entrissen und diesen gegen seinen Rücken geschlagen.

Auch Rafael und Maximilian drehten sich nun erschrocken um, und Timo nutzte die Chance, sich aus Rafaels Griff zu befreien. Er keuchte und röchelte. Rafael und seine Knechte starrten ungläubig Marcel, Pjotr, Basti und Fresse an, die ihnen gegenüberstanden. Die vier waren alle fast einen Kopf kleiner als Rafaels Clique, aber Marcel hatte den Baseballschläger in der Hand. Rafael lachte nervös, sammelte sich schnell und versuchte weiterhin, den coolen Macker zu geben: »Na, wen haben wir denn da? Hast du die örtlichen Schlümpfe um Hilfe gebeten?«

»Was sind das für Typen?«, fragte Marcel Timo.

»Abschaum«, keuchte der und hustete.

»Kinderchen, geht nach Hause, bevor euch noch etwas passiert«, sagte Maximilian.

Auch er spielte den starken Mann nur. Weder er noch Rafael oder Jonas hatten je einen fairen Kampf gekämpft. Ihre einzige Stärke war ihre Hinterhältigkeit.

Und genau mit der versuchte es Rafael nun! Er schubste Jonas in die Gruppe der Tough Boys und nutzte den kurzen Moment der Irritation, um auf Marcel zuzustürmen, ihm mit voller Wucht ins Gesicht zu schlagen und den Baseballschläger zu packen. Marcel war vor Überraschung und Schmerz so perplex, dass er diesen kampflos aufgab. Rafael holte aus und war kurz davor, den Baseballschläger mit voller Wucht auf Marcels Kopf krachen zu lassen … als Rafael plötzlich mit einem Schrei zu Boden ging. Der Baseballschläger krachte neben ihm auf den Asphalt.

»Lass meinen Bruder los, du Sau!«, brüllte Atze.

Jonas und Maximilian brachen sofort das halbherzige Gerangel ab, das sie gerade mit den anderen Tough Boys begonnen hatten. Alle starrten den Zwölffingerdarm-Mann und seine Gang an, hünenhafte Skinheads der übelsten Sorte. Fünf brutale Schläger.

Atze half Marcel hoch: »Alles okay?«

»Geht schon«, schnaufte Marcel, bevor er zu Rafael ging, der immer noch am Boden lag, und ihm ins Gesicht spuckte. Rafael wimmerte.

»Steh auf, du Opfer!«, befahl Atze.

Rafael versuchte es, klappte aber wieder zusammen.

»Du hast mir das Bein gebrochen«, wimmerte er.

Atze lachte und wandte sich stolz seinen Kumpels zu: »Ein Tritt und gleich Knochen durch! Wie geil ist das denn? Ich hab's langsam echt drauf, wa?!«

Seine Kumpels brüllten fast vor Lachen.

Timo sah, dass sich Maximilian in die Hose gepisst hatte. Jonas stand schlotternd daneben. Er hatte die Augen geschlossen, als würden Dinge, die man nicht sieht, auch nicht existieren.

Atze wandte sich Timo zu: »Um die Pisser da kümmern wir uns später. Jetzt sind wir ja erst mal wegen dir hier, wa? Dein großer Tag! Aufgeregt?«

»Atze«, stammelte Timo. »Gibt es vielleicht … irgendeine Möglichkeit. Können wir nicht …?«

»Ja, ja, ja«, unterbrach ihn Atze. »Maul halten. Prüfung ist Prüfung. Ist wie in der Schule. Muss gemacht werden, wa?«

Er lachte dröhnend.

Atze drehte sich zu Rafael und seinen Freunden um: »Ihr habt nicht gesehen, was hier abgeht, kapiert?! Wenn euch später jemand fragt, was hier passiert ist, habt ihr keine Ahnung. Sonst kommen wir euch nämlich besuchen und dann brechen noch ein paar Knochen mehr, habt ihr das geschnallt?«

Jonas und Maximilian nickten eifrig. Rafael stöhnte. Atze stupste ihn unsanft mit dem Baseballschläger an.

»Hast du das gecheckt, Kleiner? Ein Wort von dir und Friedhof. Ist das angekommen?«

»Ja!«, wimmerte Rafael. »Absolut. Ja!«

»Kluger Junge«, lobte Atze.

Einer der Skinheads reichte Atze nun einen Benzinkanister. Atze nahm ihn, schraubte die Kappe ab und goss lachend ein paar Spritzer über den am Boden liegenden Rafael, der daraufhin hysterisch zu schreien begann. Einer von Atzes Jungs trat ihm in die Rippen: »Maul halten! Wir wollen hier nicht noch mehr Zuschauer.«

Rafael weinte jetzt stumm wie ein kleines Kind.

Atze gab Timo den Kanister, eine Schachtel Streichhölzer und klare Anweisungen: »Scheibe einschlagen, reinklettern, Übungsraum anzünden und zack, wieder raus. Ist ganz einfach.«

Timo schluckte. Widerspruch war zwecklos.

Marcel legte ihm lachend den Arm um die Schultern: »Und dann gehörste zu uns! Dann gibt's kein Zurück mehr!«

»Und du«, wandte sich Atze nun seinem kleinen Bruder zu, »gehst mit rein und passt auf, dass er nicht die Bullen ruft oder hinten wieder rausklettert.«

Das gefiel Marcel sichtlich gar nicht, aber Atzes Blick duldete keinen Widerspruch.

Timos Hand zitterte, als er einen Stein aufhob, an die Seite des Gebäudes ging und nach kurzem Zögern den Stein in die

Fensterscheibe krachen ließ. Es war wahnsinnig laut. Insgeheim hoffte Timo, dass einer der Nachbarn davon wach wurde und die Polizei rief. Dann wäre er vom Haken, bevor er zum Brandstifter geworden war. Aber an den Wochenenden wurde hier im Viertel viel gebrüllt und gepoltert und meistens war es harmlos. Kaum jemand kümmerte sich noch darum.

Timo griff durch die zertrümmerte Scheibe, legte den Riegel innen um und konnte so das Fenster öffnen. Er kletterte hinein. Marcel nahm den Kanister, den Timo auf den Boden gestellt hatte, und reichte ihn Timo. Dann stieg auch er durch das Fenster.

Im Inneren des Gebäudes war es ziemlich dunkel. Nur das matte Licht der Straßenlaternen drang durchs Fenster. Timo holte sein Handy hervor und drückte die Taschenlampen-App.

»Wo ist der Übungsraum?«, fragte Marcel.

Timo beschloss, einen letzten Versuch zu wagen: »Marcel. Bitte hör zu. Ich will das nicht machen. Wenn wir erwischt werden, sind wir alle dran. Das ist kein Kleinkram. Das ist richtig übel. Können wir nicht …?«

»Halt's Maul«, fiel ihm Marcel ins Wort und fügte dann, nach einer kurzen Pause, an: »Selbst wenn ich wollte: Ich kann das nicht stoppen. Das war Atzes Idee. Und Atze ändert seine Meinung nicht.«

Timo seufzte. Sein Kopf schmerzte von dem Aufprall gegen die Mauer, und seine Hände zitterten so stark, dass er Angst hatte, den Kanister fallen zu lassen.

»Also?«, wiederholte Marcel. »Wo ist der Übungsraum?«

»Dahinten«, flüsterte Timo.

Marcel folgte Timo, der nun die Tür öffnete. Rechts stand ein großes, klapprig anmutendes Regal voller Bastelutensilien und einem Sammelsurium aus Glühbirnen, Putzzeug und Haushaltspapier. Das Schlagzeug stand hinten im Raum, neben einem der Verstärker, ein paar Mikrofonständern und einer Monitorbox. Die beiden guten Amps, die Gitarren und den Bass hatten die Jungs mit nach Hause genommen. Das war zumindest ein winziger Trost. Navid liebte seine Fender-Gitarre!

»Na los!«, befahl Marcel. »Benzin. Jetzt. Wollen wir die Kanakenhütte mal anzünden!«

Es klang, als würde sich Marcel selbst anfeuern. Als müsste er sich Mut machen. Timo wurde klar, dass es Marcel nicht wirklich anders ging als ihm selbst – er war am Ende des Tages auch nur ein Opfer.

»Los jetzt! Bevor noch jemand kommt!«, blaffte Marcel und Timo öffnete den Verschluss des Kanisters. Er hatte kapituliert. Es führte kein Weg mehr daran vorbei. Fast apathisch begann er, das Benzin über das Schlagzeug, den Teppich, die Bastelarbeiten der Kinder zu kippen. Dann öffnete er die Streichholzschachtel …

Nele saß auf der Rückbank des Polizeiautos. Während der Polizist fuhr, drehte sich die Polizistin vom Beifahrersitz aus immer wieder zu Nele um: »Brauchst du noch ein Taschentuch?«

»Nein, danke.«

»Schon ein bisschen wärmer an den Beinen?«

»Ja, danke«, sagte Nele.

Sie hatten die Heizung im Wagen voll aufgedreht. Es fühlte sich an wie in einer Sauna.

»Ich hab noch nie in einem Polizeiauto gesessen«, sagte Nele.

»Ja, und das ist auch gut so«, entgegnete die Polizistin. Ihre strenge Miene wirkte allerdings nicht sehr glaubwürdig.

Das Polizeiauto raste mit stark erhöhter Geschwindigkeit über die Hauptstraße.

»Ich find das supernett von Ihnen, echt.« Nele strahlte.

»Dein Freund und Helfer«, sagte der Polizist grinsend.

»Machen wir sonst nicht, so was. Taxi spielen für irgendwelche Leute«, betonte die Polizistin. »Aber du hast so einen jämmerlichen Eindruck gemacht!«

»Und 'ne gute Story hast du erzählt. Auch wenn ich nur die Hälfte verstanden habe«, sagte der Polizist und grinste.

Die beiden genossen es sichtlich, einfach mal die Guten zu sein. Es kam bestimmt nicht oft vor, dass sich jemand freute, bei ihnen im Auto sitzen zu dürfen.

Steilshoop war nur noch einen knappen Kilometer entfernt. Nele schaute auf die Uhr. Es war bereits Viertel nach zwölf, aber mit etwas Glück würde sie es noch rechtzeitig zum Ghetto-Bitch-Tanz schaffen.

»Können Sie …? Ich meine … ist es total unverschämt, wenn …?«, hob Nele an und der Polizist lachte wissend: »Du willst, dass wir jetzt auch noch die Sirene anmachen, ne?«

Nele nickte grinsend. Tatsächlich drückte der Beamte nun schmunzelnd den entsprechenden Knopf.

Es heulte laut los und ein blau-weißes Flackern begleitete den Rest der Strecke.

»Geil!«, lachte Nele. »Das ist so cool!«

•

»Scheiße, die Bullen!«, Fresses Stimme drang von draußen ins Bricks. Und dann hörte es auch Timo: Eine Sirene kam näher.

Gleichzeitig brach große Unruhe vor dem Bricks aus. Atze brüllte durch das Fenster: »Marcel! Abhauen! Die Cops! Ich muss weg! Ich bin auf Bewährung! Komm raus da! Verpiss dich!«

Timo hatte gerade das Streichholz entzündet, als Atze zu schreien anfing. Marcel kreischte panisch auf: »Scheiße! Weg hier!«, drehte sich um, rempelte dabei Timo an – und der ließ das Streichholz fallen! Eine riesige Stichflamme schoss hoch, direkt zwischen den beiden Jungen. Timo sprang nach hinten, an die Wand, wo das Schlagzeug stand. Marcel lief zur Tür, stolperte aber dabei gegen das Regal, das krachend vor der Tür zusammenbrach und ihm den Fluchtweg versperrte. Marcel zerrte vergeblich an den zu schweren Brettern, um sich einen Weg zum Ausgang zu bahnen, während Timo sich hinter dem Schlagzeug verschanzte.

Die Flammen trennten sie wie eine Mauer.

»Hilfe! Hilfe!«, schrien beide Jungen hustend. Beißender Rauch begann sie zu umhüllen.

»Hilfe!!«

Ginny, Leia und das runde Dutzend noch verbliebener Partygäste kam aus dem Gemeindehaus geeilt, als sie den Polizeiwagen vorfahren sahen. Sie staunten nicht schlecht, als eine uniformierte Beamtin ausstieg, die hintere Tür öffnete und Nele aus dem Auto half. Nele hatte nackte Beine und trug obenrum etwas, das aussah wie ein zerfetzter Schlafsack mit Ärmeln. Noch mehr staunten sie, als Nele die Polizistin umarmte. Die beiden drückten einander herzlich. »Danke!«, sagte Nele. »Das war echt super! Vielen, vielen Dank!«

Ginny starrte ungläubig auf das Schauspiel. Als Nele strahlend auf sie zukam, rührte sie sich aber nicht. Sie schaute Nele nur eisig an und verschränkte die Arme vor der Brust.

»Hey!«, rief die Polizistin. »Nele! Warte!«

Nele drehte sich um. Die Polizistin kam auf sie zugelaufen und drückte ihr die beiden Sektflaschen in die Hand, die Nele im Auto vergessen hatte.

Ein paar Leute lachten ungläubig.

»Danke«, sagte Nele und wandte sich dann wieder Ginny zu.

»Sorry, dass ich so spät dran bin. War ein schräger Abend!« Sie drückte die Sektflaschen Leia in die Hand – »Kannst du mal halten, danke« – und versuchte, Ginny zu umarmen: »Happy birthday, Ginny! Alles, alles Gute!« Doch Ginny hielt die Arme immer noch vor der Brust verschränkt.

Nele ließ sie wieder los und sah sie fragend an.

Der Polizeiwagen fuhr davon und die Menge löste sich langsam auf.

»Ist noch Zeit für die Ghetto-Bitch-Choreo?«, fragte Nele bemüht locker.

»Fick dich«, sagte Ginny, drehte sich um und ging zurück ins Gemeindehaus.

Verdammt! Nele war unschlüssig. Sollte sie ihr folgen und versuchen, mit ihr zu reden? Oder lieber einen besseren Moment abwarten und bis dahin so tun, als ob nichts wäre? Einfach mitfeiern und hoffen, dass Ginny ihr verzieh?

»Hey! Ist das Rauch?!«, rief plötzlich ein Mädchen. »Brennt da irgendwas?!«

Timo rüttelte panisch an dem Fenstergriff. Das Fenster in diesem Raum wurde nie geöffnet, und irgendjemand hatte beim Lackieren des Rahmens wohl Farbe ins Schloss tropfen lassen, sodass es völlig blockiert war. Doch dieses Fenster war Timos einzige Chance! Kurz entschlossen packte er die Snare Drum vom Schlagzeug und schleuderte sie mit voller Wucht in die Scheibe. Das Glas zerbarst.

»Marcel!«, schrie er. »Hier können wir raus!!!«

Doch Marcel kreischte nur hysterisch weiter »Hilfe! Hilfe!« und zerrte an dem Regal herum, dass sich vor der Tür verkantet hatte.

»Marcel!«, rief Timo noch einmal. »Komm zum Fenster!«

Doch dann sah Timo, dass Marcel keine Chance hatte. Die Flammen, die die beiden Jungen trennten, waren zu hoch, um durchzukommen.

Und der Rauch wurde immer dichter!

Timo kletterte aus dem Fenster, schnitt sich dabei in die Hand, fiel dann aber erleichtert auf den Boden hinter dem Gebäude.

»Hilfe!«, rief Marcel verzweifelt, bis seine Schreie in lautes Husten übergingen.

Timo zögerte keine Sekunde. Er rannte ums Haus auf das Fenster zu, durch das sie eingestiegen waren, kletterte hinein und lief zum Übungsraum. In der Dunkelheit stolperte er über einen Stuhl, fiel hin, rappelte sich aber gleich wieder auf und eilte zur Tür des Übungsraums.

Eine unerträgliche Hitze schlug ihm entgegen, als er die Tür aufriss, gefolgt von dichten Rauschwaden.

»Marcel!«, schrie Timo.

»Hilfe!«, kam es keuchend von Marcel.

Der Qualm war inzwischen so dicht, dass er alles im Raum verschluckte.

Timo zerrte an dem Regal, das den Weg blockierte, doch es rührte sich nicht. Dann erkannte er zum Glück, welche Querstrebe für die Blockade sorgte. Timo trat, so kräftig er konnte, gegen das Stück Holz und hörte erleichtert, wie es zerbrach.

»Schieb das Regal zur Seite! Ich helfe dir!«, schrie er.

Doch Marcel reagierte nicht.

»Los! Hilf mit!«, rief Timo noch mal, während er an dem Regal zog, das nun tatsächlich nachgab und sich ruckweise zur Seite schieben ließ. Er zerrte und zerrte.

Und dann spürte er endlich Unterstützung von der anderen Seite. Marcel packte mit an! Gemeinsam machten sie den Weg frei, und Marcel, kaum aus dem Qualm gestolpert, fiel

Timo vor die Füße und hustete würgend. Timo packte ihn, zog ihn hoch und stützte ihn, während sie nach draußen wankten.

»Alles okay?«, fragte Timo atemlos, als sie sich über den Vorplatz in Richtung Wiese bewegten.

»Ja. Geht wieder. Danke!«, keuchte Marcel. »Danke, Mann! Danke!«

Sie ließen sich abseits in der Dunkelheit vor dem Gebüsch fallen, aus dem vorhin Rafael und die anderen aufgetaucht waren.

Die Sirenen waren nun ganz nah.

Die Polizei und die Feuerwehr trafen zeitgleich mit mehreren Dutzend Schaulustigen ein, die aus allen Richtungen auf das Bricks zugelaufen kamen. Ehe sichs Marcel und Timo versahen, saßen sie inmitten eines Pulks von Zaungästen.

»Steh auf! Lass dir nichts anmerken!«, flüsterte Timo Marcel zu.

Der nickte und erhob sich.

Timo betrachtete seine Hand. Die Schnittwunden waren oberflächlich. Er nahm seinen Schal ab und wickelte ihn um die Wunde.

»Kriegst du Luft? Musst du ins Krankenhaus?«, flüsterte er Marcel zu.

»Nee. Alles okay«, flüsterte Marcel zurück.

Timo schaute auf das Bricks, aus dem nun dichter Raum quoll. Die Feuerwehr rollte bereits ihre Schläuche aus.

Timo fasste sich an den Kopf. Wahnsinn! Er wäre da drin fast gestorben! Und wofür?!

Timo sah zu seiner Überraschung, dass Marcel weinte. Er

nahm ihn in den Arm und Marcel lehnte sich dankbar an ihn wie ein kleines Kind.

»Was machst du denn hier?!«, hörte Timo plötzlich die Stimme seiner Schwester.

Er schaute auf und sah in Neles verblüfftes Gesicht. Sie roch den Rauch an ihm, sah das Blut, das durch seinen Schal sickerte, und begriff anscheinend sofort. Auch wenn sie nicht wissen konnte, was genau Timo getan hatte, verstand sie offenbar, dass er bei den Ereignissen hier nicht bloß Zuschauer gewesen war.

»Geh nach Hause. Lass dich von Mama verarzten. Du solltest hier nicht gesehen werden«, sagte sie.

»Das geht nicht!«, sagte Timo. »Mama glaubt, ich übernachte bei Freunden.«

»Ja. Das glaubt sie bei mir auch«, seufzte Nele.

Nele überlegte.

»Schätze, dann müssen wir den Rest der Nacht irgendwie gemeinsam durchstehen, was?«, sagte sie.

Timo nickte.

»Ich verpiss mich«, verkündete Marcel und umarmte Timo noch einmal: »Du hast mir das Leben gerettet, Mann! Das werde ich dir nie vergessen!«

Nele schaute ihm erstaunt hinterher, als er davonging.

»Alles okay? Bist du in Ordnung?«, fragte sie ihren Bruder besorgt.

Timo nickte. Und dann lächelte er erstaunlicherweise.

Die beiden Polizisten, die Nele zum Gemeindehaus gefahren hatten, waren gerade wieder auf die Hauptstraße gefahren, als der Funkspruch über ein Feuer in Steilshoop eintraf. Sie machten unverzüglich kehrt und fuhren zurück.

»Was ist das denn für ein Freak?«, wunderte sich die Polizistin, als sie kurz darauf wieder ins Viertel einbogen und Zeuge eines merkwürdigen Schauspiels wurden: Ein Taxi hielt am Straßenrand und wartete geduldig auf einen jungen Mann, der auf allen vieren auf das Taxi zugekrochen kam.

Die Polizisten stiegen aus und traten zu dem seltsamen Fahrgast, der sich bei näherem Hinsehen als etwa siebzehnjähriger Junge entpuppte.

»'n Abend«, sagte die Polizistin. »Darf ich mal fragen, was das da unten werden soll?«

»Ich bin verletzt«, stöhnte der Junge. »Deswegen hab ich ein Taxi gerufen.«

»Wäre ein Krankenwagen da nicht logischer gewesen?«, fragte der Polizist.

»Ich will nur nach Hause«, wimmerte der Junge.

Der Polizist beugte sich zu ihm hinunter und hielt erstaunt inne. Er schnupperte.

»Der riecht nach Benzin«, sagte er schließlich.

»Brandbeschleuniger«, stimmte ihm die Polizistin zu.

Der Polizist drehte sich zum Taxifahrer um und sagte: »Sie können weiterfahren. Der junge Mann fährt mit uns.«

32

Nele und Timo saßen auf dem Boden des Gemeindehauses, tranken Cola und aßen Chips. Sie waren ganz allein in dem großen Raum. Die anderen Gäste waren immer noch am Bricks.

Timo hatte Nele knapp erzählt, was passiert war, und ihr das Versprechen abgenommen, alles für sich zu behalten.

»Ich bin ziemlich gut mit Geheimnissen neuerdings«, antwortete sie.

Timo betrachtete den Verband, den seine Schwester ihm umgelegt hatte. Im Kirchenbüro hatten sie einen Erste-Hilfe-Kasten gefunden.

»Wann haben wir eigentlich das letzte Mal so miteinander geredet?«, fragte Nele.

»Noch nie«, antwortete Timo.

»Scheiße eigentlich, oder?« Nele sah ihren Bruder nachdenklich an.

Timo grinste.

»Du riechst wie eine Scheibe geräucherter Schinken«, sagte Nele.

»Und du riechst wie ein verwesender Obdachloser«, gab Timo zurück.

Nele zupfte seufzend an der Gärtnerjacke.

In diesem Moment betraten Ginny und Leia das Gemeindehaus.

»Hey! Da seid ihr ja. Wo sind die anderen?«, fragte Nele.

»Nach Hause«, antwortete Leia.

»Wir helfen euch aufräumen.« Nele stand auf.

»Nicht nötig«, sagte Ginny eisig.

»Komm schon, Ginny«, bettelte Nele. »Ich weiß, dass ich Scheiße gebaut hab. Aber ich will's wiedergutmachen. Echt!«

Ginny verzog keine Miene.

»Und den Tanz holen wir nach, okay?«, schlug Nele vor.

»Scheiß doch auf den Tanz«, rief Ginny. »Das macht doch eh keinen Sinn ohne Samira! Das war das Ding von uns alle. Ist aber nicht mehr viel übrig von uns.«

Ginny drehte sich um, schnappte sich einen blauen Müllsack und fing an, benutzte Plastikbecher hineinzubefördern. Sie wandte Nele dabei demonstrativ den Rücken zu. Heulte Ginny etwa?

Timo und Leia begannen, bei den Aufräumarbeiten zu helfen. Nele überlegte kurz, dann sagte sie zu Timo: »Gib mir mal bitte dein Handy.«

Er reichte es ihr, ohne nachzufragen.

Nele ging vor die Tür und wählte Ricks Nummer.

»Ja?«, knurrte Rick. »Ich hoffe, es ist wichtig.«

Nele nahm das Handy kurz vom Ohr und schaute aufs Display. Es war halb zwei.

»Schläfst du schon?«, fragte sie.

»Nee. Quatsch. Wir machen eine kleine … Abschiedsfeier.

Nicht sehr fröhlich natürlich. Na ja. Nur wir vier. Morgen bringen die Mädels Samira endgültig in Sicherheit.«

»Ihr müsst hierherkommen«, sagte Nele.

»Was?!«

»Ihr müsst ins Gemeindehaus kommen. Samira muss sich von Ginny und Leia verabschieden können. Es ist sehr wichtig!«

»Nein. Das ist zu gefährlich.«

»Glaubst du im Ernst, Samiras Familie kommt hier ganz zufällig mitten in der Nacht vorbei?«

»Ich weiß nicht …«, zögerte Rick.

»Tu es für Samira«, sagte sie. »Sie braucht das. Glaub mir.«

Er schwieg.

»Rick?«

»Ich … ich werde mit Luna und Jackie reden.« Damit legte er auf.

Eine halbe Stunde später transportierte Ginny gerade die Stühle aus dem Nebenraum zurück in den Saal, als sie plötzlich aussah, als würde sie der Schlag treffen! Im Gang stand Samira! Ginny ließ die Stühle zu Boden krachen, kreischte wild auf, rannte auf ihre Freundin zu und drückte sie so fest, dass Samira irgendwann hektisch auf Ginnys Rücken zu klopfen begann.

»Samira!«, rief Ginny. »Fuck! Du bist es in echt! Fuck! Samira! Fuck!«

Leia, die Samiras Namen gehört hatte, kam angelaufen und stieß ebenfalls einen ungläubigen Schrei aus, bevor sie sich auf Samira stürzte.

Nele ging zu Rick und Luna, die in der Tür stehen geblieben waren.

»Danke!«, sagte sie zu Rick. »Echt: danke!«

Samira, Ginny und Leia weinten alle drei wie die Schlosshunde und konnten sich gar nicht voneinander lösen.

»Wir können höchstens eine halbe Stunde bleiben«, merkte Luna an. »Samira wird nachher bei mir abgeholt. Sie soll losfahren, solange es noch dunkel ist. Nicht dass sie jemand zufällig ins Auto steigen sieht.«

Nele nickte.

Samira berichtete Ginny und Leia nun kurz, was in den letzten Tagen passiert war, und kam dabei irgendwann auch auf Neles Rolle zu sprechen. Ginny schaute zu Nele herüber. Auch wenn dieser Blick nicht direkt unter die Kategorie »versöhnlich« fiel, lag doch zumindest vage Anerkennung darin.

»Können wir reden?«, fragte Nele Rick.

Rick stöhnte: »Reden. Reden. Reden. Was ist das mit euch Mädchen?«

»Ich will wissen, wo wir stehen«, sagte sie.

»Finden wir schon noch raus«, antwortete er.

»Da ist nichts mit Daniel«, erklärte sie. »Ich möchte, dass du das weißt.«

»Der Typ ist 'n Würstchen, ne?« Er grinste.

»Nein. Er ist toll. Aber ich liebe ihn nicht mehr«, sagte sie.

»Okay.« Rick nickte.

»Und du?«, fragte Nele.

»Ich hab Daniel noch nie geliebt«, antwortete Rick trocken.

»Idiot! Ich will wissen, was mit uns ist. Mit dir und mir«, forderte Nele.

»Jetzt reden wir ja doch!«, stöhnte Rick.

»Ich will, dass du weniger kiffst«, sagte Nele.

»Ach, auch noch Forderungen stellen?«

»Ja, das nennt man Beziehung.«

»Dann musst du aufhören, mir ständig hinterherzuschnüffeln.«

»Okay.«

»Gut.«

»Und jetzt will ich, dass du mich küsst«, sagte Nele.

Rick legte den Kopf schief und setzte sein bewährtes Grinsen auf: »Na ja. Dann hältst du wenigstens den Mund.«

Nele hob lachend den Mittelfinger.

Seine Lippen näherten sich ihren. Nele schloss gerade die Augen, als plötzlich laut *Lisa T.'s* »Ghetto Bitch« aus den Lautsprechern ertönte:

Sie ist die Queen der Hood
Was sie macht, macht sie good
Sie ist tough, sie ist Street
Sie lebt nach ihrem eigenen Beat.

»Na los, kleine Königin!«, rief Ginny. »Beweg deinen knochigen Arsch hier rüber!«

Ginny, Leia und Samira standen bereits in Position und Nele eilte lachend dazu.

Und dann, dann tanzten sie.

33

Nele stand mit ihrer Mutter und Rick im Foyer der Markthalle. Timos Band würde in etwa einer halben Stunde auftreten. Der arme Kerl war total aufgeregt. Navid und die anderen waren natürlich begeistert gewesen, dass ihr zweiter Gitarrist doch mit von der Partie war. Die Mitglieder von *Dusk Devil* durften allerdings nie erfahren, wer hinter dem Brand in ihrem Übungsraum steckte. Das hatte Nele Timo versprochen. Die Tough Boys und Atzes Gang hatten ihren Bruder jedenfalls vom Haken gelassen. Immerhin hatte er Marcels Leben gerettet.

Henriette hatte Rick freundlich begrüßt. Sie war nun offenbar doch erleichtert, dass ihre Tochter einen neuen Freund hatte. Vielleicht hatte Henriette sich mehr Sorgen um sie gemacht, als sie zugegeben hatte.

Gerade betraten Daniel und Svantje das Foyer. Nele hatte ihnen Bescheid gesagt und war froh, dass sie tatsächlich gekommen waren. Sie hatten ihr also wirklich verziehen. Daniel war einfach der reifste und verständnisvollste Mensch, den Nele kannte, und bei Svantje hatte sich Nele am Tag nach der Party entschuldigt, dass sie einfach so verschwunden war. Svantje hatte zwar ein bisschen geschmollt, es aber auch irgendwie verstanden. Und als sie hörte, dass Nele und Daniel endgültig kein Paar mehr waren, hatte sich ihre Laune noch mal deutlich verbessert. Sie würde nun ganz sicher nicht lockerlassen, bis sie offiziell mit Daniel zusammen war.

Nele war einfach nur froh, dass sie mit den beiden befreundet bleiben konnte. Es blieb abzuwarten, wie ihr Grenzgang zwischen den beiden Welten auf Dauer funktionieren würde.

Nele küsste Daniel und Svantje zur Begrüßung auf die Wange. Rick gab beiden die Hand. Daniel und er musterten einander sehr genau, und auch wenn keiner von beiden es zugegeben hätte: Beide fragten sich wohl in diesem Moment, was Nele an dem anderen bloß fand.

Svantje umarmte Neles Mutter: »Hi, Henriette. Ich soll dich ganz doll von meiner Mutter grüßen!«

Henriette wurde rot: »Sag ihr bitte, ich rufe sie die Tage mal an, ja?«

»Hey, habt ihr das von Rafael gehört?!«, ereiferte sich Svantje nun. »Der geht jetzt auf so ein Elite-Internat in England. So ’n halb militärisches Ding, voll der Drill, so ’ne Art Bootcamp. Mit Uniform und so. Von einem Tag auf den anderen war er weg.«

»So mitten im Schuljahr?«, wunderte sich Henriette.

»Es kursieren ’ne ganze Menge Gerüchte«, führte Daniel aus. »Erinnert ihr euch noch? Da gab’s doch mal so rassistische Postings von ihm und angeblich hatte er einen Amoklauf angekündigt. Es hieß ja, jemand hätte sein Handy gehackt, aber jetzt ist gar nicht mehr so sicher, ob das wirklich stimmt. Denn er war wieder in irgendwas verwickelt. Ich weiß nichts Genaues, aber es gab wohl Vorwürfe wegen Brandstiftung … Sein Vater hat ihn ganz schnell aus der Schusslinie gebracht, bevor die Ermittlungen richtig liefen, und ins Ausland verfrachtet. Keine Ahnung, was da genau hintersteckt.«

Nele wusste es sehr wohl, aber sie würde sich hüten, es zu erzählen. Der Brandschaden im Bricks betrug über 10 000 Euro, hatte in der Zeitung gestanden, aber es war nur der eine Raum, der ernsthaft Schaden genommen hatte. Das Bricks hatte nur für ein paar Tage schließen müssen und die Versicherung hatte die Kosten übernommen.

»Wir sollten reingehen«, sagte Rick. »Es geht gleich los.«

Nele nahm seine Hand. Als er sie jetzt mit klarem Blick ansah, war sie ihm dankbar, dass er heute noch nicht gekifft hatte. Sie machte sich keine Illusionen, dass sie es ihm komplett austreiben könnte, aber wenn er ihr zuliebe auch nur halb so viele Joints rauchen würde, wäre das schon ein enormer Fortschritt.

Als sie vor der Bühne standen, nahm Svantje das Amulett, das an der Kette um Neles Hals hing, in die Hand: »Das ist aber hübsch! Kann man das aufklappen? Ist da ein Foto von deinem Liebsten drin?«, fragte sie kichernd.

»Ja«, lächelte Nele. »Da ist ein Foto von jemandem drin, den ich sehr liebe. Das weiß ich jetzt. Egal, was war oder kommt. Und egal, was er getan hat.«

Svantje zwinkerte ihr zu und schaute dann wissend zu Rick hinüber. Und Nele dachte an ihren Vater, dessen Bild sie nun immer ganz nah am Herzen trug.

Das Licht erlosch und ein Mann trat auf die Bühne und griff sich ein Mikrofon.

»Bei der nächsten Band bleibt garantiert keiner sitzen! Gleich brennt hier die Hütte. Die Jungs sind noch total jung, rocken aber wie die Alten. Freut euch auf Metal vom Feinsten! Freut euch auf *Dusk Devil!*«

Der Applaus hielt sich in Grenzen. Bei einem Bandwettbewerb, in dem alle Stilrichtungen vertreten waren, zählte Metal nicht zu den beliebtesten. Aber dann brach großes Gelächter und noch größerer Applaus aus: Die Mitglieder der Band kamen allesamt in flauschigen Pinguin-Onesie-Kostümen auf die Bühne gewatschelt. Das war so gar nicht Metal.

Der dickste Pinguin nahm am Schlagzeug Platz.

»Wir sind *Dusk Devil*«, rief der kleine Gitarrist, »und dieser Song heißt *Paranoid Penguin!*«

One, two, three ... Und ab ging's! Timo und seine Freunde waren brillant! Selbst Svantje, die kaum etwas anderes hörte als Boybands und weibliche Singer-Songwriter, wippte mit den Füßen.

Am Ende des Abends belegte *Dusk Devil* Platz drei von zwölf. Ein verdammt gutes Ergebnis!

Als sie später nach Hause fuhren, saß ein völlig überdrehter Timo auf dem Beifahrersitz.

»Das musst du dir mal vorstellen! Wir waren hinter der Bühne in derselben Garderobe, wo auch schon *Eluveitie* und *Slayer* drin waren!«

»Krass!«, ließ sich Rick in aufrichtiger Bewunderung von hinten vernehmen.

Henriette lächelte: »Ich bin stolz auf dich, Timo. Das war wirklich ein tolles Konzert!«

»Wir suchen uns jetzt einen richtigen Übungsraum und dann geht das voll ab mit der Band!« Timo strahlte. »Wir müssen natürlich mal gucken, in welchen Clubs wir in unserem Alter überhaupt schon auftreten dürfen und …«

Während ihr Bruder vorne Pläne für seine Rockmusiker-Zukunft schmiedete, saß Nele mit Rick auf der Rückbank.

Sein Handy piepte. Er holte es hervor, las die Nachricht und zeigte sie Nele.

SAMIRA: Hier sind alle suprnett! Alle kümmern sich! Vielen Dank für alles. Und grüs die andrn.

»Oh, wie schön«, sagte Nele erfreut.

Anstatt sein Smartphone wieder wegzustecken, tippte Rick nun konzentriert darauf herum.

Dann vibrierte Neles eigenes Handy.

Sie schaute Rick fragend an. Der grinste.

Sie holte ihr Handy aus der Tasche und schaute, was er ihr geschickt hatte: ein Foto von ihr, wie sie eben in der Markthalle auf die Bühne geschaut hatte, strahlend und sichtlich stolz auf Timo. Sie hatte gar nicht bemerkt, dass Rick Fotos geknipst hatte. Es war ein tolles Bild! Er hatte genau den richtigen Moment eingefangen. Darunter hatte er geschrieben: Geilste Frau der Welt.

Nele strahlte.

Sie küsste ihn.

Er schickte ihr noch eine Nachricht.

Nele schaute auf ihr Handy: Rick hatte ihr allen Ernstes ein girliemäßiges Herzchensymbol gesimst!

Sie lachte ihn an und er zwinkerte ihr zu.

Nele sah Henriettes wohlwollenden Blick im Rückspiegel.

Alles war gut.

Es kam nicht immer so im Leben, wie man dachte …

Aber es kam.

GERNOT GRICKSCH, Jahrgang 1964, schrieb bereits zahlreiche Romane, darunter den Bestseller *Die denkwürdige Geschichte der Kirschkernspuckerbande*, Kinderbücher und Drehbücher für Kino und Fernsehen. Sein preisgekrönter Roman *Robert Zimmermann wundert sich über die Liebe* wurde ebenso verfilmt wie *Freilaufende Männer* und *Das Leben ist nichts für Feiglinge*.
Gernot Gricksch lebt mit seiner Familie in Hamburg.